Gallmeister

PETE FROMM est né en 1958 dans le Wisconsin et a d'abord été ranger avant de se consacrer à l'écriture. Il a publié plusieurs romans et recueils de nouvelles qui ont remporté de nombreux prix et ont été vivement salués par la critique. Son livre *Indian Creek* a rencontré un grand succès aux États-Unis avant d'être traduit en français en 2006. Il s'est depuis imposé comme un classique de l'Ouest américain. Tous les ouvrages de Pete Fromm ont été publiés aux éditions Gallmeister. Il vit avec sa famille à Missoula, dans le Montana.

La Vie en chantier

C'est, croyez-moi, une histoire vibrante de tendresse et d'espoir.

FRANÇOIS BUSNEL

L'auteur réussit le tour de force de nous émouvoir constamment tout en évitant l'écueil du sentimentalisme.

TÉLÉ Z

Il est rare de lire un roman avec des hommes et des femmes aux cœurs si généreux.

LA VIE

Une fois encore, l'auteur sait trouver les mots, sans jamais tomber dans la condescendance ou la facilité. Racontée sobrement, au jour le jour, une ode à la reconstruction, à l'amitié, aux rencontres qui font mouche.

OUEST FRANCE

À partir d'un drame, l'écrivain américain loge une tendresse infinie entre les mains rugueuses d'un jeune père éperdu d'amour pour sa fille.

LE COURRIER DE L'OUEST

DU MÊME AUTEUR

Mon désir le plus ardent, 2018 ; totem n°129
Le Nom des étoiles, 2016 ; totem n°101
Lucy in the Sky, 2015 ; totem n°74
Comment tout a commencé, 2013 ; totem n°154
Chinook, 2011
Avant la nuit, 2010
Indian Creek, 2006 ; totem n°2

Pete Fromm

LA VIE EN CHANTIER

Roman

Traduit de l'américain
par Juliane Nivelt

Gallmeister

TOTEM n°181

Titre original : *A job you mostly won't know how to do*

ISBN 978-2-35178-801-1
ISSN 2105-4681

Illustration de couverture © Riki Blanco
Conception graphique de la couverture : Valérie Renaud

Lorsque le futur marié lève le voile sur ses tempes délicates, je me dis qu'on devrait les prévenir : un avenir fait d'enterrements, d'emprunts automobiles, d'impôts et d'enfants malades la nuit. C'est un boulot que vous ne saurez pas faire, le bras nu enfoncé jusqu'au coude dans l'évier bouché, parmi les pelures d'aubergine brûlées à la dérive absurde.

JOE MILLAR, *American Wedding*

Prologue

LORSQU'ELLE le lui dit, Taz est à genoux ; à force de manier le marteau ses bras vibrent, palpitent et picotent. Il lève les yeux, les oreilles bourdonnantes, la pince à levier et les doigts coincés sous encore quinze centimètres de sous-plancher en kryptonite de malheur.

Les pouces accrochés à sa ceinture à outils, comme si finalement elle comptait s'attaquer au fichu lattis, Marnie le regarde avec un sourire en coin et répète sa phrase.

Il cligne des yeux, hausse un sourcil et libère ses doigts, les frotte pour en retirer la poussière.

— C'est vrai ? demande-t-il.

Tâchant de contenir son sourire, elle commence à extraire un test de grossesse de sa ceinture, à peine un centimètre ou deux, avant de l'enfoncer à nouveau.

— L'aiglon a atterri.

Taz regarde autour de lui, le mur réduit à son ossature face à la cuisine, le sol maculé de plâtre, la constellation de trous laissée par les lattes qu'ils ont arrachées. Les moulures en pin ont été retirées et empilées près de l'atelier dans le jardin, où elles attendent qu'il trouve le temps de décaper un siècle de peinture. Encore du plâtre qui s'écaille, là où se trouvaient les moulures. Des fils électriques noirs d'un autre âge, gainés de tissu, affleurent entre les montants du mur, entourés çà et là de boutons et de tubes en porcelaine d'un blanc pisseux. Le plancher semble avoir explosé, des éclats de contreplaqué se dressent vers le plafond. Sous le plancher, l'érable crasseux est strié de colle, un trésor de pharaon enfin mis au jour. Des particules de poussière dansent dans la lumière qui filtre à travers les interstices, autour des portes et des fenêtres à guillotine. Taz absorbe la scène, à peine quelques secondes, mais c'est déjà trop long.

Le visage de Marnie se ferme.

— Doux Jésus, dit-il.

Il se redresse avec difficulté, les genoux plus vieux soudain, les articulations raides. Il serre Marnie dans ses bras, soulevant des petits nuages de poussière partout où il la touche.

— Doux Jésus, chuchote-t-il à nouveau, le nez dans ses cheveux.

— Tu as trouvé la foi ou quoi ? demande Marnie.

Elle s'écarte de lui pour mieux le regarder.

— Je suis un chrétien *born again*[*].

— Pas encore né, tu veux dire. En cours de route.

Par-dessus l'épaule de Marnie, Taz continue d'observer la pièce dans laquelle va atterrir ce bébé. Des outils poussiéreux sont disséminés parmi le carnage, le ciseau à bois ébréché et émoussé, la vieille scie sabre et sa lame tordue, la pince à levier indestructible. L'équivalent de Bagdad pour les enfants : allez sécuriser ça. Ruminant tout cela, il embrasse Marnie, un baiser langoureux. Ils y sont encore lorsque Rudy fait irruption dans la cuisine, comme si de rien n'était, un pied-de-biche dans une main, une bière dans l'autre.

— Tiens, dit-il. Quelle jolie scène.

Taz et Marnie se séparent, sans trop se presser non plus. Taz est encore sous le choc.

— Et si vous vous trouviez une chambre, plutôt, dit Rudy.

— Ce serait peut-être une bonne idée, figure-toi, répond Taz.

Marnie l'attire à elle et colle sa bouche contre son oreille.

— Motus, chuchote-t-elle. Jusqu'à ce qu'on soit sûrs.

* Littéralement "né de nouveau", chrétien évangélique qui a connu une régénération spirituelle. (Toutes les notes sont de la traductrice.)

Taz hoche la tête. Mais enfin, “sûrs” ? Vraiment ? Plus rien ne sera jamais sûr, voilà ce qu'il a envie de dire. Pourtant, il acquiesce.

— Tu as apporté de la bière ? demande-t-il à Rudy.

Rudy lui lance un regard interloqué.

— J'en ai trouvé dans ton frigo, ouais. Vous en voulez ?

Marnie secoue la tête et, captant son geste de justesse, Taz fait de même.

Rudy hausse un sourcil et consulte une montre imaginaire.

— On est encore samedi, je me trompe ? Je sais que je suis en retard, mais pas à ce point quand même ?

— Non, on est encore samedi, dit Taz.

Rudy avale une gorgée et brandit son pied-de-biche.

— OK, c'est vous qui voyez. Contentez-vous de m'indiquer ce que vous souhaitez voir détruit.

— Démoli, rectifie Taz.

— Appelle ça comme tu veux.

Il plante l'extrémité du pied de biche dans le mur, brise le plâtre et retire quelques lattes.

— Un de ces quatre, va falloir penser à construire au lieu de détruire, dit Taz.

— C'est au-delà de mes capacités, répond Rudy.

— Et nous, on est au-delà de tout, commence Taz.

Marnie lui enfonce son marteau dans les côtes.

Elle rejoint Rudy pour s'attaquer au mur avec l'arrache-clou. Taz approche et lui glisse un masque à poussière sur le visage.

Elle lève une main pour le chasser.

— Je ne supporte pas ce truc.

Se reprenant aussitôt, elle se donne une petite tape sur la tête, ajuste l'élastique et commence à respirer comme un plongeur sous-marin : inspiration, expiration. Ils continuent de mettre le séjour à sac.

À peine un mois plus tôt, après une nouvelle visite de la mère de Marnie – les travaux avaient été temporairement suspendus –, ils avaient reçu un mot les informant qu'elle leur avait acheté un lit, avec un matelas, tout le toutim. Le colis les attendait chez Wagner's. "Tu ne devrais pas avoir à dormir par terre", avait-elle écrit à Marnie, mais c'était Taz qu'elle visait. Derrière la maison, dans l'ancien garage qu'il avait prolongé d'un appentis et déclaré son atelier – malgré le sol en béton décrépit qui rendait problématique le déplacement des machines –, Taz enduisait d'huile de bois de chine le cadre de lit qui l'obsédait depuis des mois. Il l'avait fabriqué avec les plus beaux morceaux de cerisier glanés sur les chantiers année après année, arpentant l'État d'un bout à l'autre, scrutant chaque planche tel Sherlock avec sa loupe.

Ils étaient quand même allés chercher le matelas. Marnie avait empoché le remboursement pour le cadre sans sourciller.

— Elle ne s'en rendra même pas compte.

Un bonus inespéré.

Ensuite, disons qu'ils se devaient de tester le matelas, de lui faire faire un tour de piste ou deux. Ou trois. Voire plus. Et maintenant, ça.

J - deux mois et le compte à rebours commence

TAZ avait fait de son mieux. Marnie se tenait de profil devant le miroir de la chambre, le T-shirt remonté jusqu'au cou. Il avait poussé des "oh" et des "ah" en gonflant le ventre, déclaré, "T'es une vraie baleine", mais la vérité, c'est qu'elle était semblable à elle-même, une silhouette qu'il aurait pu dessiner les yeux fermés. Il s'était approché d'elle pour poser une main sur son nombril. Elle l'avait repoussé.

— Il est bien là, trou du cul. N'importe qui le remarquerait.

Un mois plus tard, il lui avait dit qu'elle ressemblait à une corde avec un nœud.

Aujourd'hui, sept mois ont largement passé et tout déni est devenu impossible. Ils s'éloignent de Missoula, quittent l'autoroute, longent la Blackfoot en amont, puis les lacets du premier canyon, et enfin la plaine de Potomac, où la brume, encore basse dans les prés, frôle les épicéas, les pins tordus, les angus immobiles comme des ombres. Ils gravissent la colline et franchissent la Clearwater avant d'aborder les lacets du deuxième canyon, les pins ponderosa d'un côté, la rivière de l'autre. Taz voit Marnie se pencher et scruter l'eau à la recherche de coins de pêche, de parcours pour les kayaks. Elle était tombée raide dingue de la région dès le premier jour, l'étudiante de l'Ohio. Tout ce qu'il avait eu à faire, c'était lui montrer les endroits qu'il connaissait par cœur, depuis qu'il savait marcher. Rudy en était vert de jalousie, la simplicité de la séduction. "C'est pas juste. Moi aussi, je pourrais lui montrer tout ça. Et si je l'emmenais pêcher, au moins on attraperait des poissons."

Marnie se tourne et surprend son sourire.

— Quoi ?

— Rien. Je pense à la première fois qu'on est venus ici.

Sur les hauteurs, aux alentours d'Ovando, la montagne Scapegoat se dresse au nord, grise et aride : son manteau nival a disparu depuis avril. De la fumée voile les sommets les plus éloignés, la saison des feux a commencé. Taz prend la sortie près des tas de gravier, abandonne l'asphalte et le bras principal de la rivière pour se diriger vers les arbres. La voiture soulève un nuage de poussière et cahote sur les derniers mètres de ce que l'on pourrait encore appeler une route. Les leçons de natation, c'est le nom que donne Marnie à leurs escapades. Taz gare le pick-up le long des cerisiers de Virginie, près du grand pin ponderosa solitaire qui marque leur coin secret, personne, à leur connaissance, ne s'étant frayé un chemin à travers les broussailles jusqu'à leurs rapides, leur bassin. Jamais ils n'ont vu ne serait-ce qu'une empreinte de pêcheur, bien qu'à une occasion ils soient tombés sur une empreinte de grizzly dans la boue, des éclaboussures sur les galets encore humides. Ce jour-là, ils avaient déclaré forfait. À présent, tout danger de grizzly écarté, ils prennent leurs cannes et leurs boîtes à mouches avant de zigzaguer entre saules et buissons, veillant à marcher sur les galets afin de ne pas laisser de traces. Dès qu'ils aperçoivent l'eau, Marnie lâche sa canne et arrache ses habits comme s'ils lui brûlaient la peau. C'est la tradition, depuis le premier jour, à une époque où Taz n'en revenait toujours pas de la facilité avec laquelle elle se déshabillait, comme s'ils s'étaient connus toute leur vie. Cette fois-là encore, il en reste bouche bée et doit presser le pas pour la rattraper.

Malgré la chaleur torride de ce tout début de mois de juillet, l'eau est si froide qu'elle les saisit. Ils y pénètrent en riant, le souffle court, avant de nager plus loin, jusqu'aux rapides, puis ils se laissent repousser en aval et tournoient dans le courant, la respiration plus régulière à présent. Taz passe les bras autour du ventre de Marnie, ils regardent les nuages glisser dans le ciel, aussi inoffensifs que des coups de pinceau : cela fait des mois qu'aucune goutte n'est tombée. Pas de fumée en vue, mais un léger parfum dans l'air, presque agréable, comme un feu de camp.

Le ventre de Marnie bouge, un coude ou un genou s'agite sous la main de Taz. Il écarquille les yeux. Elle éclate de rire.

— Ce sera une vraie petite loutre, notre fille, dit-elle.

Ses cheveux mouillés sont drapés en travers de l'épaule de Taz, telle une fourrure.

— Et si c'est un garçon ?

— Ne sois pas bête. Deux chromosomes x, pas de doute.

— Vraiment ?

Il la sent hocher la tête.

— Sacagawea, dit-elle. Lewis n'aura qu'à la suivre. Et récolter tous les lauriers. C'est toujours la même histoire, avec les hommes. Pareil pour Clark*.

Au début, impressionnée par leur connaissance intime d'une nature qu'elle se figurait à peine, Marnie avait surnommé Taz "Lewis" et Rudy "Clark". Ils avaient vingt ans, à l'époque. C'était il y a sept ans, autant dire une vie entière.

Ils se dorent au soleil, puis se rhabillent et commencent à marcher en amont. Avec la sécheresse, le niveau de la rivière a baissé ; ils font crisser des galets blanchis qu'ils n'ont jamais vus à découvert avant. Lorsqu'ils atteignent la paroi du dernier petit canyon, Marnie lance un regard interrogateur à Taz. Il baisse les yeux sur son ventre et hausse un sourcil.

— Sacagawea a porté son bébé jusqu'à l'océan Pacifique, dit Marnie.

Elle s'élance la première, un pied sur la saillie, trente centimètres de roche friable et fissurée. Elle s'accroche à la paroi,

* Meriwether Lewis et William Clark : chefs de la première expédition américaine à traverser le continent jusqu'à la côte pacifique (1804-1806).

à une racine, à de l'herbe à bison émergeant d'une crevasse. À leurs pieds, la rivière se resserre et rugit, lacérée par les rochers. Taz ne la quitte pas d'une semelle, prêt à la rattraper si elle dérape, à plonger à sa suite.

L'ascension se déroule sans incident. Ils posent le pied sur les touffes de tussack, la petite prairie dissimulée par le canyon, et déambulent parmi les brins desséchés, dispersant les sauterelles jusqu'aux étangs de castors. De l'eau ruisselle à travers le barrage de branches et de boue, au-delà duquel chatoie le premier étang, aussi lisse qu'un miroir. Ils reprennent leur souffle, montent leurs cannes. Marnie scrute les environs à la recherche d'une éclosion et inspecte ses mouches avant de faire son choix, une minuscule midge.

— Midge, dit-elle à voix haute.

Taz fouille dans sa propre boîte.

— Peut-être, mais je pense qu'une sauterelle fera mieux l'affaire.

— Non. Midge, c'est comme ça qu'on va l'appeler. Son prénom.

— Midge ?

— Oui, une créature infime mais indispensable, le maillon essentiel.

— Vraiment ?

Elle sourit.

— C'est parfait.

— Tu veux qu'elle soit tout en bas de la chaîne alimentaire ? (Il éclate de rire.) C'est tout sauf parfait.

Elle le fixe.

— Tu lui diras quoi, quand elle sera grande ? "Écoute ma chérie, on voulait que tu sois du côté des perdants, la proie ultime, quoi."

Elle plisse les yeux.

— Enfin, Marn. Si tu veux absolument te la jouer couleur locale, pourquoi pas Ourse ? Ce serait bien, les autres gamins lui foutraient la paix. Ou Loutre, peut-être ?

Son regard se fait lourd de menaces.

— Mais Midge, ce n'est pas si mal.

Elle lève les yeux au ciel.

— Midge, répète Taz et c'est le mot de la fin.

Ils commencent à pêcher et Taz pense Maddy, Carly, Sandy peut-être, voire Sarah, ou encore Sybil, tous les prénoms en S, surtout pas Sybil en fait, ils ne sauraient jamais à qui ils ont affaire*; et si c'est un garçon – parce qu'après tout, Marnie peut se tromper –, pourquoi pas Bruce, en l'honneur de Springsteen, voilà qui la rendrait folle, Eminem si elle exige un compromis, et si elle tient à rester sur les animaux, couleur locale jusqu'au bout, Tatanka**, quoique tout le monde l'appellerait Tank, une brute au front bas dans un comics merdique, mais voilà qu'un poisson mord. Comme d'habitude, ils pêchent un dîner entier de brookies.

Ils ramassent du bois. Marnie s'occupe du feu pendant que Taz casse les branches les plus grosses en les tapant contre un rocher. Les brookies grillent sur les brindilles tandis que le soleil décline, éclaboussant les feuilles des peupliers, des saules, et les aiguilles effilées des pins ponderosa éparpillées sur les collines.

— Elle va adorer cet endroit, dit Marnie, arrachant un dernier lambeau de poisson, le menton luisant de gras.

Taz se laisse aller en arrière sur ses coudes.

— Évidemment. C'est comme si on vivait dans un tableau.

— Si Van Gogh nous voyait, il se couperait l'autre oreille. Et si quiconque de l'Ohio savait que tout ça existe? Il en mourrait, à condition que l'air de Cleveland ne l'ait pas déjà achevé.

— Je n'arrive pas à croire que tu aies survécu, d'ailleurs.

---

* Référence à l'héroïne aux personnalités multiples du roman biographique *Sybil*, de Flora Rheta Schreiber.

** Mot Lakota signifiant "bison".

Elle lui donne une bourrade.

— Je n'arrive pas à croire que tu n'aies pas vu ce que tu avais sous le nez avant que je ne te le montre.

Leur badinage habituel, jusqu'à ce qu'elle ajoute :

— Ou que tes parents soient partis.

Taz plisse les yeux dans la fumée, ne sachant que répondre.

— Je ne pense pas que la Nouvelle-Zélande soit si terrible que ça, finit-il par dire.

— C'est bourré de Hobbits.

Mais elle est allée trop loin en mentionnant ses parents, qu'elle n'a jamais rencontrés, alors elle lui tend un brookie et vient s'asseoir en tailleur près de lui pour nettoyer les arêtes.

Taz jette les dernières branches sur le feu. Silencieux, ils regardent jaillir les flammes, hypnotisés par leur farandole bleue tandis que le soleil disparaît derrière les montagnes, les plongeant dans la pénombre. Bientôt les premières brises du soir entament leur descente depuis les sommets.

Ils savent tous deux que l'heure est venue de partir. Marnie soupire et dit :

— C'est une nuit parfaite, tu ne trouves pas ? Ça ne va pas être facile de rentrer.

Taz s'imagine amener le bébé ici, escalader le canyon avec lui, l'empêcher de tomber dans les pommes de pin, le ruisseau, les étangs, l'entendre pleurer pile au moment où le silence s'installe. Combien de nuits comme celle-là connaîtront-ils encore ?

— Je pourrais aller chercher les sacs de couchage dans le pick-up.

— Ce n'est pas ce que je voulais dire. (Le regard perdu dans le feu, elle change de ton.) Et tu le sais très bien.

Taz lui frotte le dos, réprimant un soupir.

— On va finir la maison. J'ai du temps, en ce moment.

— Si tu ne trouves pas du travail bientôt, on n'aura plus que ça.

Taz retire sa main et se penche vers le feu, qu'il attise avec une branche pas plus épaisse que son doigt.

— Le travail finit toujours par arriver, Marn.

— Maintenant, ce serait bien. (Elle jette le squelette de brookie sur les braises.) C'est tout ce que je dis.

Du bout de son bâton, Taz pousse le squelette dans le feu ; les os fragiles et minuscules irradient quelques instants avant de disparaître.

Sur le chemin du retour, ils cuisent, toutes fenêtres baissées, le souffle de l'air plus étouffant qu'autre chose.

— De la viande séchée, dit Marnie en changeant de position.

Elle commence à étirer le cou, comme elle le fait chaque fois qu'elle se sent oppressée.

Elle baisse les yeux sur son ventre, esquissant un sourire.

— De la viande séchée.

Taz accélère.

Ils entrent dans la maison d'un pas lourd. Les plaques de plâtre ont été fixées, mais les joints et l'enduit restent à faire. N'empêche, sitôt qu'ils franchissent le seuil, le séjour leur apparaît comme une vraie pièce, au lieu d'une carcasse éventrée. La bâche qui protège l'érable fraîchement poncé crisse sous leurs pas, et Marnie s'affale sur le vieux canapé trouvé dans la rue, un endroit où s'asseoir pendant les travaux, un meuble qui s'en ira rejoindre le tas de rebut dès que le séjour sera terminé. Ils ont encastré les fils électriques, reléguant les tubes et les boutons dans le pick-up, sous les chutes de plâtre. Taz compte appliquer l'enduit dans la semaine, lisser les joints, couvrir les têtes de vis, dépoussiérer comme un malade, peindre les murs, retirer la bâche, dépoussiérer encore, vernir l'érable jusqu'à ce qu'il brille comme du verre. Marnie ne le sait pas, mais il lui a réservé une chambre pour deux nuits à l'hôtel du coin, où elle pourra profiter de la piscine, apprendre à Midge à nager sans avoir à respirer d'émanations toxiques. Ou à les absorber par les ouïes, enfin quel que soit le mode d'oxygénation de Midge. Il l'imagine en train de flotter, un casque de scaphandrier miniature sur la tête, le hublot minuscule, son cordon ombilical comme un flexible de plongeur sous-marin. Vingt mille lieues sous les mers. Il n'en dit pas un mot à Marnie.

Il la regarde, avachie sur le canapé, les yeux fermés, le teint pâle, couverte de sueur. Elle respire comme un scaphandrier, elle aussi. Mieux vaut ne pas lui demander comment elle va, pourtant il le fait quand même.

Elle ouvre un œil et le regarde.

— C'est une géante. Un titan. Imagine si c'était toi qui la trimballais partout.

— Si je pouvais, je n'hésiterais pas, répond-il.

Et c'est plus ou moins ce qu'il pense, allant jusqu'à se dire qu'il saurait mieux s'y prendre, qu'il ne ferait pas si grand cas de sa fatigue, de sa souffrance, qu'il éviterait de traiter tout le processus comme une épreuve insurmontable. Mais voilà que Marnie pousse un soupir fatigué, et Taz comprend qu'il n'a pas la moindre idée de ce qu'elle traverse.

Il va à la cuisine, tout aussi décrépite que le jour où ils ont acheté la maison, voire plus. À peine une semaine après avoir emménagé, ils s'étaient attaqués à la chambre, la seule pièce dont ils auraient jamais besoin, selon Marnie. La cuisine ne tarderait pas à suivre, alors ils avaient égoutté leurs pinceaux sur le mur au-dessus de l'évier, Marnie en profitant pour dessiner un gigantesque smiley vert, qu'elle avait pourvu de canines blanches avec la peinture du plafond. Une plaisanterie à l'époque, mais le travail les avait rattrapés, leur compte en banque aussi, et trois ans plus tard, le smiley en était venu à représenter la maison elle-même, qui les dévorait vivants. Si Taz avait pu l'effacer sans que Marnie le remarque, il l'aurait fait depuis longtemps.

Il jette un œil au smiley en ouvrant la porte du congélateur et tord le bac à glaçons au-dessus d'un verre à pinte pour

Marnie. Elle le plaque contre sa joue, son front, le faisant rouler dans un sens puis dans l'autre.

— On n'a pas pensé aux vagues de chaleur, quand on a prévu tout ça, dit-elle. À la sécheresse.

Parce que c'était prévu ? se retient de demander Taz.

— Plus que deux mois à tirer, dit-il.

— La durée de ma grossesse ne m'a pas échappé, merci, lâche Marnie, les yeux fermés.

Il s'assied sur un chevalet et l'observe un instant avant de se pencher vers elle, prêt à rattraper le verre au cas où elle s'endormirait.

Quelques secondes plus tard, elle rouvre les yeux et se redresse. Elle agrippe des deux mains le verre qui repose sur son ventre.

— Fini de rigoler.

Taz se prépare à affronter la suite.

— Suffit de regarder nos comptes, de soustraire et d'additionner. Le truc du boulier, tu vois ? (D'un geste, elle désigne la pièce, la maison tout entière.) Et cette baraque. On va mettre un planning au point. Impossible d'accueillir un bébé dans ce foutoir.

Taz n'a pas besoin de regarder autour de lui, bien qu'il ait toujours aimé cette étape, les plaques de plâtre, l'effet d'écho dans les pièces vides. De fait, c'est une vraie pièce. Ils ont un toit sur la tête. L'eau. L'électricité. Leur chambre est terminée depuis longtemps, et celle du bébé n'attend plus que la peinture et les moulures. La salle de bains est pourvue d'une porte qui cache tout ce dont ils ne se sont pas encore occupés, la tuyauterie, les équipements trop onéreux, le carrelage. Quant à la cuisine, elle n'a pas de porte, mais Taz a déplacé le canapé afin que Marnie n'ait pas à contempler ce qui leur manque, les appareils ménagers si coûteux qu'ils n'ont pas encore eu le courage de s'attaquer au plâtre. N'empêche, ce n'est pas comme si le bébé allait vivre dans une grotte. Néanmoins, il acquiesce.

— Je sais, Marn.

Elle le regarde fixement.

— Tu dis toujours ça.

— Je sais, commence Taz, avant de refermer la bouche et de se lever, aussi épuisé qu'elle.

Il va à l'atelier, ouvre le cadenas et pousse la porte avant d'actionner l'interrupteur. Il contourne l'établi, l'un des rares objets, avec la vieille table de sciage, que son père n'a pu expédier en Nouvelle-Zélande. Il retire la bâche qui protège les autres outils de la poussière et fouille dans les seaux de quincaillerie pour trouver la boîte de finition, le bac, le couteau et les bandes. Il prépare l'enduit.

À son retour, Marnie scrute chacun de ses gestes.

— C'est comme ça que tu réagis, quand je te dis qu'il faut qu'on soit sérieux, qu'on s'organise ?

Il ne répond pas, se contentant de tremper le couteau dans l'enduit. Puis il lui tourne le dos pour faire face au mur et se met au travail.

Il est en train de poser une bande le long du plancher quand Marnie lance :

— Tu sais, ce n'est pas parce qu'on ne parle pas d'argent qu'on en a.

Il rabat la bande contre la lame du couteau et la déchire, trempe le couteau dans le bac et commence à marcher à reculons, étirant l'enduit.

… et continue

Taz trouve l'équivalent d'une semaine de travail, plus homme à tout faire que charpentier ou menuisier. L'argent tombe à point nommé, hélas, pendant ce temps, les travaux n'avancent pas. L'accouchement est prévu dans un mois, le séjour et la chambre sont encore bâchés mais, sur les murs, chaque vis et chaque joint a été lissé et poncé ; Taz tend sa valise à Marnie et lui parle du week-end à l'hôtel. Elle le dévisage en secouant la tête et lui demande s'il croit que l'argent pousse sur les arbres. Taz finit par la convaincre de le suivre jusqu'au pick-up, arguant qu'ils ont un accouchement à préparer, ils s'occuperont de l'argent plus tard. Lorsqu'il la laisse, elle flotte dans la piscine, tel un lamantin, selon ses propres mots. Taz se dépêche de rentrer, s'arrêtant pour prendre Rudy en chemin. Ensemble, ils s'attaquent à la peinture, le séjour d'abord ; Rudy passe le rouleau à la vitesse de l'éclair, Taz s'occupe des angles. Ils parlent à peine et se déplacent comme un vieux couple, chacun anticipant les mouvements de l'autre, ses pensées.

Jusqu'à ce que Rudy, les yeux rivés sur son rouleau, demande :

— Elle l'a pris comment ?

— Quoi ?

— Cette histoire d'exil.

— D'exil ? (Taz s'arrête.) Tu crois vraiment qu'elle devrait respirer cette merde ?

— Parce que je n'ai pas de neurones, moi ?

Taz éclate de rire avant de se pencher en arrière, aussi loin que possible, pour faire glisser son pinceau le long du plafond.

— Deux, trois survivants hagards, tout au plus.
Rudy avale une gorgée de bière.
— Pas de quartier, alors.
Ils continuent de travailler, silencieux à nouveau. Taz descend de l'échelle, la déplace et remonte dessus.
— Tu le leur as dit ? demande Rudy.
Taz se tourne. Rudy est en train d'imbiber son rouleau, concentré sur sa tâche.
— À qui ?
— Aux futurs grands-parents ?
Taz trempe son pinceau dans la peinture.
— Oui, je le leur ai dit.
— Alors, ils ont sauté dans l'avion ?
Taz fait glisser son pinceau le long du plafond.
— Pas vraiment, non.
— Ils sont heureux, au moins ?
— Ma mère est aux anges. Mon père m'a demandé comment je comptais subvenir aux besoins de ma famille.
— Je suis content d'entendre qu'il s'est radouci.
Taz trempe son pinceau et se penche en arrière.
— Tu leur as dit que tu avais acheté une maison, pas vrai ? Ils ne croient tout de même pas que tu vis encore chez moi ? Ou que tu es encore au lycée ?
— Je leur ai même dit que je m'étais marié.
Rudy passe le rouleau sur le mur, de haut en bas.
— T'as tout balancé, quoi.
— Ma mère n'est pas contre, mais… commence Taz, avant de se raviser.
— Je n'en doute pas. Je me disais juste qu'un bébé pourrait peut-être convaincre ton père.
— Rien ne le convaincra jamais.
— C'est à cause de notre nouveau président ?
— Ce serait Bozo le clown qu'on ne verrait pas la différence.

— C'est plus ou moins le cas. Pour Bozo, je veux dire. Quand même, un bébé. Ça change tout, non ?

— Ils m'ont abandonné ici avec toi, Rudy.

— Et mes parents. Je n'ai pas été élevé par des loups, tu sais.

Taz repositionne son échelle, monte dessus, trempe son pinceau.

— Il a tout perdu. Il tient le pays pour responsable de l'économie globale. De la planète entière. Tu sais comment il est.

— L'homme a la rage facile.

— Et un bébé n'y changera rien.

— Mes parents aussi sont partis. La crise n'a épargné personne.

— En Arizona, Rudy. C'était l'hiver qu'ils détestaient, pas eux-mêmes.

Rudy finit sa partie, puis ils passent à l'autre mur, celui qu'ils ont gardé pour la fin ; les fenêtres y occupent presque tout l'espace. Appuyé sur sa perche à rouleau comme un sorcier sur son bâton, Rudy attend que Taz termine l'angle.

— Et Marnie, elle en dit quoi ?

— Elle ne les a jamais vus que sur Skype. Je doute qu'elle ait tiré des plans sur la comète.

— Elle n'est pas déçue ?

— Elle a vécu six mois dans cette baraque sans chauffage, Rude. Elle n'est pas du genre à se laisser déstabiliser.

— C'était en été, répond Rudy. Plus ou moins.

Taz éclate de rire.

— Elle saurait comment le prendre.

— Lui et n'importe qui d'autre.

— Mais je suis ravi qu'elle n'ait pas à le faire.

Taz termine l'angle et Rudy passe le rouleau.

— On fait la chambre du bébé ?

Taz ramasse l'échelle et se dirige vers le couloir.

— Au fait, on ne dit plus "la chambre du bébé". C'est "la nursery" maintenant. Je ne déconne pas. Une idée de Marn.

Rude s'agenouille pour changer de rouleau.

— Elle appelle la chambre du bébé une nursery ? Complètement barjo. Non mais, d'où elle sort tous ces trucs ?

Taz ouvre un nouveau pot de peinture, coloris "gemme", bleu ou vert. Un peu des deux.

Marnie va peindre des libellules au pochoir le long du plafond, des éphémères et des mouches de pierre, sans oublier les midges, bien sûr – encore une discussion qu'il préfère remettre à plus tard.

Le lendemain, avant l'aube, avant même le café, ils commencent à vernir le plancher.

— Quoi ? s'exclame Rudy.

— Si on se dépêche, on aura le temps de poser trois couches.

— Trois couches ?

— Pour une maison à toute épreuve.

— Voilà qui me semble excessif, dit Rudy.

Néanmoins, il s'agenouille sous le porche pour ouvrir le bac de vingt litres.

— Je préparerai le café après la première couche. Promis.

Rudy lui jette un regard lourd de sous-entendus et recule pour le laisser remuer, puis, sans échanger le moindre mot, ils ouvrent la porte et se mettent au travail – ils connaissent la chanson. Rudy verse, Taz étale, ils vernissent le séjour et s'attaquent au couloir sans même lever la tête. Ils glissent jusqu'à la nursery, s'évitant l'un l'autre au moment de franchir le seuil ; l'érable est si brillant et doré qu'ils sourient jusqu'au mur du fond avant de comprendre ce qu'ils viennent de faire.

— Impossible, dit Rudy.

— On n'a pas fait ça.

Ils sont pris au piège, avec la fenêtre de la nursery pour seule issue. Taz passe en premier ; Rudy lui tend le seau, la perche, et ils rient si fort qu'ils peinent à tenir debout.

Taz reprend son souffle, le temps d'articuler :

— Pas un mot à Marnie. (Rudy écarquille les yeux.) On emportera ça dans la tombe.

Ils entrent dans la cuisine par la porte de derrière. À l'est, le soleil ne s'est pas encore levé, mais les feux ont empourpré le ciel. Taz prépare un café et en boit presque une tasse entière avant d'aller marquer quelques morceaux de bois supplémentaires à l'atelier : il fabrique un lit pour la nursery, une surprise. Rudy passe une tête dans l'entrebâillement et le regarde travailler en sirotant son café.

— Ça t'arrive de dormir ? demande-t-il après un temps.

— Je dormirai plus tard.

Rudy entre dans l'atelier et tire une chaise de sous la table monumentale trouvée par Marnie, une relique de la Guerre civile, un meuble fait pour signer les traités de paix, page après page après page, une douzaine de chaises assorties, le tout poussé contre la dégauchisseuse-raboteuse, la scie à ruban, la table de montage, elles-mêmes poussées contre le mur du fond.

— Plus tard, ça veut dire après l'arrivée du bébé ? T'as raison, c'est le meilleur moment pour dormir, il paraît.

Ils passent la deuxième couche avant midi, en commençant par la nursery, cette fois, la troisième avant la tombée de la nuit. Étourdi par les émanations, Taz s'appuie contre le mur de la cuisine, qui date encore de 1917, pendant que Rudy rince les pinceaux dans l'évier de ferme rouillé et plein de taches. Sous leurs pieds, le motif du linoléum a disparu depuis longtemps. Épuisé et courbatu, il admire leur travail. L'odeur de la peinture fraîche rivalise avec celle du polyuréthane. Derrière lui, Rudy coupe l'eau et ouvre deux bouteilles de bière.

— Une tâche réputée impossible, dit-il.

— Pour de simples mortels, en tout cas, ajoute Taz.

Ils trinquent.

Taz se tourne vers le plâtre rugueux et lève son verre au smiley dentu de Marnie.

— À Marn, aussi.

Il pensait boucler la cuisine en quelques mois, la maison tout entière en six. Il avait été assez bête pour le lui dire. À voix haute. Six mois. Il y a trois ans.

— Quand est-ce que tu vas la chercher ?

— Demain, je suppose. Ou après-demain.

— Espèce de lâche.

Taz sourit, mais en son for intérieur, il doit reconnaître que ces quelques nuits sans Marnie ont été un soulagement.

— Ça dépend du temps qu'il va falloir pour aérer tout ça.

— On va bientôt pouvoir ouvrir les fenêtres. Avec cette chaleur, c'est l'affaire de quelques minutes. T'as entendu parler des incendies ?

Taz opine. Les feux se répandent comme une traînée de poudre, violents et incontrôlables. Seeley Lake a déjà été évacué. Lincoln s'apprête à l'être. À force de travailler, Taz n'a pas fait attention. Il serait capable de dormir debout, s'il en avait le temps.

— On s'occupe de la plinthe et des moulures de la porte demain ?

— Tu les as déjà fabriquées ?

— Ils ont arraché les anciens gradins à Loyola.

— Tout ce pin clair ? Ils ne l'ont pas vendu ?

Taz lui jette un regard en coin et sourit.

— Pas tout, non.

Rudy le dévisage.

— Mec. (Rien d'autre ne lui vient.) La voilà, ta surprise pour Marnie. À son retour, tu seras sous les verrous.

— Simple redistribution des ressources, Rude. S'ils le vendaient, le pin finirait en camelote quelque part.

— Mais toi, tu sers un but plus noble ?

Taz se tapote le front avec le goulot de sa bouteille.

— Et tu as déjà tout usiné ? C'est prêt à poser ? Quand as-tu trouvé le temps de faire ça ?

— La nuit.

Rudy n'arrête plus de secouer la tête.

— C'est un miracle que tu aies encore tous tes doigts. Marnie est au courant ?

— C'est une surprise.

Rudy plaque une main sur la table, du chêne fumé, presque noir.

— Et tu veux aussi qu'on installe cette bête dans la maison, avec les assiettes, les fourchettes à salade, les tasses de thé et les chandelles ?

— Il faut que le vernis durcisse, d'abord.

— Sérieusement. Tu veux qu'on finisse tout ça avant le retour de Marnie ?

— Non, Dieu lui-même n'en serait pas capable.

— Alors c'est quoi, le problème ?

Taz souffle sur le goulot de sa bouteille, une longue plainte désolée, un bruit de corne de brume.

— Le problème, c'est qu'il y a un bébé en route, Rude. J'ai promis à Marn que tout serait fini il y a deux ans. Peut-être même trois.

Rudy se tourne et le regarde droit dans les yeux.

— Sa mère, dit-il.

Taz baisse la tête.

— Elle vient. Je me trompe ?

— Pas avant la naissance du bébé.

— Je vois. Marn te met la pression pour transformer la baraque en maison témoin avant son arrivée.

— Les pièces principales, au moins.

— On commence à quelle heure demain ?

— À l'aube.

Rudy émet un grognement.

— À l'heure qui te conviendra, Rudy, tu le sais très bien.

— Ouais, mais avec la génitrice en route, on a intérêt à se magner.

Taz balance sa bouteille en direction de la poubelle, à l'autre bout de la cuisine.

— D'ailleurs, tu devrais peut-être faire une pause. Je ne sais pas quand je vais pouvoir te payer. Je n'en ai pas la moindre idée.

Rudy ouvre le frigo et le referme, bredouille.

— Me payer ? Voilà qui serait nouveau. À demain matin. J'apporterai de la bière.

Taz le suit dehors et le regarde descendre l'allée, une main levée au-dessus de l'épaule en guise de salut, puis il se dirige vers l'atelier, allume les lumières et commence à teindre les moulures qu'il a fabriquées avec le pin volé.

Arrivée imminente

MARNIE vient à la porte de la nursery en se tenant les reins et le regarde travailler au pied du lit une place qu'il vient de lui dévoiler, une réplique du lit deux places qu'il a fabriqué pour leur chambre, un projet qui l'avait occupé des soirées entières, enfermé dans l'atelier. Il se glissait sous les draps tard dans la nuit, embaumant le bois, une odeur à laquelle Marnie ne pouvait résister.

— Il est magnifique, dit-elle. C'est du noyer ?

Taz ne peut s'empêcher d'esquisser un sourire.

— Le bois des seigneurs. Les chutes du bureau.

— T'es un peu en avance, non ? dit-elle, souriant à son tour.

Taz lui lance un regard interrogateur.

— Je dirais que tu as deux ans d'avance.

— Comment ça ?

— Taz, c'est un lit de grande fille. Le plus beau lit de grande fille du monde, mais… (Voyant son expression, elle se reprend.) Mais il est si parfait que je vais peut-être dormir dedans.

— Hors de question.

Elle éclate de rire.

— Dans l'immédiat, il nous faut un berceau.

Taz jette un œil à la pièce.

— Il pourra toujours nous servir. Si elle est malade ou quoi. Si elle n'arrive pas à dormir. S'il faut qu'on la veille.

— T'as pensé au matelas ?

Il fait une grimace.

— On a quelques achats à faire, alors, déclare-t-elle, comme si l'argent n'était pas un problème.

Les derniers jours, Marnie l'aide avec les finitions, les chambranles, tout ce qu'elle peut faire debout, mais une fois, Taz rentre de l'atelier et la trouve allongée par terre, énorme, occupée à poser une moulure de revêtement sur la plinthe. Elle ne prend même pas la peine d'utiliser la cloueuse, parce qu'elle préfère enfoncer les petits clous à la main. Il éclate de rire.

— J'appelle SOS échouage ?

— Qui ça ?

Elle a des clous plein la bouche et parle comme Elmer Fudd.

— Tu sais, les bénévoles qui aident à remettre les baleines et les dauphins échoués à l'eau.

— Approche un peu, dit-elle, brandissant clou et marteau. J'ai besoin de voir tes orteils une seconde.

Taz s'enfuit à l'autre bout de la pièce.

— Tu es sûre que tu devrais faire ça ?

— Rester couchée, tu veux dire ? C'est ce que je fais de mieux.

Il fixe les derniers morceaux de plinthe – des grosses planches larges de vingt-cinq centimètres, encore un cadeau des gradins du stade – et vérifie que tout est bien calé.

— Tu crois que la maison plaira à ta mère ?

Marnie rit, à moins qu'elle ne soit en train de chantonner ou de s'étouffer sur un clou.

— Ça va ? demande Taz.

Elle recrache ses clous et continue de rire.

— Tu sais très bien comment elle va réagir. Elle va entrer dans le séjour, dire "oh, c'est joli", puis elle ira dans la cuisine pour nous faire le coup du gant blanc, répétant "oh", mais plus tout à fait sur le même ton. Ensuite, ce sera au tour de la salle de bains, et on n'entendra plus le moindre "oh" : elle se contentera de pincer les lèvres comme elle en a le secret.

Marnie pince les lèvres, comme si elle venait de mordre dans un citron pourri.

— Ça, c'est sexy, dit Taz.

Elle bascule sur le dos et laisse retomber ses bras le long de son corps. Son ventre est comme une montagne dont ses seins seraient les contreforts. Les lèvres toujours pincées, elle peine à parler.

— Prends-moi tout de suite, parvient-elle enfin à articuler.

Ils viennent d'entamer la semaine de la date présumée de l'accouchement, que Marnie a encerclée sur le calendrier cloué au mur. Elle est en train de la décorer avec des feutres de différentes couleurs – étoiles, feux d'artifice – quand Taz fait irruption dans la cuisine avec ce qui ressemble à deux panneaux de clôture. Marnie hausse un sourcil.

— C'est un berceau, dit Taz.

— Tu l'as trouvé où ?

— Je vais lui en fabriquer un vrai. Mais, dans l'immédiat, celui-là fera très bien l'affaire.

— Armée du salut ?

— Goodwill*, répond Taz.

Il emporte les éléments dans la nursery avant qu'elle ait le temps de protester.

— Lave-le. Avec de la javel. Deux fois, crie-t-elle dans son dos.

— Je sais ! crie-t-il à son tour.

Puis, quelques instants plus tard :

— Un mode d'emploi. Voilà qui n'aurait pas été de trop.

Il entend Marnie marcher jusqu'à leur chambre, ressortir, s'arrêter devant la nursery. Elle ne dit pas un mot, alors il finit par se tourner, une tringle métallique dont il ne sait que faire à la main. Elle tient une espèce de grand panier blanc en osier.

* Association caritative.

— Maman a tout prévu, dit-elle.
— Qu'est-ce que c'est ?
— Un couffin.
— Ah, ce n'était pas une corbeille à fruits ?...
Elle rit.
— Elle dormira dedans, au début. Avec nous. Ensuite, dans ton berceau, ici. Tu auras peut-être le temps d'en fabriquer un, finalement.
Taz hoche la tête, comme si elle ne lui apprenait rien.
— Et ensuite, le lit de grande fille ?
— D'ailleurs, ce serait peut-être mieux que tu montes le berceau dans notre chambre. On commencera par mettre le couffin dedans.
Taz jauge le sommier, la porte, se disant que ça va passer, qu'il n'aura pas à tout démonter, à recommencer à zéro. Il redresse le sommier et le plaque contre sa poitrine.
— Chaud devant, dit-il.
Marnie recule juste à temps pour le voir s'écorcher les phalanges contre les moulures neuves. Cela fait un mois qu'il ne la laisse plus porter quoi que ce soit de plus lourd qu'un marteau.
Lorsqu'il pose le matelas sur le sommier, il se rend compte qu'ils n'ont pas de draps.
— On n'aura qu'à l'envelopper dans quelque chose. Découper un de nos vieux draps.
Il contemple le lit.
— Ta mère va nous apporter tout ce qu'il faut. Des trucs roses, bien cucul et dégueus.
Marnie éclate de rire.
— Tu crois que j'étais une princesse ?
C'est au tour de Taz de rire.
— Tu sais, dit Marnie, on n'a vraiment plus rien d'autre à faire qu'à attendre.
Taz reste planté là, à hocher la tête, sans parvenir à y croire tout à fait.

— Du coup, poursuit-elle, je me disais… Pourquoi pas une dernière escapade ? Une dernière leçon de natation pour ta femme.

— La North Fork ? La route secoue tant que tu risques d'accoucher en chemin.

— Je suis prête.

— Tu veux qu'on se la joue retour aux sources ? Qu'on accouche tout seuls dans le bassin ? Qu'on enterre le placenta sous un arbre ?

— Beurk.

— Écoute, si ça nous arrive…

— On est à une heure de l'hôpital, tout au plus.

— Autant dire une éternité.

— Une dernière fois, Taz.

— On va y retourner des millions de fois. C'est évident. Mais là, tout de suite ?

Elle le fixe jusqu'à ce qu'il commence à chercher ses clés. C'est son endroit préféré au monde, après tout. Une dernière fois, rien qu'eux deux.

Zéro

UNE semaine plus tard, ils retirent les draps du lit et remplacent le surmatelas par un rideau de douche en vinyle, Marnie ayant lu quelque part que cela leur permettrait de sauver le matelas si elle perdait les eaux à un moment inopportun.

— Qu'est-ce que tu appelles un moment opportun ? demande Taz.

Elle le fait taire d'un regard avant d'étaler le drap. Il attrape un coin et le cale sur le lit.

Ils ne tiennent pas plus d'une minute avant d'éclater de rire. C'est un peu comme dormir sur du papier de boucherie, en moins confortable.

— J'ai l'impression d'être un poisson, dit Taz.

Ensuite, Marnie fait sa lippe de poisson. Hilares, ils retirent le rideau qu'ils abandonnent par terre avant de se réinstaller en cuillère, le souffle court. Elle pouffe à nouveau.

— Et ce n'est que le début : on va passer notre temps à faire des trucs qu'on ne comprend pas. À se comporter en parfaits imbéciles.

— On est faits pour ça.

— Parle pour toi, répond Marnie en se pressant contre lui.

La nuit suivante, elle perd les eaux.

Elle se redresse avec difficulté.

— Tout va bien. Je crois que je vais prendre une douche avant. Mais l'heure a sonné, Taz.

Il l'entend ouvrir l'eau et lui demande une dernière fois si tout va bien, puis il enlève les draps et les met dans le panier à linge sale, à côté de la machine qu'ils ont casée dans la cuisine. Marnie sort de la salle de bains, une serviette enroulée autour de la tête, et remarque aussitôt la tache sombre sur le matelas.

— Qu'est-ce qu'un matelas, après tout ? se contente-t-elle de dire.

L'argent, l'absolu, tout ça.

C'est un cadeau de sa mère, mais Marnie fait de son mieux.

— Exactement, dit Taz. De toute manière, on l'a plus ou moins usé jusqu'à la trame, ces derniers mois.

Elle sourit avant de se mordre la lèvre, s'arc-boutant contre une nouvelle contraction.

— Achètes-en un autre. On lui fera subir le même sort, dit-elle en haletant un peu.

Ils partent avant l'aube. Au-dessus des montagnes, à l'est de la vallée, la lumière l'emporte peu à peu sur l'obscurité. Le ciel est rouge feu. Leur moment préféré, du moins c'est ce qu'ils prétendent, hélas il faut se réveiller et sortir du lit. Taz a souvent évoqué le ciel écarlate qui l'accueille chaque matin quand il se traîne jusqu'à l'atelier, il a même encouragé Marnie à se lever pour l'admirer avec lui, sans jamais réussir à l'entraîner plus loin que la porte d'entrée, d'où elle pose un regard vide sur la rue.

Marnie lui agrippe la main ; il presse la sienne en retour.

— Elle était dure, celle-là ? demande-t-il.

Elle halète.

— Pff.

Autour d'eux, les rues sont vides et les feux clignotent à perte de vue, comme s'ils étaient un cortège officiel.

Quelques minutes plus tard, Marnie serre les poings, ferme les yeux, souffle et souffle encore. Quand la contraction passe, elle se tourne, un sourire fragile aux lèvres.

— Ouf, dit-elle. Notre fille ne fait pas dans la dentelle.

Il emprunte le dernier virage avant l'hôpital.

— Il va falloir que tu appelles ma mère, dit Marnie.

— Moi ?

— Tu veux encore que je halète au téléphone ? Que je gémisse ? Comme lors du fameux coup de fil d'anniversaire ?

Une idée à laquelle il ne peut s'empêcher de sourire : titiller Marnie pendant qu'elle téléphone à sa mère, jusqu'à ce qu'elle craque.

Marnie lui donne une bourrade.

— Appelle-la.

— Dès que l'aiglonne sera dans nos bras, promet-il. Sur Facetime. Le grand jeu.

Jour un

Il se balance sur sa chaise à côté du lit d'hôpital, les poches pleines de cigares en chewing-gum. Il y en a un vrai pour Rudy, glissé parmi les bonbons rose et bleu. Au cas où, peu importe ce que disait Marnie.

Il se masse les tempes, tâchant de se souvenir. Un acronyme, évidemment. Tout n'est qu'acronymes, ici. Deux mots. Ça, au moins, il en est sûr. Peut-être trois. Mais il n'arrive pas à les extirper de la panique et de l'affolement soudains. Il tenait le bébé dans ses bras, un sourire incontrôlable sur les lèvres, Marnie haletait après la dernière grosse poussée, mais elle ne semblait pas soulagée, au contraire, les yeux écarquillés, elle l'appelait entre deux ahanements. “Taz ? Taz ? Taz ?” Une question ouverte. Ne comprenant toujours pas, il avait soulevé le bébé pour qu'elle le voie. Il s'était redressé pour le poser sur sa poitrine, mais le médecin et l'infirmière s'agitaient déjà tandis que leurs collègues se précipitaient dans la chambre. Quelqu'un, il ne sait plus qui ni comment, lui avait pris le bébé des bras, et Marnie s'était agrippée à ses mains vides comme si c'était tout ce qui la rattachait à cette planète.

Cardio… Non, ce n'était pas ça. Pulmonaire. Peut-être.

Pulmonaire, pulmonaire. Il passe en revue tout le jargon médical qu'il connaît, les quelques séries qu'ils avaient l'habitude de regarder, avant que le téléviseur ne tire sa révérence. Hématome. Contusion. Embo…

Embolie pulmonaire. EP.

Il continue de se balancer, la tête entre les mains, répétant les deux mots à voix basse, encore et encore, sans parvenir à en saisir le sens.

Autour de lui, les ballons tremblotent chaque fois que l'air conditionné se met en route. Quelqu'un finit par passer un bras dans la chambre pour éteindre les néons aveuglants. Plongé dans la pénombre, le gigantesque ours en peluche de Rudy semble perplexe.

Jour deux

Jour trois

RUDY les ramène dans le pick-up de Taz. Ils se garent dans le jardin et Rudy suit Taz jusqu'au porche, comme s'il craignait de le voir se perdre en route. Devant l'entrée, il lui effleure le dos.

— Tu veux que je…

Taz secoue la tête et Rudy referme doucement la porte entre eux, sans ajouter un mot.

Une fois à l'intérieur, il fait le tour du séjour, comme s'il le voyait pour la première fois. L'érable rutilant grince sous ses pieds ; depuis la cuisine, le smiley géant de Marnie continue de sourire. Impossible de se rappeler où se trouve la nursery. Même si sa vie en dépendait.

Il ferme les yeux. Respire. Encore. Un mouvement dans le siège auto. Une légère secousse qu'il sent à l'extrémité de ses doigts et qui remonte jusqu'à son épaule. Il ouvre les yeux ; le bébé le regarde. L'infirmière lui a expliqué qu'elle ne pouvait pas encore accommoder, à cette distance. Elle ne voit pas au-delà d'une longueur de bras.

— On est arrivés. (Taz fait un geste qui englobe toute la maison.) Ce n'est pas très grand, et c'est encore en travaux.

Il sort un cigare de sa poche, rose, en défait l'emballage. Ses doigts tremblent, mais il arrive tout de même à le mettre dans sa bouche. Le bébé regarde ce qu'il peut voir. Taz fait semblant de fumer, puis il baisse le cigare et le pointe en direction du siège auto.

— À partir de maintenant, c'est toi et moi, bébé.

Il se frotte les yeux, le cigare coincé entre les doigts. Respire.

Le siège auto tressaute. Un coup de pied peut-être. Un bras qui s'agite. Taz se penche en avant et pose le siège par terre. Il tire une chaise de sous la table monumentale de Marnie et se laisse tomber dessus.

— OK. OK.

Ils avaient lu tous les livres. "Le bébé vous apprendra ce que vous avez à savoir", avait dit la mère de Marnie. Mais comment…

La mère de Marnie, merde. Il devait… Faire le lit ? Sortir des serviettes ? S'en étaient-ils occupés avant ? C'était ça, le plan ? Qu'elle vienne chez eux ? L'avait-il seulement appelée ?

Avaient-ils seulement eu un plan ?

Le bébé vagit.

Taz ferme les yeux et reste rivé à sa chaise, comme si on l'y avait attaché avec des cordes. Des chaînes.

Il contemple ses mains. Rien que le faux cigare. Il a dû laisser le sac dans le pick-up. Les biberons. Les trois boîtes de lait premier âge fournies par l'hôpital, chose que Marnie avait juré qu'ils n'utiliseraient jamais. Il s'en souvient très bien. Pas de lait artificiel. Hors de question. Pas même pour rigoler. Et ce n'est pas qu'une question d'argent, avait-elle précisé. Elle tirerait son lait pour que Taz puisse nourrir Midge et voir ce que ça faisait, puisque ses seins à lui étaient aussi inutiles que le sont les hommes en général. Revoyant son sourire à ce moment précis, Taz oublie de respirer. Comment respirer.

Le bébé croasse. Un bruit aviaire. Tête rejetée en arrière, bouche ouverte, implorante. Une plainte s'élevant du nid. Ensuite, lui avait expliqué l'infirmière, viendrait le couinement. Enfin, le cri. La gamme des C, voilà ce qu'elle avait dit, s'essayant à un petit sourire, le premier que quiconque osait lui adresser. Après tant de mesures exceptionnelles, ce sourire l'avait bouleversé. Il avait essayé de le lui rendre, répétant "la gamme des C". Mais son sourire à lui s'était fissuré, et Taz avait eu peur que cette fissure se transfère à son corps tout entier, ne laissant qu'un tas d'éclats brisés sur le sol. L'infirmière lui avait touché le bras.

— Il vaut mieux ne pas atteindre le pire. (Puis elle avait presque sursauté). Je parle de la gamme des C.

— Vous voulez bien rentrer avec moi ? avait demandé Taz.

Elle avait souri à nouveau, laissant sa main s'attarder sur son bras, avant de chuchoter :

— Tout ira bien.

À présent, il s'oblige à se relever.

— OK, murmure-t-il, évitant de regarder le siège auto sur le parquet.

L'érable blond, dur et brillant, son grain si serré qu'il en est presque imperceptible, est de la même couleur que les cheveux de Marnie. Invisible quand ils avaient acheté la maison, une surprise cachée sous le contreplaqué, la moquette miteuse. Il le traverse jusqu'au lino usé de la cuisine et arrache le calendrier, qu'il jette comme un Frisbee, lui et sa date d'accouchement à la con, en direction de la poubelle. Il s'arc-boute contre le mur vers la fenêtre, éraflant le torchis de sa main. Ils ne se sont jamais occupés de la cuisine, pense-t-il, comme s'il venait juste de le remarquer.

Le jardin tremblote de l'autre côté des vitres ternies. Le grand pommier. L'herbe jonchée de fruits ratatinés par la chaleur. Le plan de la cabane dans l'arbre est déjà dessiné sur le mur de la cuisine. Les branches passent à travers le plancher et le toit. Un repaire de sorcières, avait précisé Marnie, lui enfonçant un doigt dans les côtes. "Tu construiras un repaire pour mon peuple, ou je te transformerai en crapaud."

Dans le séjour, le croassement vire au couinement, un orage sur le point d'éclater. Taz voit le reste de sa vie défiler devant lui. À se terrer dans d'autres pièces. À regarder leur vie rêvée par les fenêtres.

— Tu as faim ? crie-t-il. Un sandwich, ça te tente ? On peut jouer au ballon, si tu préfères sortir. Construire la cabane.

Sa voix s'éteint, tout comme lui.

Le bébé hurle.

Taz presse le plâtre à s'en faire saigner les doigts, fermant si fort les yeux qu'il se demande s'ils ne vont pas se mettre à saigner, eux aussi.

Soudain, le bébé se tait. Taz fait volte-face, genoux fléchis en un début de sprint, mais Rudy est debout dans l'embrasure de la porte, le siège auto au bout du bras, le sac de couches à l'épaule.

— Je crois qu'il va falloir nourrir la bête, lance-t-il.

Ils mélangent le lait en poudre dans le biberon, effleurent les lèvres de Midge avec la tétine, sourient lorsqu'elle s'y accroche.

— On dirait Marnie avec un cheeseburger, chuchote Rudy.

Soudain quelqu'un frappe à la porte. Ils lèvent les yeux, échangent un regard.

— C'est Maman H, dit Rudy.

— Vraiment ?

Ils se redressent en même temps.

— Elle a pris un vol de nuit. Depuis qu'elle est arrivée, elle a passé presque tout son temps à l'hôpital, à gérer la paperasse.

Il se dirige vers la cuisine, la porte de derrière.

— Rude, un petit service ? demande Taz.

Rudy s'arrête et se tourne.

— Tu peux… Le berceau. Il est dans la chambre de Marn. C'est, je, c'est là que… dit Taz, le bébé dans les bras.

— Tu veux que j'aille le chercher ? Que je l'installe dans la nursery ?

Rudy est déjà en route. Une minute plus tard, Taz l'entend cogner le lit dans le couloir.

— Et l'espèce de corbeille blanche, là ? dit Rudy.

Taz est comme enraciné dans le séjour. Il voit le couffin dans le lit, le tout plaqué contre la poitrine de Rudy.

— Aussi, ouais.

Un léger fracas dans la chambre du bébé, puis Rudy est sur le départ, s'empressant de rejoindre la porte de derrière.

— Appelle si tu as besoin de moi.

— Tu m'abandonnes ici ? proteste Taz.

Il salue Rudy de la main et le laisse s'enfuir avant d'aller ouvrir la porte d'entrée.

La mère de Marnie est sous le porche, une main agrippée à la poignée d'une valise à roulettes pas plus grosse qu'un timbre-poste. Un sac de courses plein à craquer est coincé sous son autre bras. De la nourriture. Marnie disait souvent que la réponse de sa mère face à tout désastre – tornade, tsunami, guerre nucléaire – était de mettre des patates à cuire.

Taz a le temps de remarquer ses yeux rougis, ses lèvres tremblantes – rien à voir avec la caricature que Marnie et lui en ont toujours fait –, avant qu'ils ne détournent tous deux le regard.

— Ted, je ne sais pas, je… réussit-elle à dire, avant de pousser un soupir saccadé.

D'une manière ou d'une autre, elle parvient à émettre un minuscule gloussement.

— J'ai fait quelques courses.

Taz écarte le siège auto et attrape un sac.

— Marnie m'aurait tuée, ajoute-t-elle.

Taz l'invite à entrer dans le séjour, leur chef-d'œuvre, mais elle s'arrête après quelques pas.

— Marnie devait adorer cet endroit, dit-elle, avant de porter la main à sa bouche, à deux doigts de craquer. Je ne sais pas quoi faire, Ted.

Il déglutit, se racle la gorge, incapable de produire le moindre son.

— Moi non plus, finit-il par répondre d'une voix rauque.

— Je n'ai pas fermé l'œil depuis que je, qu'elle, que vous avez appelé.

— Moi non plus.

Impossible de se rappeler ce coup de téléphone, combien cela a dû être difficile. Aurait-il demandé à Rudy de le passer à sa place ? Serait-il tombé si bas ?

— On pourrait peut-être commencer par là, dit-il. Dormir ?

Il l'accompagne à leur ancienne chambre. C'est la première pièce qu'ils ont rénovée, le vernis est encore brillant, la peinture aussi lisse et dure que de la porcelaine. Taz a les mains prises ; Lauren doit lui agripper le bras devant le seuil, le regard si perdu qu'il demande :

— Lauren ?

Elle esquisse un sourire fragile.

— Je peux la voir ?

S'il le pouvait, il se taperait le front. Il se tourne et lui présente le siège auto. Lauren prend le bébé dans ses bras, l'enveloppe presque entièrement. Elle fait un geste de la tête en direction de la chambre.

— Je peux ?

— Bien sûr.

Sans un mot, elle abandonne sa valise devant la porte et disparaît. Taz n'a d'autre choix que de gagner la nursery, serrant le sac de courses avec un soin excessif, sentant quelque chose de froid à l'intérieur, une odeur d'oignons. Il le dépose dans le berceau et s'apprête à sortir, mais une fois devant la porte, il hésite : pour aller où ? Pour faire quoi ? Il referme la porte avec douceur, recule et s'assied sur le lit de grande fille. À travers le pin poli de la porte, cinq panneaux moulurés, un siècle de peinture décapée au pistolet à air chaud – Marnie avait fini le travail à la laine de fer –, il entend Lauren s'effondrer.

Jour quatre

SELON son estimation, il doit être autour de minuit. Le bébé est allongé sur le comptoir de la salle de bains, à même une serviette pliée sur le Formica miteux. Taz lui a retiré sa couche, qu'il tient dans une main, les yeux baissés sur son corps nu et lisse. Une pince en plastique est accrochée à ce qui reste de son cordon ombilical, sur le point de se détacher, bien que le matin même, lors du check-up, les médecins aient déclaré que tout était en ordre. Taz ignore quel niveau de C le bébé vient d'atteindre. Ce qui l'attend au-delà du troisième.

La mère de Marnie apparaît dans l'embrasure de la porte.

— Ted ? Je peux vous aider ?

Elle doit presque crier pour couvrir les hurlements.

Il est en caleçon. Les cheveux dressés sur la tête. Il n'a pas dormi depuis quatre jours.

— Qu'est-ce qui vous fait dire ça ?

Elle incline la tête et le gratifie de sa version personnelle du regard qui tue.

— J'ai besoin de lunettes de soleil.

Elle ne comprend pas.

— Vous savez, comme dans "*The future's so bright, I gotta wear shades**." C'est une chanson.

— Je sais, répond-elle, avant d'entrer dans la salle de bains.

— Vraiment ? demande Taz.

Il a peut-être mal entendu.

* L'avenir est si brillant que j'ai besoin de lunettes de soleil.

Les cris du bébé ricochent contre le vieux carrelage et se répercutent dans la pièce.

Lauren se met à chantonner, à peine un murmure.

— “*Things are going great, and they're only getting better**.”

Taz regarde autour de lui, comme si leur carton de vinyles pouvait se trouver dans la salle de bains.

— Marn a le disque, quelque part.

— Je sais. Elle me l'a piqué.

Il la regarde, surpris. Elle sourit et agite la main pour dissiper sa gêne.

— Aucun problème. Je n'y tenais pas plus que ça.

Les voilà tous entassés dans la minuscule salle de bains : un lavabo, deux robinets, eau chaude, eau froide, un comptoir délaminé. Les toilettes fuient, la baignoire à pieds est rouillée. Le minuscule carrelage hexagonal blanc a viré au gris. Avec la cuisine, la salle de bains est la deuxième raison pour laquelle ils ont pu se permettre d'acheter cet endroit. Sur la serviette, le bébé hurle, les yeux rivés à un néon censé être aveuglant.

Taz cligne des yeux et ramasse une couche sur le tas dans le coin. Il la déplie, puis il saisit le bébé par les chevilles, glisse la couche sous ses fesses et rabat les Velcro.

La mère de Marnie resserre la ceinture de sa robe de chambre, prête à entrer en action.

— Laissez-moi m'en occuper. Vraiment. Vous avez besoin de sommeil.

Il reboutonne le body et prend le bébé dans ses bras, le tenant tout près de son oreille afin que ses hurlements noient les autres bruits.

— Je dors comme un bébé.

Puis, pour ne pas se comporter en parfait trou du cul, il ajoute :

— Il faut bien que j'apprenne.

* Ça va super et ça ne fait que s'améliorer.

Il attend qu'elle sorte et se faufile devant elle pour gagner la nursery, le couffin dans le berceau, le lit de grande fille, l'abandonnant dans le couloir. Lui-même se retrouve seul dans la chambre, à bercer le bébé jusqu'à ce qu'enfin elle pousse un long soupir saccadé et se taise, paupières papillonnantes. Elle s'endort. Quelques instants plus tard, Taz entend Lauren se diriger vers leur ancienne chambre dans la pénombre, la pièce où il dormait avec Marnie, le lit deux places en cerisier, le matelas taché.

Dans le noir, il dépose le bébé dans le couffin, comme s'il manipulait de la nitroglycérine. Il la couche sur le côté. Cale une couverture roulée dans son dos. Pour l'empêcher de basculer, encore un conseil de l'infirmière. À moins qu'ils n'aient lu ça dans un livre. Quelque part.

À l'autre bout du couloir, il entend le matelas ployer sous le poids de Lauren, la plainte des ressorts, le grincement des lattes, puis plus rien. Elle reste immobile, incapable de dormir, aussi seule que lui sans Marnie. À son tour, Taz s'assoit. Ses mains lui semblent pesantes au bout de ses bras, sa tête lourde sur son cou. Lorsque plus aucun son ne s'échappe du berceau ou de la chambre au bout du couloir, il pose ses coudes sur ses genoux et prend sa tête entre ses mains, trop perdu pour oser fermer les yeux, effrayé par ce qui l'attend dans l'obscurité, dans ses propres pensées.

Jour cinq

IL se réveille dans le rocking-chair, seul, et se redresse. Les barreaux du dossier ont creusé des sillons dans son dos. Il cligne des yeux. Commence par chercher Marnie. Il est dans la nursery, en caleçon, une couverture pour bébé sur les genoux. Repliée. Coincée sous ses jambes. Un petit hamac qu'il se rappelle avoir bricolé pour le bébé. Des fleurs minuscules, un entrelacs de tiges. Taz avait dû la bercer jusqu'à ce qu'elle se rendorme. Mais le bébé n'est nulle part en vue.

Il se frotte les yeux. Le cou. S'étire le dos. Se demande s'il dort encore, s'il va enfin se réveiller, Marnie à ses côtés, énorme, le matelas aussi propre que le jour où ils l'ont rapporté à la maison.

Il regarde autour de lui. C'est le matin, les fenêtres sont ouvertes, la chaleur n'est pas encore montée et une légère brise pénètre dans la pièce. La fumée se fait sentir à présent, voilant l'air. Les feux de forêt ravagent tout sur leur passage.

Il s'agrippe aux accoudoirs et baisse les yeux, regarde le plancher, sous le lit.

— Montre-toi, montre-toi, dit-il.

Sa voix résonne comme des coups de bâton sur du ciment.

Il se lève tout doucement, jambes flageolantes, et constate que le couffin est vide.

— Marn, tu ne vas pas le croire, chuchote-t-il. Elle sait déjà marcher.

Il se tourne face au lit de grande fille, encore fait, jamais utilisé. Des tortues batifolent sur le drap. Pas des tortues de dessin animé, non, point de Yertle* ici, de simples tortues de mer peintes au pochoir, trapues, bleu foncé, nageant dans le silence, marbrées de soleil.

La mère de Marn, pense-t-il. Elle a sûrement pris le bébé sur ses genoux. Il n'a rien senti. Le pire chien de garde du monde. Le bébé a été kidnappé sous son nez, à la Lindbergh.

Il traverse le couloir et jette un œil dans le séjour. Lauren et le bébé dorment à poings fermés. Le bébé est couché sur les genoux de Lauren, qui s'est plus ou moins enroulée autour d'elle sur le canapé miteux que Taz n'a pas encore jeté. L'espace d'un instant, il est incapable de détacher son regard. La teinture blonde de Lauren ne parvient pas tout à fait à cacher ses cheveux gris, sa bouche ouverte laisse entrevoir une couronne en or, pourtant c'est Marnie que Taz voit, Marnie qui prend son tour et lui accorde une pause. Marnie qui dort comme une souche.

Il rebrousse chemin et s'assied au bord du lit, le deuxième qu'il a fabriqué dans sa vie, un lit de grande fille qu'il destinait autant à Marnie qu'au bébé. Du noyer qu'il n'avait dérobé à personne, mais qu'ils ne pouvaient s'offrir. Un assemblage tenon mortaise borgne qu'il avait montré à Marnie, lui expliquant les queues, les contre-queues, le suspense : une fois les deux pièces emboîtées, elles étaient impossibles à défaire. Il avait réussi du premier coup. Marnie trouvait qu'il avait de l'avance. Elle avait tout de même acheté des draps, plus ou moins assortis aux murs : des insectes au plafond, des tortues dans le lit. Tout leur univers était prêt.

Il tripote l'ourlet du drap, le soulève et se glisse dessous, dans l'eau parmi les tortues, espérant encore se réveiller.

---

* Personnage du célèbre auteur de livre pour enfants Doctor Seuss.

Jour six

LA commode est dans leur ancienne chambre, la pièce où dort la mère de Marnie. Il enfile les habits de la veille, qu'il trouve en tas près du lit.

La porte de la salle de bains est ouverte. Une serviette propre est pliée à côté du lavabo. Il tend le bras pour la toucher. Le tas de couches a été réapprovisionné. Sous le lavabo, la poubelle vide sent la javel.

Au bout du couloir, la porte de la chambre est ouverte, elle aussi. Il s'arrête dans l'embrasure, appelle, se racle la gorge, appelle à nouveau.

— Lauren ?

Il se penche à l'intérieur, incapable de se résoudre à entrer.

Dans le séjour, sur le vieux tapis rond de Marnie, une autre serviette a été posée. Allongée dessus, le bébé fixe le plafond en clignant des yeux. Taz se demande quand il l'a vue pour la dernière fois. Le ventilateur tourne au ralenti. Le bébé semble captivée. Peut-être qu'à présent, elle est capable d'accommoder.

Taz reste debout sur le seuil, une main sur chaque montant du chambranle, à regarder le bébé regarder le ventilateur. Il ne sait combien de temps il a dormi, mais la nuit semble avoir dissipé le brouillard, le bébé lui apparaît plus nettement. Il oublie la mère de Marnie jusqu'à ce qu'elle crie son nom depuis la cuisine.

— Ted ?

Il tourne la tête et la voit, spatule à la main, hanche droite saillante, posture fantôme qui le bouleverse.

— Vous avez réussi à dormir ?

Il fait un signe de tête vers le bébé.

— On dirait bien, oui.

— Votre ami est sous le porche. Rudy. Il refuse d'entrer. Il dit que tout va bien, mais il ne bouge pas.

Taz jette un œil dehors. Rudy est assis sur les marches, la tête rentrée dans les épaules, telle une gargouille. À plusieurs reprises, Taz l'a entendu parler à quelqu'un, un murmure amical flottant jusqu'à ses oreilles, "Merci", "Non, pas encore", "Très bien" et, une fois, "À ton avis ?". Un peu comme si le Crockdur de Hagrid gardait la porte d'entrée.

— C'est tout Rude, ça, dit-il.

Elle secoue la tête.

— Vous et vos surnoms. (Puis, esquissant un sourire, elle ajoute :) Je prépare des œufs.

Il se dirige vers la salle de bains.

— Rude en mangera autant que vous en préparerez.

— Je vais utiliser toute la douzaine. Ne soyez pas trop long.

Il reste sous la douche jusqu'à ce que l'eau chaude vienne à manquer. Se retrouve à grelotter debout sous le pommeau.

Il se glisse dans leur ancienne chambre et prend des habits propres dans la commode polie par Marnie, veillant à ne rien regarder, pour ne pas risquer de voir quoi que ce soit lui appartenant.

Lauren lui laisse le temps de s'habiller avant de l'appeler à table. Elle ne pose aucune question.

Les œufs sont déjà dans les assiettes. Des montagnes d'œufs. Et du bacon. Elle tient le bébé dans ses bras.

— Vous avez besoin de manger autant que de dormir. Ensuite, il faut qu'on parle, tous les deux.

Il baisse les yeux sur la table et se frotte le visage.

— Je suis désolé, mais je ne me souviens plus de rien depuis, depuis… On a un plan ?

Lauren hausse les épaules, pour lui répondre peut-être, ou pour bercer le bébé.

— Un plan ? Ce n'est pas le genre de chose qu'on prévoit. (Elle s'empresse d'enchaîner.) Je n'ai pris qu'un aller. C'était ça, le plan. Que je reste tant que Marnie aurait besoin de moi.

Il n'imagine pas Marnie faire ce genre de plan. Il empoigne sa fourchette et avale une bouchée d'œufs, se sent aussitôt coupable. Ce corps stupide, qui ne pense qu'à survivre.

— Ted ? Il va falloir penser aux obsèques, lance Lauren dès qu'il a la bouche pleine.

Il recule sa chaise.

— Ne faites pas ça, dit-elle. Vous ne pouvez pas fuir.

— Après le petit déjeuner, d'accord ? dit-il en ramassant son assiette. Je dois aller nourrir la gargouille sous le porche.

Taz se dirige vers la porte, sans s'arrêter alors même que Lauren crie qu'elle a déjà donné une assiette à Rudy, mais qu'il refuse toujours d'entrer.

Il s'assied sur les marches à côté de Rudy, occupé à dévorer ladite assiette. Un jambon entier est posé sous le porche, emballé dans du plastique transparent.

— Hards et Dan l'ont apporté ce matin, explique-t-il. C'est ton troisième jambon. (De sa fourchette, il désigne une espèce de jardinet.) Je me suis occupé des fleurs.

Taz suit son regard et aperçoit quelques vraies fleurs parmi les mauvaises herbes, des bouquets entourés de rubans défraîchis ; les porte-cartes ont été plantés dans la terre avec le reste. Rudy qui jardine, Taz aura tout vu.

— Lauren t'a invité à entrer ?

Rudy ajoute du bacon à sa pelletée d'œufs.

— Je préfère rester ici. (Il pousse un petit morceau d'œuf dans sa bouche avec son doigt.) En tout cas, elle sait sacrément bien cuisiner.

— Ce ne sont que des œufs, répond Taz.

Il regarde Rudy manger : c'est une véritable frénésie. Lui-même se sent incapable d'avaler une bouchée supplémentaire.

— N'importe qui peut faire des œufs brouillés, poursuit-il.

Rudy lui jette un œil, s'essayant à un sourire.

— Tu serais incapable de préparer des œufs aussi bons, même si tu vivais dans un poulailler.

— Suffit de les casser et de mélanger.

— Il y a plein de bonnes choses en plus, là-dedans.

— Ça s'appelle du fromage, Rude.

— Y a aussi des oignons, les verts.

Rudy inspecte ses œufs tandis que Taz contemple la rue.

— Et quelque chose d'autre, dit Rude. Un genre de champignon.

— Les seuls champignons qu'il y a ici, ce sont tes mycoses.

— T'es dur, mec, répond Rudy en sauçant son assiette avec un toast. Alors ?

— Alors quoi ?

— Comment va la petite ?

— Elle dort.

— Et la grande ?

— Je ne connais pas encore la date de son départ.

— OK.

— Et toi ? Tu comptes rester sous le porche jusqu'à la fin des temps ?

— Non, non. J'essaye juste de contenir la foule. Les premiers jours, tout ça…

— L'afflux se tarit ?

— Plutôt, oui. Il y a l'équivalent d'une semaine de ragoûts et divers gratins dans ton congélateur.

— Merci.

Rudy hausse les épaules et jette un œil sur les œufs de Taz.

— Tu ne… commence-t-il.

Taz lui tend son assiette. La frénésie reprend.

— Tous ces visiteurs, ils essayent juste de faire ce qu'ils peuvent, tu comprends ? On est tous bouleversés. On ne sait pas quoi faire d'autre, explique Rudy entre deux bouchées.

— Je sais, mais…

— Et elle, là-bas, poursuit Rudy en haussant le ton, juste assez pour l'interrompre. (Du bout du pouce, il désigne la maison.) ...elle fait du mieux qu'elle peut, elle aussi.

Taz se mord l'intérieur des joues.

— Elle me nourrit tous les jours, dit Rudy.

Il agrippe ses poignées d'amour et leur donne une petite secousse.

Taz préfère regarder ailleurs. C'est un peu comme si elle nourrissait un chien errant, l'habituant à sa présence.

— En tout cas, dès que tu auras repris pied, faudra qu'on organise un truc. Tous ces gens qui passent te voir, ils sont en état de choc. Ils ont besoin d'un genre de fête. Pour Marn.

Taz le dévisage.

— Une fête ?

— Pour Marn.

Taz se demande s'il devrait en rire.

Rudy se lève et lui tend la deuxième assiette, vide.

— Tu me feras signe ?

— Quoi, tu t'en vas ?

Rudy sourit et incline la tête en direction de la porte.

— Je crois que mon travail ici est terminé.

Taz le regarde s'éloigner d'un pas tranquille, une main levée au-dessus de l'épaule en guise de salut. Il le salue à son tour puis, prenant une profonde inspiration, il ramasse le jambon et pousse la porte.

Lauren est encore à table. Le bébé est blotti contre son épaule, qu'elle a protégée d'un lange. Elle lui tapote le dos en dévisageant Taz, un regard qu'il n'a pas oublié, comme s'il était un extraterrestre, une créature qu'elle aimerait percer à jour.

— Rudy apprécie votre cuisine.

— Rudy est un sacré numéro.

Taz esquisse un sourire.

— Sans aucun doute.

— Alors, dit-elle. Ces obsèques auxquelles aucun de nous deux ne veut penser.

Elle continue de tapoter le dos du bébé, à un rythme aussi doux que celui de la pluie.

Taz regarde autour de lui, à la recherche d'une issue.

— Je ne sais pas si je…

Le bébé lâche un rot à faire rougir Rudy. Lauren se retient de rire.

— Vous savez, vous ne m'avez pas encore dit comment elle s'appelle.

Taz cligne des yeux, les obsèques encore en tête.

— Sur le certificat de naissance, il n'y a écrit que *Davis, fille*. Je ne sais même pas comment elle s'appelle.

— Midge.

— Pardon ?

— Elle s'appelle Midge.

— Madge ?

— Non. Midge. (C'est à peine s'il arrive à le dire.) Une sorte de mouche.

— Vous êtes sérieux ? (Elle secoue la tête.) Une mouche ?

Debout dans la cuisine, le jambon à la main, il revoit Marnie chantonner le prénom au renflement de son ventre. À son nombril saillant.

— C'est une idée de Marnie.

— Très bien. Alors ce sera Midge.

Jour sept

Ils y vont en pick-up : c'est Rudy qui conduit. Dans l'habitacle, Taz saisit le ruban sur la tête de Midge et l'observe un instant. Il jette un œil autour de lui, par la fenêtre, comme si Marnie pouvait le voir. Il réfléchit, hésite. L'idée de jeter quelque chose par la fenêtre ne l'a jamais effleuré avant, pourtant il envoie valdinguer le ruban d'une chiquenaude et le regarde voleter dans leur sillage.

— Je sais, Marn, mais du rose ? Vraiment ? C'est ce que j'appelle un terrain glissant.

— Quoi ? demande Rudy.

Taz se contente de baisser les yeux sur Midge. Il se demande s'il n'aurait pas mieux fait de lui trouver une baby-sitter ou une sorte de crèche, n'importe quoi pour lui épargner ça, peu importe ce qu'elle est capable de comprendre.

Pas de pasteur ni de prières, rien de formel, juste un micro, des amis qui se lèvent pour prononcer quelques mots. Quelques rires, beaucoup de reniflements, des sanglots étouffés. Même si celui qui s'est occupé de louer cette salle et de tout organiser lui a rendu un énorme service, Taz ne peut s'empêcher de penser que la cérémonie aurait dû avoir lieu dehors. Près de la rivière, peut-être. Marnie aurait tant aimé le bruissement des trembles, leurs feuilles dorées contre le bleu cendré du ciel, le murmure du courant. Il visualise la scène et laisse les discours se mêler aux remous, rien qui ne puisse l'atteindre.

Pendant tout ce temps, Midge est dans ses bras, lui occupant les mains. Pas d'accolades. Pas de salutations. Il regarde le sol, par-delà les épaules des invités. Elle avait tant d'amis.

On lui demande comment s'appelle le bébé et il répond Midge. Avec pour seule explication :

— C'est un tout petit insecte. Minuscule.

Hards, celle avec qui Marn partageait une chambre à l'université, sourit.

— Et si ç'avait été un garçon ?

— Midge, répète-t-il. Ou Pike. (C'est presque une conversation.) Une idée de Marn.

Un buffet a été dressé, de quoi se préparer un sandwich, quelques salades, mais Taz est incapable d'avaler quoi que ce soit. À la fin de la cérémonie, Rudy se faufile jusqu'à lui.

— Il faut que tu ramènes Lauren. Ne la laisse pas rentrer seule.

Taz le dévisage.

— Marnie t'écorcherait vif, ajoute Rudy.

Il conduit la voiture de location de Lauren, l'urne serrée contre lui. Le siège auto est installé à l'arrière, parce que c'est sa place. Lauren sanglote sur la banquette à côté de Midge.

DES voitures sont garées devant la maison. Taz n'avait pas prévu ça. Tandis qu'ils approchent, Lauren lui explique qu'elle a organisé une petite réception : c'est ce qui se fait, en général. Elle ajoute que Rudy l'a aidée. Qu'il va s'en sortir. Qu'ils vont tous s'en sortir. C'est elle qui a réservé la salle et contacté le traiteur. Taz marmonne quelque chose à propos d'un remboursement, mais elle l'interrompt et répète que Rudy l'a beaucoup aidée.

Leurs amis commencent à entrer, les uns après les autres, et Taz file se cacher sur la balancelle du porche avec Midge. Lorsque Lauren vient lui dire qu'on l'attend, il se lève.

— Je reviens tout de suite, dit-il.

Il va chercher le siège auto à l'intérieur, ressort, jette un œil à son pick-up, à la vieille Karmann Ghia de Marnie. Aucun des deux véhicules n'est équipé d'une banquette arrière. Au moins, le pick-up a un toit.

Taz roule toutes vitres baissées; les cheveux fins de Midge ondoient dans le vent. Il doit se concentrer pour éviter de rater le virage menant à la North Fork. Près de la Clearwater, le ciel déjà sombre se couvre et l'air devient aussi gris qu'une chaussette. Un feu de camp devenu incontrôlable, la moitié de la réserve naturelle de Scapegoat en flammes. Il abandonne l'asphalte et s'engage sur la piste, veillant à ralentir pour limiter les cahots, comme il le faisait encore pour Marnie à peine une semaine plus tôt... Il se gare devant les galets, le pin ponderosa, le bosquet de cerisiers de Virginie et de saules qui cachent leur petit bout de plage.

— Tu te souviens de la plage? chuchote-t-il à Midge. Des leçons de natation?

Mais Midge dort, jusqu'à ce qu'il défasse la ceinture du siège auto: ses yeux s'ouvrent sitôt qu'elle entend le cliquetis des attaches.

— Midge, dit-il, en la tournant face à la rivière. C'était notre endroit préféré. (Il doit se pencher à l'intérieur du pick-up pour récupérer l'urne.) Marn me tuerait si elle savait combien de temps j'ai attendu avant de t'amener ici.

Se frayant un chemin à travers les saules, il s'arrête devant le vénérable ponderosa, colle le nez contre l'écorce rainurée et inspire profondément: une odeur de caramel, la préférée de Marnie. Il fait sentir l'arbre à Midge, aussi, puis il gagne la rive.

— On s'est baignés ici avec toi, dit-il. Quand tu étais dans le ventre de Marnie.

Il scrute leur petite étendue secrète, en amont, en aval. Pas la moindre empreinte, ni homme ni grizzly. L'eau est basse.

— Au début, tu n'étais pas même un nœud sur une corde. Et l'eau était froide, la vache. Mais Marnie y tenait. Et tu sais comment elle est.

Il s'accroupit.

— Elle voulait t'apprendre à nager.

Il trempe les orteils de Midge dans la rivière.

— Je n'étais pas sûr que ce soit nécessaire, puisque tu vivais déjà dans l'eau, à l'époque.

Il s'agenouille dans l'eau et agite les pieds de Midge, provoquant des remous. Elle bat des jambes en remuant les bras.

— Mais la dernière fois, juste avant… (Impossible de terminer cette phrase, pourtant il ne peut s'empêcher de sourire, aussi.) Bon Dieu, elle était énorme. Aussi ronde et pleine qu'une pastèque.

Il prend une profonde inspiration.

Il ne se rappelle plus quand Midge est censée commencer à sourire, mais il sait que le moment n'est pas encore venu.

— Tu seras une vraie petite loutre. Marnie me l'a promis.

D'une main, il retire le couvercle de l'urne et le jette sur les galets blanchis.

En cette saison, la rivière est aussi tiède qu'un bain, alors il se redresse et continue d'avancer, sans prendre la peine de retirer son costume. L'eau lui arrive à la taille, plus haut. Il se tourne et bascule sur le dos, Midge sur la poitrine, l'immergeant petit à petit. Elle agite les bras, les pieds, laissant échapper un croassement qui n'est pas un cri, loin de là.

— T'as vu ça, Marn ? À peine quelques jours et déjà amphibie.

Il incline l'urne. La brise emporte les cendres les plus légères, mais la plupart flotte à la surface. Elles tourbillonnent dans le courant, formant des traînées grises qui coulent et se dispersent avant de disparaître. Il laisse s'enfoncer l'urne.

Toujours sur le dos, veillant à garder Midge hors de l'eau, il plonge la tête en arrière. La rivière est sur son front, dans ses yeux et ses narines. Ce serait rapide. Pour eux deux. Il lui faudrait maintenir Midge sous l'eau. Se débrouiller pour ne pas remonter. En se bloquant entre deux bois flottés, peut-être.

Soudain, il relève la tête, clignant des yeux dans la lumière, comme si quelqu'un l'avait tiré par les cheveux.

Il jurerait l'avoir entendue crier son nom, avec ce ton réservé aux urgences qu'elle n'a employé qu'à une ou deux reprises auparavant. Il ne peut s'empêcher de scruter les environs à sa recherche.

Midge plonge les bras dans l'eau et croasse de joie, encore et encore.

— Elle nage, Marn. Regarde ça, c'est fou non ?

C'est à toi de la regarder, répond Marnie. *Tu n'as pas intérêt à la quitter des yeux.*

À bout de souffle, il bat des jambes pour conserver leurs têtes hors de l'eau, dans la chaleur du soleil. Il sourit et chuchote à l'oreille de Midge.

— Ne te laisse pas intimider. Elle aboie mais elle ne mord pas.

Puis il baisse la tête, s'attendant à une bourrade.

Il se laisse dériver vers des eaux plus calmes et continue de parler à Midge.

— La première fois que j'ai vu ta mère, c'était sur la rivière. J'étais avec Rudy, on flottait sur nos bouées après le boulot. Tout à coup, des étudiantes ont surgi d'un méandre. Un seul regard, et Rudy a failli se noyer. Moi aussi, j'étais conquis. Elle m'avait ferré. (Il sourit, tournoyant dans les remous, Midge sur la poitrine.) Le seul mot qui m'est venu à l'esprit, c'est "sirène". Aucun autre ne lui rendait justice. Pas même un peu.

Ils tournoient, encore et encore, et Taz raconte à Midge tout ce qu'il sait de Marnie. Il est intarissable.

QUAND il rentre enfin, la maison semble vide. Pourtant, sitôt qu'il pousse la porte, des gens se lèvent de leurs chaises. Seuls les vrais amis sont restés. Il jette un œil autour de lui et constate que Lauren n'est nulle part en vue. Dan, le petit ami de Hards, fait un signe de tête en direction de la chambre.

— Au bout d'un moment, elle a plus ou moins craqué. Tu tiens le coup ?

La chaleur et le souffle brûlant de l'air ont séché ses habits, mais Taz porte encore les traces de sa baignade.

— T'étais passé où ? demande Dan.

Hards pose une main sur son bras.

— Taz, qu'est-ce qu'on peut faire pour toi ?

Taz se force à faire une espèce de sourire, rien de trop tragique, du moins c'est ce qu'il espère.

— M'offrir une bière ?

Hards lui retire sa veste. Il doit abandonner le siège auto sur la table.

— N'importe quoi, dit-elle. Il fait presque quarante dehors.

Il ne fait pas beaucoup plus frais à l'intérieur : les portes sont restées ouvertes toute la journée. Hards pose la veste sur le dossier d'une chaise. Taz remarque les traînées grises laissées par l'eau sur le tissu.

— Je, commence-t-il. Je. Nous. Vous tous. (Il regarde leurs amis.) Merci d'être venus. Vraiment.

Le plafond pourrait s'effondrer, les murs s'écrouler, il ne battrait pas d'un cil. Il jette un œil autour de lui, à la recherche de lézardes, de fissures dans le plâtre, l'oreille tendue pour entendre se fendre les clous.

— Je, enfin, je suis parti chercher de la bière. Vous devez être morts de soif.

Ils le dévisagent : pas de sac au bout de son bras ni à ses pieds. Personne n'a plus de trente ans. Aucun d'eux n'est mort de soif. Ils ont tous une bière à la main.

— Je reviens tout de suite, dit Taz. Il y a de la bière sous l'escalier de la cave.

Rudy le suit et le retient par le coude avant qu'il ait le temps de sortir. Le force à faire demi-tour. Se penche vers lui et chuchote :

— Tu crois vraiment que j'aurais organisé une fête sans penser à prendre de la bière ?

Ils sont tous debout, à le regarder. Hards, qui tient Midge dans ses bras, glisse une bière dans sa main, lui refermant les doigts autour du goulot. Les trois autres camarades de chambre de Marnie, qui étaient aussi sur la rivière ce fameux jour, et que Rudy continue d'appeler "les Sirènes", lèvent leurs bouteilles comme autant de poings fermés.

— Pour Marn, toujours, lancent-elles à l'unisson.

Le bras de Taz se lève aussi, comme s'il était actionné par un marionnettiste.

— Tu vois, dit Rudy. Ce n'était pas si dur.

Il lui donne une petite tape dans le dos.

— Maintenant, va chercher la génitrice dans la chambre, et que la fête commence.

Quelqu'un met de la musique, une sélection si proche des goûts de Marnie que Taz se demande comment c'est possible, mais Rudy l'entraîne dans le couloir : la porte de la chambre, son bois verni, n'est plus qu'à quelques mètres.

Il toque, tourne la poignée et pousse la porte, juste assez pour apercevoir les pieds de Lauren à l'extrémité du lit.

— Lauren ?

Ses pieds remuent et se rapprochent du bord, mais il peine à entendre sa réponse.

— Ted ?

— C'est moi, dit-il, faisant un pas en avant.

Elle se redresse en se frottant les yeux et passe une main dans ses cheveux.

— Ça va ?

Elle se regarde dans le miroir, brièvement, avant de détourner les yeux.

— Je vais peut-être avoir besoin de vos lunettes.

Il tâtonne autour de son cou et commence à passer le cordon par-dessus sa tête. Elle sourit, plus ou moins.

— Non, "*The future's so bright*", vous vous souvenez ?

— Ah.

Il essaye de lui rendre son sourire et laisse les lunettes retomber sur sa poitrine.

— Quoique, ce n'est pas une mauvaise idée.

Il les retire à nouveau et les lui tend. Elle enfile ses Rayban, contemple son reflet.

— Jackie Onassis en personne.

— Ils ont dit que… commence Taz.

Puis il se ravise et lui propose sa bière.

Elle la prend et avale une gorgée en poussant un soupir de satisfaction exagéré, exactement comme Marnie.

— Si je peux y arriver, dit Taz, vous aussi.

Elle veut lui rendre sa bière, il l'arrête.

— Gardez-la. On ne risque pas d'en manquer.

Elle lui tend son autre main ; sans réfléchir, il la saisit et l'aide à se mettre debout. Marnie encore, si grosse qu'elle ne pouvait plus se lever seule.

— On peut le faire, dit-elle. Il le faut.

Lorsqu'ils sortent, tout le monde lève son verre ou sa bouteille, comme s'ils étaient les vedettes de la soirée. Quelqu'un glisse une bière fraîche dans la main de Taz. Le volume monte d'un cran, et Rudy se met à évoquer les Sirènes, leur apparition au sortir d'un méandre, un paradis de bikinis. Ils trinquent à la santé de Marnie. Et à celle de Midge, qui, dans les bras de Hards, peine à garder les yeux ouverts. Taz ne peut s'empêcher de fixer sa veste striée de gris.

Rudy passe un bras autour de ses épaules. L'étreint. Le détourne de la veste. Discrètement, Hards retire le vêtement incriminé de la chaise et le laisse tomber derrière le canapé, hors de vue. Les Sirènes veulent toutes tenir Midge, qui pleurniche, épuisée par sa journée. Rudy ne les quitte pas des yeux, comme hypnotisé.

Plus tard, Lauren décide d'aller se coucher, déchaînant un nouveau torrent de larmes et d'accolades. Dans l'entrée, Taz regarde les invités partir. Même Rudy, qui s'éloigne sur le trottoir, un bras levé au-dessus de l'épaule en guise de salut. Lorsque les derniers feux arrière disparaissent, il reste debout à scruter l'obscurité, la rue déserte, une bouteille à la main. Puis il rentre et jette un œil sur Midge, qui dort sur le canapé. D'une manière ou d'une autre, elle a atterri sur sa veste.

Marnie lâche un grand *Ouf. Tu as tenu bon. Et Maman aussi, grâce à tes lunettes.*

Taz hoche la têtc.

La fête était réussie. Mais ce n'est pas une raison pour recommencer.

Il la voit inspecter la pièce, les ravages de la soirée ; tout a plus ou moins été débarrassé, alors elle pousse un soupir de soulagement et l'entraîne vers la chambre. *On s'en occupera plus tard.*

Plus tard, pense-t-il. Plus tard.

Jour huit

TAZ somnole pendant le biberon du matin, sans jamais sombrer tout à fait. Lorsqu'il rouvre les yeux, il est surpris de trouver Midge endormie, la bouche détendue autour de la tétine. Il la pose dans le couffin, habitué à son petit sursaut chaque fois qu'il l'éloigne de sa poitrine.

Il sent une odeur de café, de bacon, et enfile les habits qu'il trouve par terre.

Lauren le sert avant même qu'il ne soit attablé. Des pancakes, ce matin. Aux myrtilles. Une tasse de café. Pas de lait ni de sucre.

— Bonjour, dit-il, tirant une chaise.

Elle reste debout derrière la sienne, enveloppe sa tasse des deux mains. Du lait et du sucre. Deux cuillerées. Il commence à la connaître.

Elle le laisse s'installer, l'observant en silence, puis elle prend une profonde respiration.

— C'était agréable hier soir. De se sentir incluse. Merci, dit-elle.

Taz ne sait que répondre.

— En revanche, j'ai un peu mal au crâne.

Elle sourit et sirote son café.

Il se demande s'il cessera d'avoir mal un jour.

Elle pose sa tasse.

— Vous pensez que je ne vous aime pas.

À son tour, Taz prend une grande inspiration. Expire.

— Lauren, il n'y a aucune…

— C'est vrai qu'au début… (Elle tapote sa tasse.) Je me disais qu'elle pouvait faire mieux.

— Marnie pouvait faire tout ce qu'elle voulait.

— Et ce qu'elle voulait, c'était vous.

Taz regarde son assiette, le bacon frit à la perfection.

— J'ai mis du temps à comprendre pourquoi, ajoute-t-elle. À comprendre comment vous fonctionniez ensemble. Vous étiez tous les deux persuadés que je détestais la maison, et vous n'arrêtiez pas de vous plaindre à Marnie. Selon vous, je pensais que vous la tiriez vers le bas.

Taz lève les yeux.

— Lauren, commence-t-il.

Elle l'interrompt.

— Vous aviez tort. Je vous ai vus ici et j'ai compris que vous n'aviez peur de rien, que vous n'aviez absolument aucun doute concernant votre avenir ensemble. (Elle secoue la tête.) Si seulement son père… S'il avait eu ne serait-ce qu'un peu de… (Elle manque de pouffer.) Disons que Marnie a fait un bien meilleur choix que moi.

Qui est cette femme ? chuchote Marnie.

— Lauren, arrêtez.

— Non. C'est à vous de m'écouter. Peu importe ce que vous avez pu dire ou penser, je ne m'en suis jamais pris à vous derrière votre dos. Je respectais ce que vous faisiez. Je vous admirais, même.

— Vous n'êtes pas obligée de…

— Mais vous devez retrouver tout ça, Ted. Même si c'était l'œuvre de Marnie, ou de vous deux ensemble. Il vous faut faire votre deuil, bien sûr… Dieu sait que nous ferons le deuil de Marnie toute notre vie, mais… (Elle tend un bras, le doigt pointé droit sur Midge dans son couffin, comme si elle pouvait voir à travers les murs.) Pour elle. À partir de maintenant, tout est pour elle.

— Je…

— Et j'ai déjà élevé un enfant seule, alors si vous avez besoin de quelque chose, appelez-moi. Quoi que vous pensiez, je ferai tout ce qui est en mon pouvoir pour vous aider.

— Lauren. Vous avez fini ?

Elle sourit.

— Une dernière chose.

Il s'appuie contre le dossier de sa chaise, lui laissant la parole.

— J'ai pris mon billet. Je pars cet après-midi. À vous de jouer.

Il cligne des yeux, regarde son assiette, la cuisine, enfin Lauren.

— Il y a l'équivalent d'un mois de couches dans la salle de bains, et vos amis ont apporté suffisamment de lait en poudre pour nourrir quatre bébés. Tout est rangé dans le placard de la cuisine. Le réfrigérateur est plein, le congélateur aussi, la lessive est faite. (Elle s'arrête, le regarde droit dans les yeux.) C'est votre vie, maintenant.

Taz lève les mains, les laisse retomber.

— Merci, dit-il. Et je suis désolé. Désolé de m'être comporté comme un trou du cul.

Elle s'assied. Lâche sa tasse. Esquisse un sourire. Minuscule. Agite la main entre eux, comme pour dissiper de la fumée.

— Aucun problème. Je ne connais personne qui sache réagir à cela.

À nouveau, il remarque la touche de gris dans ses cheveux, la peau qui commence à se relâcher, à peine quelques rides, pas de bajoues ni rien. Une version de Marnie qu'il ne connaîtra jamais.

— Si une telle personne existait, je n'aurais aucune envie de la rencontrer.

Elle acquiesce, soupire.

— Vous savez, je… (Elle se force à continuer de sourire.) Je répète ce discours depuis ce matin. Et maintenant, je n'ai plus aucune idée de ce que je vais faire.

— Moi non plus.

— Vous avez bien plus à faire que vous ne l'imaginez.

Taz baisse les yeux sur l'assiette de bacon, huit tranches alignées sur une feuille d'essuie-tout. Pour eux deux. Il se demande combien de pancakes sont encore au chaud dans le four.

Il saisit une tranche. Puis il invite Lauren à se servir.

— Merci, dit-il. Pour tout.

Après le départ de Lauren, seul à la table, Taz regarde par la fenêtre et constate que Rudy a repris sa place sous le porche, guidé par cette espèce de sixième sens qu'il possède depuis ses cinq ou six ans. Coudes sur les genoux, mains dans le vide. Comme s'il était prêt à attendre une éternité. Comme si le temps lui appartenait.

Midge dort dans le siège auto, sorte de couffin portable que Taz ramasse avant d'aller s'asseoir avec Rudy, face à la rue, à l'ombre des érables. La chaleur est écrasante, l'air est comme roussi, fumé.

— Je n'aimerais pas combattre le feu aujourd'hui, lâche Rudy.

Taz hoche la tête. Ils contemplent tous deux la rue.

— En fait, je me demandais si t'avais besoin d'un coup de main, demande Rudy.

— Un coup de main ?

— Pour le baby-sitting ? Ou le boulot, si tu en as.

Taz lui lance un regard de côté.

— Tu veux faire du baby-sitting ? Il y a des lois, Rudy. Les services sociaux, tout ça.

Rudy sourit.

— Et ils doivent être ravis, après avoir lu ton CV.

Rudy approche un doigt de la main de Midge, son jeu préféré, le réflexe de préhension, pourtant il s'arrête juste avant de la toucher.

— Elle dort, déclare-t-il.

— Je sais.

— Tu vois, on est déjà des experts.

— C'est sûr. La base, les biberons, les couches. Même nous, on y arrive. Et Lauren nous a laissé suffisamment de réserves pour survivre à une apocalypse. On dirait que nos placards ont été remplis par des mormons*.

— Qu'est-ce qu'il y a d'autre ?

— Dormir.

— T'as une tête à n'avoir jamais dormi de ta vie.

— Oui, sur ce plan-là, je n'ai pas excellé.

Dans son dos, le silence de la maison est assourdissant.

— En tout cas, dit Rudy, la cuisine de Lauren va me manquer.

— Oui.

— Elle-même n'est pas désagréable à regarder, en plus.

— Rude !

— Pour une femme mûre, je veux dire.

— Ça fait un peu pervers, Rude.

— Le Rude ne peut se permettre de faire la fine bouche. Et manger comme ça tous les jours, il y a pire dans la vie, non ?

— C'est la mère de Marn.

Rude se frotte le ventre.

— Exact. J'espère la revoir bientôt.

Taz se lève et Rudy l'imite.

— On commence par quoi ? demande-t-il.

Taz se tourne vers la porte.

— Rude, Midge dort. Et je pense que je devrais faire pareil. Pendant qu'il en est encore temps.

Rudy scrute la rue et marmonne quelque chose que Taz n'arrive pas à comprendre.

— On va se débrouiller, Rude.

* Les mormons sont tenus de faire des réserves de nourriture pour se préparer aux périodes d'adversité.

Il lui effleure le bras et descend les marches avant de s'éloigner, une main levée au-dessus de l'épaule.

Taz le suit des yeux jusqu'à ce qu'il disparaisse au coin de la rue, puis il soulève le siège auto. Aussitôt, Midge se réveille. Il se penche sur elle ; elle lui rend son regard sans sourciller. Il franchit le seuil, le siège auto au bout du bras, une action qu'il ne peut s'empêcher de narrer à voix haute.

— Il la porte pour franchir le seuil.

La première fois qu'ils avaient mis le pied dans la maison, un prêt immobilier flambant neuf sur le dos, ils riaient si fort que Taz avait failli lâcher Marn.

Il pose le siège auto sur la table et défait la ceinture, la maison plus vide encore que l'espace, hantée par un fantôme de plus, la mère de Marnie dans la cuisine, mijotant quelque chose. Il se mord les lèvres, plisse les yeux et secoue brièvement la tête, envahi d'une montée de bile et de détresse si violente qu'il manque de vomir.

— Nous y voilà.

C'est ce qu'elle avait dit ce jour-là, quand ils avaient glissé jusqu'au sol sitôt la porte refermée, les doigts de Marn sur la boucle de sa ceinture, la maison une épave rien qu'à eux.

Jour neuf

DEUX heures du matin, Taz est debout dans la cuisine, incapable de se rendormir après le dernier biberon. Midge est dans sa chambre, silencieuse, enfin. Il a si mal aux yeux qu'ils lui semblent être incrustés de gravier. Le siège auto repose sur la table, vide, prêt à partir, comme s'ils avaient quelque part où aller. Le café de la veille stagne dans la tasse, pourtant Taz contemple la possibilité de le boire tout en regardant autour de lui, la lumière de l'ampoule qui se balance à l'extrémité du dernier câblage tube et bouton, aveuglante. Sur la table, l'ordinateur est encore ouvert, en veille, un écran noir. D'ici quelques heures, Midge va se réveiller, affamée.

Il fait le calcul. Dix heures du soir le même jour. La Nouvelle-Zélande, l'Éden de son père, vingt heures de décalage. Il s'assied. Tapote la souris. L'écran s'illumine, la fenêtre Skype est toujours active. Ses parents sont en ligne. Taz prend une profonde inspiration et lance l'appel. Il ne connaît plus leurs horaires.

Son père répond, un visage pixélisé sur l'écran bon marché. Il sourit.

— Serena ! crie-t-il.

Sa mère apparaît au-dessus de son épaule. Ils sont encore habillés, Taz ne les a pas réveillés.

— C'est une fille ? demande sa mère.

Son sourire s'agrandit. Leur premier petit-enfant. Leur dernier.

— Allez, ajoute-t-elle, on a fait un pari.

— C'est une fille.

Elle pousse un hurlement de joie.

— Bien joué fiston ! dit son père, bon perdant.

Avec l'accent, comme s'il avait habité là-bas toute sa vie.

Taz ne les a pas vus depuis que son père a plié bagage. Après la réélection de Bush, il avait décidé de fuir le Montana, son premier refuge – une carrière à construire des cabanes en rondins qu'il prétendait destiner à des passionnés de la nature, au lieu des nantis de ce monde. Il n'était pas prêt à supporter une deuxième junte ; "j'abdique", avait-il déclaré. Et c'est exactement ce qu'il avait fait, entraînant sa femme avec lui. Ils avaient pris pour point de chute une plage sur la mer de Tasman à laquelle Taz doit son surnom, un endroit que son père avait découvert quarante ans plus tôt, une graine prenant enfin racine, une dernière cabane en rondins. Si Taz le laissait faire, il se lancerait comme un disque rayé, égrenant des théories de conspiration, affirmant que l'ICE l'arrêterait à la frontière, que son nom figurait sur une liste noire, un adversaire trop dangereux pour les États-Unis d'Amérique. Sa mère, si elle parvenait à en placer une, murmurerait quelque chose à propos de billets hors de prix.

À présent, elle doit répéter "Taz ?" deux fois pour le ramener à eux. Quand il la regarde enfin, elle sourit et demande s'il peut leur montrer Midge. Ils aimeraient la voir.

— Elle dort, répond Taz.

Il les voit faire leur calcul, comprendre que pour lui, c'est le milieu de la nuit. Sa mère s'approche de l'écran et le dévisage. Il aurait pu se peigner, au moins.

— Comment va Marnie ? demande-t-elle.

Ils ne l'ont jamais rencontrée. Ils s'attendaient à ce que Marnie et lui viennent leur rendre visite aux antipodes, mais les billets d'avion sont plus inaccessibles encore pour Taz que pour ses parents.

Tout ce qu'ils connaissaient d'elle, c'était une image tremblotante et pixélisée. Comme si elle n'avait jamais vraiment existé.

Sous la lumière d'interrogatoire qui se balance au-dessus de sa tête, il prend une inspiration cataclysmique, expire.

— Papa, dit-il, Maman…

Jour trente

TAZ quitte la clinique, Midge au bout du bras, sanglée dans le siège auto. Il emprunte la porte à côté de l'issue de secours. Il ne s'est pas encore habitué à la sensation de flottement qu'engendre l'épuisement extrême, une sorte de fièvre. Le docteur l'avait encouragé comme une pom-pom girl, disant qu'elle était ravie de les revoir et de constater qu'ils allaient tous deux si bien. Taz avait été incapable de se souvenir d'elle, même lorsqu'elle lui avait montré les points qu'elle avait fait sur la courbe du bilan des deux premières semaines. Elle avait dessiné d'autres points, le complimentant sur son excellent travail.

— Travail ? avait demandé Taz.

Elle lui avait promis que les nuits s'amélioreraient, expliquant que l'estomac de Midge était encore trop petit pour contenir huit heures de nourriture.

— Chaque jour apportera son lot de petits progrès, avait-elle conclu.

Puis elle lui avait à nouveau montré les points sur la courbe ; la taille comme le poids étaient dans la moyenne haute. Midge avait suivi son doigt des yeux. Elle avait cligné dans la lumière. Autant d'étapes franchies avec aisance. Des choses toutes simples, pense Taz, mais il ne peut s'empêcher de sourire lorsqu'il installe Midge dans la voiture, lui caressant la joue.

— Tu te rends compte, Marn ?

Il met la clé dans le contact et appuie sur l'embrayeur, cinq pressions rapides pour démarrer le pick-up. Le rugissement du moteur couvre presque la sonnerie du téléphone. C'est

Lauren. Qui, comme si elle était douée d'un sixième sens, l'appelle pour la première fois depuis son départ. Elle lui a laissé du temps, quelques semaines pour se retaper, reprendre son souffle. Il baisse les vitres et active le haut-parleur afin de pouvoir conduire, faire circuler l'air dans le pick-up. La vague de chaleur et les feux ont empiété sur le mois d'octobre, se prolongeant bien au-delà de ce qui était prévu, et les levers de soleil continuent de flamboyer ; grâce à leurs nuits fractionnées, Taz et Midge les admirent presque tous.

Il raconte la visite à Lauren.

— Je vous passerais bien Midge, mais elle vient d'attaquer un nouveau Sudoku, ajoute-t-il.

Lauren émet un bref rire crispé ; difficile de dire à quel point elle se force.

— Vous avez l'air d'aller mieux, dit-elle d'une voix douce.

— Mieux ? demande Taz.

C'est un mot qu'il reconnaît à peine.

— Je ne crois pas, je veux dire… (Au dernier moment, de justesse, il parvient à transformer son "je" en "nous".) Vous pensez que nous irons mieux un jour ?

— "Un jour", c'est une expression dangereuse, Taz, dit-elle.

Alors, comprenant qu'elle s'efforce de faire bonne figure, il doit presque se ranger sur le bas-côté.

— Elle vous a laissé dormir ?

Encore ce sixième sens.

— Le docteur a dit que ça viendrait. Avec le temps.

— C'est vrai. Je ne connais pas un seul ado sur cette planète qui se réveille toutes les deux heures.

À nouveau, elle émet un petit rire, et Taz l'imagine, seule, le combiné pressé contre la joue. Pour la première fois, il se demande si elle a des amis. Des gens qu'elle voit tous les jours. Qui lui rendent parfois visite, juste pour prendre de ses nouvelles. Ou s'asseoir sur son porche.

— Lauren, se force-t-il à demander. Vous tenez le coup ?

Un silence, puis :

— Oh, vous savez bien. Je suis la lumière des phares.

Cette fois, il se range vraiment sur le bas-côté, se demandant si l'expression a voyagé en amont ou en aval : c'était la phrase préférée de Marnie dans l'adversité. Elle disait souvent que, même s'ils ne voyaient pas plus loin que la lumière des phares, cela ne les empêcherait pas d'arriver à destination. *Merde Taz, la lumière des phares, c'est nous.*

Une voiture passe à toute allure et Taz lève les yeux, désorienté. Une rue bordée d'érables et de vieux pavillons proprets. Ils sont presque arrivés.

Il pense à toutes ces années durant lesquelles Marnie a suivi la lumière des phares avec sa mère, l'expérience accumulée par Lauren en tant que parent célibataire. Marnie aurait été mieux préparée que lui à affronter tout cela.

— Oui, dit Taz. On arrivera à destination.

Il entend un bruit à l'autre bout de la ligne, une sorte de hoquet étouffé. Rire ou sanglot ? Lauren prend une profonde inspiration.

— Vous vous êtes remis au travail ? parvient-elle à articuler.

— Bientôt. Marko me laisse tranquille pour le moment, mais ils commencent à mettre les chantiers hors d'eau, et on ne va pas tarder à mourir de faim.

Sa voix faiblit, il se rappelle combien Marnie aimait étudier les plans avec lui, se moquer des goûts des autres. À moins qu'elle ne se mette à réfléchir en tapotant ses lèvres, son menton. “Peut-être qu'on devrait leur piquer cette idée, qu'est-ce que t'en penses ?”

— Et ? demande Lauren.

Taz reprend la route et tourne au dernier coin : presque arrivé.

— J'ai fait des recherches. Les crèches, les nounous.

C'est un mensonge. Rien que le mot “nounou” manque de le faire éclater de rire. Comme si Mary Poppins allait se matérialiser et venir les sauver.

— Taz, dit-elle. Vous savez, je…

Puis elle se tait.

Il sait. Elle est prête à déménager. Sans la moindre hésitation. Elle serait même ravie. Elle en meurt d'envie. Une autre Marnie à élever, une raison de se lever chaque matin. Tout comme lui.

— Je vous tiens au courant.

Il se gare dans l'allée et dit qu'il doit raccrocher.

Jour trente-cinq

ALLONGÉ sous le pommier, Taz parle de la cabane dans l'arbre à Midge, blottie sur sa poitrine. Il lui montre les branches, par-delà lesquelles le ciel est plus éclatant qu'à l'horizon, où plane un nuage de fumée. Il entend des pas crisser dans l'allée et suspend aussitôt le flot de termes techniques qu'il débite à toute allure, balcon, porte-fenêtre, belvédère, coupole à claires-voies. Tout ce qui lui passe par la tête, un genre de conversation. Ou un simple bruit de fond, quelque chose pour la bercer.

Les pas longent la maison en direction de l'atelier et se rapprochent.

— Je voulais des lucarnes à fronton, chuchote-t-il, mais ta mère trouvait ça trop tape-à-l'œil.

Puis il se tait, le doigt encore pointé vers le ciel, évitant de regarder derrière lui.

— Taz?

Ce n'est pas Rudy ni l'un de leurs visiteurs réguliers venant aux nouvelles, Hards, les Sirènes, ou Marko. "J'étais dans le coin, alors..."

Il tourne la tête et baisse le bras pour s'abriter les yeux.

— C'est Ron, dit la silhouette, Ron Berquist.

Une grande maison à l'angle de la rue, une vraie rénovation, pas un simple remaniement, d'épaisses moulures en acajou au plafond: en véritable connaisseur, Ron tenait à les garder. Marn voulait lui piquer toutes ses idées. Taz se redresse et installe Midge sur ses genoux.

— J'ai essayé de vous téléphoner, dit Ron.

— Le téléphone est hors service.

— Eh bien, Nicole et moi, on se demandait si vous étiez disponible pour retravailler chez nous.

Taz perçoit une pointe d'incertitude dans sa voix, une inflexion qu'il a appris à reconnaître. Ron est au courant. Taz hausse un sourcil et attend.

— Deux portes, une derrière, une devant, s'empresse-t-il d'ajouter. Pour aller avec les autres. Elles sont si belles, on ne peut se résoudre à garder les anciennes.

Des panneaux verticaux en chêne, débités sur quartier.

— Avant, les portes extérieures étaient souvent ouvragées, dit Taz. Les portes d'entrée, en tout cas. Un dessus-de-porte ou du verre. Des panneaux latéraux, parfois.

— On aimerait intégrer un vieux vitrail à la porte d'entrée, dit Ron.

— J'aurais dû m'en douter.

Ron sourit.

— Vous les voulez pour quand ?

— On n'est pas pressés.

Ron s'approche et jette un œil sur Midge.

— Elle est superbe.

— On discutait des plans pour notre cabane dans l'arbre.

— Elle a de grands projets ?

— Disons qu'elle est difficile. Elle tient de sa mère.

Marnie et lui venaient à peine de commencer les travaux quand Marko leur avait envoyé Ron et Nicole pour parler rénovation. Ils avaient fait le tour de la maison ravagée, se demandant peut-être s'ils avaient fait le bon choix, pourtant ils avaient gardé le sourire, comme s'ils savaient ce que c'était de lancer un chantier, quand arracher du plâtre ressemblait à un rendez-vous amoureux.

— Sa mère… commence Ron, tâchant de se rappeler.

— Marnie, dit Taz.

Ron porte une main à sa joue.

— C'est affreux… c'est vraiment… on est tellement désolés…

Taz se lève.

— Merci. Je suis de corvée de baby-sitting cet après-midi, mais je passerai prendre les mesures demain.

— Vraiment ? demande Ron.

Puis, comme s'il craignait de le voir disparaître :

— Vous n'avez qu'à me suivre tout de suite, si ça vous tente. Je rentre déjeuner.

Taz regarde autour de lui, cherchant une excuse.

— OK. On vous suit.

Lorsqu'ils arrivent, Nicole est là ; surprise, elle bafouille ses condoléances, toujours les mêmes. Elle se dit ravie de surveiller Midge, qui lui rappelle sa petite-fille, peut-être un peu plus vieille, un an déjà. Quelques minutes plus tard, Taz est de retour chez lui. Il pousse la porte de l'atelier, Midge serrée contre la poitrine. Il n'allume pas la lumière. Les outils luisent faiblement dans la pénombre, affûtés, prêts à trancher, chacun à leur place. Le combat est perdu d'avance : tout a été pensé pour être à portée de main. Et même s'il laissait Midge dans le siège auto, le rugissement de la raboteuse, à côté duquel un lancement de fusée passe pour un doux murmure, la rendrait sourde avant qu'elle ait pu prononcer le moindre mot. La sciure dans ses poumons l'empêcherait d'inspirer suffisamment d'air pour parler.

Il s'imagine appeler Lauren.

— J'ai trouvé du boulot, venez donc.

Elle l'attendrait tous les matins avec son café au lait, ses deux sucres. Une intruse si bien intentionnée dans le nid qu'ils avaient bâti pour deux. De sa joue, il effleure le sommet du crâne de Midge.

— Pour trois, je veux dire. Évidemment.

Il sort de l'atelier, ferme le cadenas et emmène tout de même Midge au dépôt de bois d'œuvre. Il finira bien par trouver une solution. Il la prend dans ses bras et la promène entre les piles de bois, s'attardant devant le chêne ancien, cinq centimètres d'épaisseur, débité sur quartier, le grain enfoui sous la crasse et la poussière, du bois qui, même brut, vaut plus cher qu'un bloc-porte en magasin. Il devrait s'arranger pour gagner de quoi fabriquer sa propre porte. Gonfler la facture. Marnie y avait pensé longtemps avant lui, pourtant il l'entend déjà le traiter d'escroc, d'individu louche, un homme à éviter. Elle lui donnerait une bourrade, esquissant un sourire, avant d'intégrer le bois mal acquis à tous leurs projets.

Le gamin du parking l'aide à charger le chêne dans le pick-up. Taz fait de son mieux avec Midge dans les bras, laquelle, manifestement, en a assez du soleil, du bois et des projets de Taz.

De retour à la maison, il se gare devant l'atelier et reste assis derrière le volant. Dans le siège auto, Midge dort comme une souche, bouche grande ouverte. Sa tête penche tant que Taz est tenté de la redresser, mais il a trop peur de la réveiller pour oser bouger un muscle. Rien que son cœur et ses poumons, ce qu'il ne peut contrôler.

Il jette un œil dans le rétroviseur, et l'atelier lui apparaît tout aussi menaçant et inenvisageable qu'avant. À présent, le plateau du pick-up est chargé de chêne issu d'un vieux peuplement, bois vénérable abattu un siècle plus tôt à l'autre bout du pays, matériau noble qu'il aime toucher, caresser de ses mains et de ses yeux. Il imagine les arbres, bras tendus vers le ciel, leurs branches agitées par une brise n'ayant jamais frôlé le sol.

Il regarde Midge : sa lèvre supérieure est couverte de sueur et une de ses mains se serre et se desserre au gré d'un rêve qu'il ne peut prétendre concevoir. Il ferme les yeux et voit défiler le bois, le dépôt, l'atelier, des doigts minuscules, le carbure de tungstène à l'extrémité de chaque dent de chaque lame.

Il se laisse aller contre le siège et somnole, des calculs plein la tête. Six mille cinq cents rotations par minute, soit cent tours par seconde, une lame à quatre-vingts dents, huit cents dents déchiquetant tout ce qui les touche. Par seconde.

Arrête un peu, merde, dit Marnie. *Elle n'ira pas dans l'atelier. Jamais. Point final. Tout ira bien.*

Apparaissant comme par magie, Rudy toque à la portière et le réveille. Il fait un signe de tête en direction du plateau.

— On dirait qu'on a du boulot, chuchote-t-il.

Jour quarante

Après une nouvelle nuit sans sommeil, Taz est allongé à même le plancher, Midge à ses côtés. Il regarde tourner le ventilateur en se demandant si elle s'endormira un jour. Pourquoi ne pas installer un variateur de vitesse ? Qui permettrait de faire tourner le ventilateur plus lentement ? Ainsi, chaque pale serait visible, au lieu d'être floue.

Il la regarde. Ses yeux sont toujours ouverts, plus profonds que des cénotes, quelque chose que Marnie rêvait de voir. À la lumière du jour, elle semble si innocente, si inoffensive. La créature la plus douce au monde. C'est ce qu'il dirait, même si Midge n'était pas sa fille. Mais la nuit ? Il lui pousse des cornes. Des crocs. Elle se met à cracher du feu. Il avait même appelé le docteur, mais il était tombé sur l'infirmière, qui lui avait assuré que c'était une simple période d'ajustement, le bébé s'habituait au monde. Il avait tapé "colique" dans Google et refermé l'ordinateur aussi sec, horrifié.

Il lève le bras pour faire tournoyer le hochet sur l'arche d'éveil. Quelqu'un l'avait déposée sous le porche un matin, avec une carte, *Susan,* suivi d'une précision entre parenthèses, (*la dame du Bulletin d'échange de plans**), une femme dont il n'aurait jamais pu se souvenir autrement. Un flot ininterrompu de cadeaux. Un matin, Taz avait trouvé Rudy assis sur un tas de cartons de lait en poudre. Il lui avait tendu la carte par-dessus son épaule.

— Tu te souviens de M. Brown ?

— Notre prof de maths ? Au lycée Hellgate ?

* Bulletin d'informations local pour les professionnels du bâtiment.

— La probabilité statistique que tu parviennes à la nourrir par toi-même semble lui déplaire.

Un instant plus tard, on frappe doucement à la porte. Une pause et ça reprend, un peu plus fort. Les bras de Midge tressautent. Elle cligne des yeux. Taz aussi. Il jette un œil à sa montre, surpris de constater que la matinée est bien entamée, que la journée les attend, que Rudy est prêt à se mettre au travail. À moins qu'il ne s'agisse d'une nouvelle offrande.

Cependant, Taz est incapable de bouger ; à la seule idée de se mettre debout, il sent déjà se déchirer ses muscles.

Il écoute Rudy piétiner sous le porche et crier son nom, une seule fois, trop conscient du problème de sommeil de Midge pour oser appuyer sur la sonnette. Taz l'entend s'asseoir, reprendre sa veille. Il est fait pour entrer dans les ordres, n'importe quoi requérant la patience de Job.

Hier, Taz a appelé Ron pour lui dire que les portes risquaient de prendre plus longtemps que prévu. Il devrait peut-être demander à Ron et à Nicole de surveiller Midge, un substitut de petite-fille. Juste le temps de découper les traverses et les montants, de coller les panneaux, que tout soit prêt à être assemblé, une étape à laquelle pourrait assister Midge.

Une heure passe, peut-être plus. Taz reste arrimé au plancher, jusqu'à ce qu'il entende un pick-up dans l'allée, le grincement d'une portière.

— Il n'y a personne, dit Rudy.

D'autres voix. Marko. Un coup à la porte. Une fois, deux fois. Encore. Midge cligne des yeux, et Taz prie pour qu'elle ne recommence pas à pleurer.

Elle cligne encore quand le gros pick-up redémarre. Marko et ses tubes collecteurs. Juste avant qu'il ne s'éloigne en marche arrière, le téléphone sonne, mais Taz l'a déjà sorti de la poche de son Carhartt pour le mettre en mode vibreur. Le nom de Marko apparaît sur l'écran.

Taz baisse la main. Pose le portable par terre. Le repousse du bout des doigts.

Sans se retourner, il effleure Midge. Il est courbatu à force de rester allongé sans dormir. Il fait courir ses doigts le long de ses côtes, sur sa couche, ses jambes, autour de ses chevilles, enfin sous ses pieds nus, comme il le faisait avec Marnie, la touchant à peine. Elle se trémousse de la tête aux pieds. Agite les bras. Bat des jambes.

Elle sursaute lorsque la porte d'entrée s'ouvre d'un seul coup.

— Salut, c'est juste un petit contrôle de sécurité, OK ? dit Rudy.

Taz s'abrite les yeux.

— Un peu d'intimité, c'est possible ?

— T'es vivant ?

— Je respire, en tout cas.

Il entend Rudy approcher, sent Midge frétiller sous ses caresses.

— Je suppose que tu n'as pas entendu Marko.

— Qui ça ?

— C'est bien ce que je pensais.

Taz laisse retomber son bras et regarde Rudy.

— Toi aussi, t'es à la retraite, maintenant ? demande Rudy.

— En congé maternité.

— Et j'imagine que Marko a tout ce qu'il faut pour assurer dans ce cas. Tu dois être en train d'engranger un paquet d'allocations.

— C'est ça.

— Va falloir nourrir la petite, poursuit Rudy. Quand le lait en poudre de Hellgate sera épuisé. À moins que t'aies réussi à faire un miracle avec tes nichons ?

Taz se redresse et pose ses coudes sur ses genoux, laissant échapper un soupir.

— Qu'est-ce que tu veux, Rude ?

— Je croyais qu'on bossait aujourd'hui.

— Bientôt, répond Taz. Bientôt. C'est juste qu'elle ne dort jamais, et qui va prendre soin d'elle quand on sera occupés à l'atelier, à trancher et à couper ?

— T'es sûr que ça va ?

— Oui. Ça va. J'aimerais qu'on arrête de me poser cette question.

Rudy va à la cuisine. Taz l'entend ouvrir la porte du réfrigérateur.

— Rudy ?

Mais celui-ci fait demi-tour, traverse le séjour et sort sans ajouter un mot, laissant la porte ouverte à la chaleur.

Un change et un biberon plus tard, ils dorment tous deux sur le parquet quand Rudy revient, les bras chargés de courses.

Taz entend le micro-ondes se mettre en route, une poêle atterrir sur la cuisinière.

— Rude, demande-t-il. Tu fais la cuisine, maintenant ? (Il regarde Midge.) C'est le monde à l'envers.

— Enfile tes plus beaux atours, lui crie Rudy depuis la cuisine. Tu pourrais même envisager une douche. On sort.

Il prépare des burgers et s'occupe de Midge, force Taz à enfiler des vêtements propres.

— J'imagine que t'as un plan, finit par dire Taz.

Il se lève et dépose les assiettes sur la paillasse.

— Boire un coup au Club, rien de foufou.

— Et quoi ? On laisse Midge devant la télé ?

— Tu n'as pas de télé.

Taz regarde autour de lui.

— Alors elle vient avec nous ?

— Elle a besoin de sortir, elle aussi.

— Tu veux l'emmener dans un bar ?

— Elle n'est pas obligée de commander un verre, mais si elle reste enfermée ici tout le temps, elle va finir par ressembler à ces poissons qui vivent au fond d'une grotte.

Taz scrute la pièce, comme si d'autres options se cachaient dans les coins.

— Tu pourrais peut-être la changer, elle aussi, lui trouver un autre T-shirt, ou quoi, dit Rudy.

Il se lève, ouvre le capot de la machine à laver et jette un œil à l'intérieur, comme pour admirer un nouveau territoire. Puis il tourne le sélecteur.

— Lessive ? demande-t-il.

Il entasse les vêtements de Taz dans la machine, sans oublier le body de Midge. Taz doit se retenir de le dévisager, bouche bée.

Dès que la machine entame son cycle, Rudy prend Midge dans ses bras ; Taz les suit jusqu'au porche, ramassant le siège auto au passage. Rudy se dirige déjà vers l'arrière de la maison, le pick-up de Taz.

— Je suis venu à pied, lance-t-il.

— Alors c'est moi qui conduis ? Voilà qui explique la pauvreté de ta vie amoureuse.

— J'y travaille, répond Rudy. T'as des nouvelles de Madame H ? Elle t'a parlé de moi ?

Taz l'écarte de la portière juste avant qu'il puisse monter à l'intérieur. Il installe le siège auto sur la banquette, Midge dans le siège auto. Rudy les observe, captivé, comme s'il assistait à une opération du cerveau.

Taz démarre.

— Il t'a fallu combien de temps pour mettre ce plan au point ?

— Tu sais, je viens de passer un mois entier sur ton porche, j'ai eu le temps de cogiter.

L'espace d'une seconde, Taz détourne les yeux de la route.

— J'ai rêvé ou tu viens d'utiliser le verbe "cogiter" ?

Rudy touche la paume de Midge pour qu'elle lui saisisse le doigt.

— Mais puisque tu refusais d'ouvrir la porte, de répondre au téléphone, j'ai pensé qu'il fallait passer à l'action.

Taz se gare et Rudy détache le siège auto.

— On ne reste pas longtemps, dit Taz.

— Promis, dit Rudy, avant de pousser la porte.

Ils trouvent une place et posent le siège auto sur la table. Midge ouvre grand les yeux, elle découvre un univers nouveau et ne veut pas en perdre une miette. Rudy fait pivoter le siège pour qu'elle soit face au bar.

— Midge, je te présente le monde, dit-il.

Taz suit son regard.

— Quoi ? Où ça ?

— Ne l'écoute pas. C'est bien mieux que le ventilateur.

— Tu me tues.

Rudy caresse le crâne de Midge pour lisser les fines mèches dorées.

— En tout cas, elle a déjà les cheveux qui poussent, elle ne va pas tarder à faire sa Raiponce.

Taz se pince l'arête du nez.

— Et si on allait à la rivière, Rude ? N'importe laquelle. Ou on pourrait faire un tour vers le sud, les montagnes de Bitterroot. Ou vers le nord, la chaîne Mission. Ou on se lâche carrément, et on l'emmène au parc national de Glacier.

Rudy lui tourne le dos.

— Malgré les grizzlys ?

— C'est quand même plus *Parents Magazine* qu'un bar.

— C'est pas Sodome et Gomorrhe ici, non plus, fait remarquer Rude, scrutant les alentours au cas où. Vu la qualité du service, je vais peut-être aller chercher nos bières moi-même.

Avant qu'il ait rassemblé l'énergie nécessaire, une fille se dirige vers eux. Rudy se contente de lever deux doigts, sans prononcer un mot.

— Fais-le pour moi, d'accord ? Juste une bière. Ça t'aidera peut-être à mettre de l'ordre dans tes idées. À dégager les toiles d'araignées, tout ça.

Les pintes cognent contre la table, du bois de récup brut, enfoui sous plusieurs couches d'acrylique. Le siège auto oscille lorsque Midge se met à battre des jambes, croassant quelque chose. Taz regarde les gouttes de condensation couler le long de son verre, former une flaque sur le plastique ; c'est à peine s'il entend ce que dit la fille en s'éloignant de leur table.

— Mignon, ce bébé.

— Oh mon Dieu, dit Rudy, avant même de prendre sa bière. (Taz lève les yeux.) Elle parle, poursuit-il.

Taz passe un doigt sur son verre pour essuyer les gouttes.

Rude fait un signe de tête en direction de la serveuse.

— Ce n'est pas la première fois, mais presque.

Taz suit son regard. La serveuse est en train de rincer des verres, comme si elle avait fait ça toute sa vie, les plongeant dans l'eau avant de les ressortir pleins de savon, puis de les plonger à nouveau.

— Mais le Rude sait se montrer patient. Ainsi qu'en atteste son séjour sur ton porche.

— Séjour ?

— Et c'était trépidant, ne te méprends pas, répond Rude en attrapant sa bière. (Il la lève pour trinquer.) Mais maintenant que j'ai réussi à te faire sortir, je propose qu'on le fasse plus souvent. Tu vois ce que je veux dire : ouvrir la porte et descendre les marches ?

— Peut-être, répond Taz.

Juste avant de détourner les yeux, il surprend le regard furtif de la serveuse, droit sur Midge, la fossette minuscule d'un sourire plus minuscule encore, et soudain il comprend : encore un plan de Rudy pour attirer l'attention d'une fille. Il cogne son verre contre le sien.

— T'es un génie, Rude. Ne laisse personne te dire le contraire.

— On remet ça demain ?

Rudy se met à planifier leur nouvelle vie, leur retour au monde, et Taz sirote sa bière, pensant que Marnie apprécierait, Rudy le psy. Il attend et attend encore, mais elle ne dit rien. Le lendemain matin, comme prévu, Rudy vient s'occuper de Midge le temps qu'il coupe le bois pour les portes, dégauchisse et rabote.

Jour quarante-quatre

La porte-moustiquaire s'ouvre d'un seul coup et Rudy se glisse à l'intérieur, aussi discrètement que possible. Il chuchote le prénom de Taz avant de traverser le séjour d'un pas lourd, le couloir, comme si la maison lui appartenait. Il jette un œil dans leur ancienne chambre, puis il se dirige vers la nursery, faisant de son mieux pour marcher sur la pointe des pieds. Taz le regarde depuis le rocking-chair, Midge sur les genoux, bras ballants. Tout doucement, il secoue la tête, et voilà que Rudy se rembobine, à reculons dans le couloir. Il s'immobilise dans le séjour.

Taz continue de se balancer à un rythme doux de métronome. Il essaye de se rappeler la nuit : n'est-elle pas censée se réveiller d'une seconde à l'autre ? Petit à petit, il décélère, priant pour que les boucliers thermiques tiennent malgré la rentrée atmosphérique. Sans cesser de se balancer, il se penche et glisse ses avant-bras sous les fesses de Midge. Il la soulève et la berce un peu lorsqu'elle sursaute, les yeux toujours fermés.

Avec délicatesse, il la dépose dans le berceau, le point d'impact étant le moment le plus dangereux. Elle ne bouge pas. Centimètre par centimètre, il tire la couverture. Un pas en arrière, deux. Il entreprend de faire demi-tour, veillant à ne pas décoller ses pieds du plancher, pour limiter les craquements. Il atteint la porte, franchit le seuil et jette un bref regard en arrière, stupéfait qu'elle soit encore là, les yeux fermés, la respiration rapide et régulière.

Debout dans le séjour, Rudy est à mi-chemin de la porte d'entrée. Taz place un doigt devant ses lèvres.

— Tu sais, dit-il, ce n'est peut-être pas si mal de frapper à la porte.
— Tu ne réponds jamais.
— Ça veut dire que je suis occupé, ou qu'elle dort, ou…
— Que tu ne réponds jamais.
— Ou ça, ouais.
— Comment je suis censé savoir si tu es là ?
— On ne sort pas beaucoup, tu sais.
Rudy hausse une épaule.
— Disons que j'avais besoin de vérifier.
— Pourquoi ?
— Pas de raison précise. Juste comme ça…
— Mais tu viens de dire que tu en avais besoin.
— Peut-être pas "besoin", exactement.
Il entend Marko et son pot d'échappement remonter la rue en pétaradant, s'engager dans l'allée. Rudy évite de croiser son regard.
— Tu étais au courant ? demande Taz.
— Il se peut que je l'aie appelé, oui.
Le pick-up s'arrête. Une portière claque.
— OK, vous avez prévu quoi exactement ? Un genre d'intervention ?
Une seconde plus tard, Marko est sous le porche. Au lieu de sonner, il cogne doucement sur la porte avec le poing et la pousse, passe une tête dans l'entrebâillement.
Rudy se précipite et ouvre en grand.
— Salut Marko, j'étais sur le point de partir. C'est sympa, de te croiser.
Puis il se glisse dehors et disparaît, comme s'il venait d'être graissé, comme s'il n'avait jamais été là.
Marko le suit du regard avant de se tourner vers Taz.
— Alors, tu es là en fait. (Il franchit le seuil, faisant claquer ses chaussures sur le plancher, une seule fois.) Tu tiens le coup ?
La question inévitable.

— C'est juste que, commence Taz, sans parvenir à terminer sa phrase. C'est juste que je suis occupé. Je m'occupe de Midge. Enfin, j'essaye.

Marko s'assied sur le canapé – grincement de ressorts, friction de vieux mohair contre pantalon de toile.

— J'en avais marre d'appeler.

— Je sais, j'ai perdu le téléphone. Il…

Marko braque un doigt épais sur la poitrine de Taz.

— Tu as pensé à regarder dans ta poche ?

Taz la tapote.

— Ça alors, dit-il. Maintenant je sais pourquoi c'est toi le chef.

— Pour le moment, je temporise, dit Marko. Mais j'ai commencé à chercher ailleurs. Les clients ne vont pas attendre éternellement. Ils vont finir par aller voir quelqu'un d'autre.

— Je sais. C'est juste que… C'est une question de temps.

— Les gens confient leurs enfants à des garderies, Taz. Presque tous les jours. C'est ce qu'on a fait, nous. (Il le dévisage quelques instants avant de détourner les yeux.) Si tu ne reviens pas, je vais être obligé d'embaucher quelqu'un à ta place. Je ne sais pas comment te le dire autrement.

Taz le regarde enfin et voit les plans roulés dans son poing gros comme un jambonneau. Marko leur donne une brève secousse.

— On verra, dit Taz.

Bien qu'elle n'ait jamais apprécié Marko, Marnie lui donne un coup de coude : *Tu peux le faire.*

Marko déroule le premier jeu de plans sur la table.

— Ces clients-là ne veulent personne d'autre que toi. À quand remonte ton dernier lit escamotable ?

— Je n'en ai jamais fabriqué un de ma vie.

— J'ai trouvé un endroit pour la quincaillerie. J'ai déjà commandé toutes les pièces.

Taz tend l'oreille ; Midge n'est pas réveillée. Pour une fois, le contraire l'arrangerait. Il s'approche des plans.

Jour quarante-sept

Taz installe Midge dans le siège auto, qu'il pose sur la table de sciage. Au début, il s'était contenté d'abaisser la lame, puis il l'avait retirée complètement, sachant qu'il se montrait ridicule. Il commente chacun de ses gestes en travaillant. D'abord l'assemblage à sec, pour s'assurer que tout s'emboîte, ensuite le collage et le serrage, enfin la vérification : les angles, la planéité, encore et encore. Midge l'observe, du moins, c'est ce qu'il se dit.

— Tu ne seras pas rentière, mais tu auras un métier, dit-il.

Après avoir mis Marko sur sa piste, Rudy disparaît quelques jours. Taz doit s'occuper des finitions dans le jardin avec Midge, veillant à la positionner contre le vent à chaque étape, remplissage, teinte et vernis. Il fait quelques pauses pour les biberons, les changements de couches et les siestes, mais dans l'ensemble, le travail avance bien. Il appelle Ron pour lui dire que la porte est prête, précisant qu'il viendra accompagné. Ron répond que sa femme sera ravie.

Et elle l'est, sauf quand Midge se met à crier sitôt que Taz sort de son champ de vision.

— Angoisse de la séparation, déclare-t-elle.

Ils s'adaptent. Nancy suit Taz lorsqu'il passe d'une porte à l'autre, puis dehors, où sont installés les chevalets pour poser les charnières. À la fin de la journée, peu importe combien ils apprécient les portes, combien ils étoffent le chèque, Taz comprend que Nancy a eu sa dose, qu'une demi-journée à s'occuper de la fille sauvage accrochée à son père plus sauvage encore a rompu le charme du petit-enfant de substitution.

Quelques jours s'écoulent encore avant que Rudy ose à nouveau approcher du porche, à pas de loup, pour s'asseoir sur la première marche. Il se tourne lorsque Taz entrouvre la porte-moustiquaire, se grattant le coin des yeux, aplatissant ses cheveux sur son crâne. On dirait presque qu'il les griffe.

— Je suis un homme mort ? demande Rudy.

— Je croyais que l'homme mort, c'était moi, dit Taz en rebroussant chemin. Je lance un café.

Rudy le suit.

— Pas de café pour moi, chuchote-t-il. Où est Sa Majesté ?

Taz va à la cuisine et se laisse tomber sur une chaise en se frottant le visage. Il gesticule en direction de la chambre.

— Elle dort.

Rudy s'arrête net.

— Midge ?

— Elle ne s'est réveillée qu'une seule fois, cette nuit. Et elle ne pleurait même pas. Elle a mangé et elle s'est rendormie. Je n'ai pas arrêté de vérifier qu'elle respirait encore. Qu'elle était encore Midge.

— Et toi ? Tu viens de te réveiller ? Je ne suis pas en train de parler à Taz-qui-n'a-pas-dormi-de-la-nuit ?

— Je ne sais plus, en fait.

— Hmm. Le contraste n'est pas saisissant.

Taz lui fait un doigt d'honneur avant de s'appuyer contre le dossier, triturant une écharde. Rudy prépare la cafetière.

Dès que le café commence à passer, il montre l'écharde de Taz d'un signe de tête.

— Alors, t'as rejoint les rangs des travailleurs ?

— J'ai terminé les portes et je les ai installées.

— Bravo, mon grand. Tout seul ?

Taz le regarde avec insistance.

— Et grâce à toi, j'ai Marko aux fesses, aussi. Donc oui, j'ai rejoint les rangs des travailleurs.

Rudy verse le café et pose une tasse devant lui.

— Ça t'aidera peut-être à rejoindre le monde des vivants.

Il tire une chaise, s'assied face à la tasse qu'il utilise chaque fois, avale une gorgée et pousse un juron avant de recracher le café dans ses mains, qu'il agite, envoyant valser les gouttes. Puis il s'écarte de la table, en équilibre sur les pieds arrière de sa chaise, histoire de prendre des distances avec sa tasse.

— Trop chaud.

Il s'essuie la bouche et souffle de l'air sur sa langue.

— Pourquoi est-ce que tu t'entêtes à utiliser cette cafetière ? Tu l'as volée dans un musée ou quoi ?

Taz commence à se dérider, et Rudy le gratifie de son fameux sourire fendu jusqu'aux oreilles.

— Alors, le travail ? demande-t-il.

— Marko a su se montrer convaincant.

— À Rudy Poppins de jouer, maintenant.

Taz secoue la tête.

— Je ne peux pas te faire ça, Rude.

Rudy laisse retomber les pieds avant de sa chaise.

— Sérieux ?

— J'ai appelé des nounous. J'ai parlé à une femme qui semblait gentille.

— Une inconnue ? Je peux m'occuper de Midge, moi, tu le sais bien. Ce n'est pas un problème.

Taz souffle sur son café et en boit une petite gorgée, les yeux rivés sur Rudy.

— Il faut que je m'organise, Rude. Pour de vrai, pas de solutions par défaut.

— Par défaut ?

— Parce que tu comptes te lancer dans le baby-sitting à plein temps ?

— C'est peut-être l'opportunité que j'attendais. Imagine toutes les mamans.

— Rudy, tu ne peux pas…

— Au moins, moi, elle me connaît.

— Elle t'adore, Rude, mais n'empêche…

Rudy se lève et vide sa tasse dans l'évier.

— Alors, tu commences quand ?

Taz jette un œil sur sa montre.

— Tu rigoles, dit Rudy.

— J'ai rendez-vous avec Marko à huit heures. Sur le site. Je dépose Midge à sept heures et demie.

— Aujourd'hui ?

— Je devrais peut-être prendre une douche.

— De retour au boulot, c'est pas de la blague. Je vais te préparer un sandwich, glisser une pomme dans ton sac, te prendre en photo pour ton premier jour d'école.

Taz se lève.

— Le café doit être assez tiède pour toi, maintenant.

— Ça reste du poison, marmonne Rudy.

QUAND il sort de la douche, Midge est réveillée ; Rudy est assis avec elle sur le canapé-terrain vague. Dès qu'elle a terminé son biberon, il se lève et se dirige vers la salle de bains.

— Il faut la changer.

Taz tend les bras, mais Rudy est déjà loin.

— Va chercher tes outils. Je m'en occupe, lance-t-il pardessus son épaule.

Taz regarde Rudy poser Midge sur le comptoir, lui chuchoter quelque chose. Il s'attarde quelques instants pour profiter de ce moment historique, jusqu'à ce que Rudy lui dise de se dépêcher.

— Tu vas être en retard.

Jour quarante-huit

Déposer Midge à la garderie, c'est un peu comme être pendu et équarri. Il tremble en s'éloignant, transpercé par ses cris. La femme lui assure que c'est normal, tout à fait naturel, mais Taz ne peut imaginer chose moins naturelle au monde. Marnie l'accompagne jusqu'au pick-up. *Elle va s'en sortir. Tu vas t'en sortir,* chuchote-t-elle, encore et encore.

Le travail l'épuise, il ne sait si cela est dû à son absence prolongée ou à la fatigue. À la fin de la journée, c'est à peine s'il tient debout tant son corps est douloureux. Il passe chercher Midge, qui dort ; elle ne se réveille pas quand il l'installe dans le siège auto ni quand il installe le siège auto dans le pick-up ni quand il franchit le seuil de la maison. Il prend le risque de lancer des lessives, lavant tout ce qui se trouve dans la maison, les premières machines depuis le départ de la mère de Marnie, ou depuis la lessive de Rudy, à moins qu'il ne l'ait rêvée, celle-là. Elle continue de dormir pendant qu'il prépare des spaghettis bolognaise et les dévore à toute vitesse, au cas où, se demandant ce qu'ils ont bien pu lui faire ou lui donner pour qu'elle roupille comme ça.

À la tombée de la nuit, elle se réveille. Ensuite, c'est terminé. Jusqu'à une heure du matin, deux heures, Taz ne sait plus. Il pense à la torture. À la privation de sommeil. Peut-être que la nuit dernière n'était qu'une embellie passagère, un rappel de sa vie d'avant. Peut-être qu'il finira par devenir fou.

Elle sombre enfin, sans se réveiller quand il la pose sur son matelas ni quand il recule en direction du lit de grande fille. Il reste allongé, les yeux grands ouverts, tendu comme un ressort, à guetter la magie de ses respirations minuscules. Il ne sait s'il a dormi lorsqu'elle crie à nouveau, une sorte de geignement, un gargouillis étrange. Aussitôt, il se redresse sur un coude, mais elle se calme toute seule, alors il contemple le plafond, osant à peine y croire, avant de se rallonger, un bras sur les yeux. Il rêve de sommeil.

Au matin, Midge oblitère la gamme des C et passe directement au volume maximum. Taz sursaute, inondé d'adrénaline ; son cœur bat à tout rompre. La veilleuse s'illumine et il consulte sa montre, le réveil. Il ne sait plus quand il s'est levé pour lui réchauffer un biberon, la bercer jusqu'à ce qu'elle ferme les yeux.

— Tu ne peux pas avoir encore faim.

Ayant mis son caleçon dans la machine avec le reste, le voilà nu devant le berceau, le visage chiffonné de Midge, qui hurle.

— Quoi ?

Il lui touche le front. Elle se débat pour s'écarter de lui. Pas de fièvre.

Il glisse un doigt dans sa couche. Trempée. Une éruption. Elle était sèche la dernière fois qu'il a vérifié. S'il a vérifié. Il ne s'en souvient plus.

Il la prend dans ses bras. Direction salle de bains. Serviette. Une noix d'oxyde de zinc. Extinction des feux. Retour au berceau, où Midge continue de crier. Taz s'assied avec elle dans le rocking-chair ; il va finir par creuser deux sillons dans le plancher, passer au travers, s'écraser en dessous. Il aurait dû pisser quand il était encore debout.

Midge se tait mais, chaque fois qu'il la regarde, elle a les yeux grands ouverts.

Quand il se redresse, aussi délicatement que possible, elle écarquille les yeux. Dès qu'il l'approche du lit, son visage se plisse et les coins de sa bouche s'affaissent.

— J'ai besoin de pisser, dit-il d'un ton suppliant.

Elle se met à pleurer. Il la couche. Cale la serviette roulée contre son dos. Elle pleure plus fort.

— Pipi, répète-t-il. Quelque chose que tu connais bien.

Il l'abandonne. Elle hurle comme s'il était tombé dans un abysse. Sans prendre la peine d'allumer la lumière, il s'assied sur la cuvette, la tête entre les mains, certain, à présent, que la folie le guette. Qu'il n'en est plus très loin.

Lorsqu'il se lève, évitant de tirer la chasse, elle crie plus fort encore. Devant la porte, il tourne à gauche au lieu de tourner à droite. Il entre dans leur ancienne chambre et se couche sur le lit défait, à même le matelas, qu'ils se sont contentés de retourner. Il s'enterre sous le tas de literie propre et froissée, un oreiller sans taie sur la tête.

— Je suis désolé, Marn, tellement désolé, chuchote-t-il.

IL se réveille juste avant six heures du matin, un réflexe. C'est l'heure du biberon. Un silence de mort règne dans la maison, le soleil ne s'est pas encore levé. Soudain, le souffle court, il se redresse et se souvient. Ses pieds atterrissent sur le plancher et il se retrouve debout avant même de s'en rendre compte. Pris de vertige, il chancelle et fonce dans le couloir, un vieux sportif saoul comme un cochon.

La veilleuse s'allume. Midge est là, endormie. La bouche relâchée autour de son pouce. Il doit s'appuyer contre la rambarde du lit. Malgré la lumière grise, les couvertures qui la dissimulent à moitié, il n'a jamais vu créature plus belle.

— OK, la deuxième plus belle, chuchote-t-il à Marn.

Non, la plus belle, répond Marnie.

Il glisse jusqu'à la porte et traverse le couloir, puis il revient sur ses pas, un dernier contrôle avant de s'autoriser à regagner le nid de couvertures dans leur ancienne chambre. Il va attendre, un biberon à portée de main. Il se précipitera dès le premier cri. Il va tout faire dans les règles. Marnie n'aura plus jamais peur de lui. Pour Midge.

Il sourit alors, la revoyant surmonter l'obstacle, s'apaiser, se rendormir. Il imagine Marnie à ses côtés, s'émerveillant avec lui du génie de leur enfant. Il pense au lit escamotable qu'il a commencé à fabriquer, combien il a ri, se demandant pourquoi Marnie et lui n'en avaient jamais installé un chez eux.

— Ta mère, chuchote-t-il. On aurait pu faire le lit, repousser les draps, attendre qu'elle se couche et approcher sur la pointe des pieds, la faire basculer. Hop, plus personne !

Marnie éclate de rire. *Ç'aurait été parfait.* Taz s'endort et rêve d'elle comme il ne l'a plus fait depuis qu'ils ont plongé nus dans la North Fork, la première fois, à l'époque où Midge n'était pas même une idée.

Le premier croassement le réveille à moitié, il se blottit sous les couvertures et les oreillers, cherchant Marn, une main tendue pour lui frôler la hanche, la serrer contre son torse, lui envelopper un sein.

Il ouvre les yeux. Il est couché sur un tas de draps. Seul. Il tend l'oreille : Midge est silencieuse. Même l'air semble retenir son souffle.

Il replonge dans son rêve, la peau de Marn. Une main entre les cuisses, la tension vaine et stupide de sa propre peau, son sang et son désir. Il se caresse comme elle le faisait avant, quand elle voulait vérifier qu'il était prêt. À la limite du prépuce, tout autour du gland. Son sexe durcit dans sa main, comme si ses doigts étaient ceux de Marnie.

— La vache ! s'écrierait-elle en gloussant.

Comme un adolescent, il essaye de visualiser ses seins, leur manière de se balancer, de se cogner doucement l'un contre l'autre, le léger picotement de son sexe rasé, son cul dans ses paumes lorsqu'il la soulevait du lit. Mais tandis que ses doigts vont et viennent, il ne voit que son visage, son sourire, sa lèvre inférieure, qu'elle mordille, subjuguée par leur audace ensemble. La fossette à sa joue gauche, une chute sur un coin de table quand elle était petite, un petit pli dans lequel il avait glissé sa langue, sans oublier ses oreilles, le coin de sa mâchoire, le creux entre ses clavicules. Chaque centimètre de Marnie.

Sur le dos, perdu en elle, il éjacule en poussant un grognement, son prénom arraché à son tréfonds ; le moindre de ses tendons semble être relié à Marnie.

— Marnie, crie-t-il, réprimant un sanglot.

Puis, incapable de se retenir, il laisse le chagrin l'envahir, lui arracher les tripes et le vider de l'intérieur, le mettre sens dessus dessous. Ses côtes se contractent, son sternum se fissure. Il bascule sur le ventre et se roule en boule, le visage enfoncé dans le matelas, l'oreiller, étouffant d'énormes sanglots, trempant les draps. Il sent Marnie l'envelopper dans ses bras et l'étreindre, comme elle le faisait de son vivant, comme s'ils ne pourraient jamais être assez proches.

— Oh putain, gémit-il. Oh Marn.

Elle lui frotte le dos, le caresse. *Shh, shh, tout ira bien, tu vas t'en sortir.*

Dans la nursery, Midge commence à pleurer. Taz se martèle les tempes avec les poings. Marnie lui attrape les poignets et l'attire contre elle. *Shh shh.*

APRÈS le biberon, il s'allonge sous l'arche d'éveil avec Midge et fait tournoyer le hochet. Il appuie sur le truc non identifié. Saturne, peut-être. Ça fait du bruit. Midge agite les bras. Taz sourit malgré lui.

— Si tu la voyais, Marnie. T'as fait du beau boulot.

Midge se débat pour basculer sur le ventre. Taz aussi. La journée l'attend. Il a encore des lessives à faire. Les draps. Les couvertures. Tout ce qu'ils possèdent. Il va devoir prévenir Marko.

Au lieu de quoi, il se lève, allume la machine à laver, entasse les draps à l'intérieur et referme le capot. Puis il se prépare un demi-sandwich avant de remplir le biberon à eau, la Thermos. Il soulève Midge et souffle sur son ventre nu. Lui enfile un body. L'installe dans le siège auto. C'est parti pour une nouvelle crise de larmes chez la nounou, une autre journée de travail.

Jour soixante

Hards est debout dans le séjour, la liste de Taz à la main. Elle ne parvient pas tout à fait à dissimuler un sourire en coin.

— T'es sûr de n'avoir rien oublié ? demande-t-elle.

— Je sais. Mais si tu voyais comment ça se passe à la garderie, tu n'en croirais pas tes yeux.

Elle le regarde fixement.

— Parce que je, enfin Midge... Disons qu'on n'a pas l'habitude d'être séparés.

— Je sais.

— C'est vrai, pour Dan ? Il va passer plus tard ?

— C'est le week-end. Un tour de chauffe. Et ne t'avise surtout pas de lui répéter ce que je viens de dire.

Taz la dévisage. La meilleure amie de Marnie.

— Parce que vous pensez...

Elle hoche timidement la tête, un geste qui manque de conviction.

— Fais attention, dit-il.

Comme si l'attention avait quoi que ce soit à voir avec tout ça.

Il se penche sur le berceau et embrasse Midge sur le front, lui dit de ne pas déclencher d'autres incendies, d'arrêter de jouer avec les couteaux. Devant la porte d'entrée, il ramasse sa ceinture à outils : ils commencent une nouvelle maison aujourd'hui.

Il attrape le calepin jaune sur la table, effleure le coude de Hards.

— J'ai mon portable, dit-il, avant de sortir affronter le monde.

Jour soixante-deux

ÇA ne va pas marcher. Du tout.

Hards et Dan. Ils l'ont eu, leur week-end. Une occasion de batifoler, de fantasmer, de faire semblant. En rentrant, ils ont sûrement baisé comme des hermines, une expression de son père. Taz les imagine malgré lui, Hards et Dan s'arrachant leurs habits dans chaque pièce de la maison, jouant à faire des bébés, une famille, et ils vécurent putain d'heureux après. Comme il s'y attendait, sa vision se transforme et c'est Marnie qu'il voit, s'agrippant au tissu du canapé pour ne pas glisser, en vain, alors elle cherche à éviter la morsure du tapis, ses genoux à lui sont déjà rouges, des écorchures qui brûleront comme de l'acide, mais plus tard, seulement plus tard.

Il s'assied sur le canapé affaissé et tend l'oreille; autour de lui, la maison s'assombrit. Midge dort dans la nursery, silencieuse. Il se frotte les yeux. Marnie et lui, fous de désir, lustrés de sueur, incapables de s'arrêter, incapables de penser à vouloir s'arrêter, d'imaginer une telle chose possible.

Il se lève, se frotte les yeux et déambule dans le séjour, retardant le moment d'entrer dans la cuisine, d'affronter l'ordinateur. Enfin, il se laisse tomber sur la chaise et prend une profonde inspiration, les coudes sur les genoux, la tête entre les mains.

Peu importe leur situation financière, Marnie comptait rester à la maison. Elle voulait élever Midge. Ils avaient même envisagé l'enseignement à domicile, avant de s'inquiéter des fous de Dieu, des conspirationnistes, du manque de lien social.

À Hards qui, n'ayant jamais imaginé prolonger l'expérience, ne pouvait revenir s'occuper de Midge après le week-end, il avait dit :

— De toute manière, je travaillerai surtout à l'atelier.

Comme si cela signifiait qu'il n'aurait pas besoin d'aide, qu'il allait simplement transférer Midge de la table de montage à la table de sciage, de la table de sciage à la dégauchisseuse.

Comment faisaient les gens normaux ? Comment s'y prenaient-ils ?

Restait Rudy. Lui serait partant.

Ou la mère de Marnie. Lauren.

Il avait repensé à Mary Poppins. Mais il habitait dans le Montana. Seuls les New-Yorkais avaient des nounous. Importées du Montana, d'ailleurs. Et lui, qu'était-il sinon un menuisier ébéniste à la con, et dans la dèche ? Aussi loin des cabanes en rondins que possible, mais tout de même ce que son père avait fait de lui. Jamais il n'avait été autre chose.

Il pouvait se payer une nounou comme il pouvait se payer… Il ne pouvait se payer quoi que ce soit. Ils n'avaient quasiment jamais pu.

Il se force à se redresser et à ouvrir l'ordinateur. Il voit l'éclat vert du Skype des antipodes et lance l'appel avant d'avoir le temps de se raviser, priant pour que ce soit sa mère qui réponde.

Une fois n'est pas coutume, sa prière est exaucée : le visage de sa mère apparaît avant même que les satellites, ou quoi que ce soit, aient pu survoler la planète. Elle semble anxieuse. Il s'empresse de la rassurer. Midge va bien. Agitée, elle lui dit que son père est sorti, qu'il ne rentrera pas avant le dîner.

— Il pêche, précise-t-elle.

— Tant mieux, dit Taz.

Alors elle s'autorise un sourire timide, minuscule.

— Qu'est-ce qui se passe, Ted ?

— Je me demandais… commence-t-il, avant de laisser sa voix s'estomper.

Sa mère attend.

— Taz ?

— Je, dit-il, se frottant le visage. Je ne suis pas vraiment… Je n'y arrive pas, ici.

Elle ferme les yeux.

— J'aimerais venir, Ted, tu le sais déjà, ça fait des mois que j'en meurs d'envie, mais ton père…

— Je sais, Maman, je sais. Je me demandais juste comment obtenir un visa. (Jamais il n'a envisagé pareille chose, pourtant il continue.) Un visa de travail, tu vois ? Au cas où il y aurait du boulot là-bas, pour les menuisiers. S'ils veulent bien de moi.

Elle cligne des yeux. Cesse de regarder ailleurs. Le dévisage.

— Je ne sais pas, Taz.

Malgré l'image tremblotante et pixélisée, il voit qu'elle est au bord des larmes.

— À Christchurch, depuis le séisme, je crois qu'ils sont prêts à embaucher n'importe qui.

— OK.

— C'est loin d'ici. L'île du Sud. Mais ça te plairait. C'est comme le Montana, avec l'océan en plus. Midge pourrait…

Il se mord la lèvre.

— J'en parlerai à ton père dès son retour.

Il se contente d'opiner.

— Ted ? À quoi tu penses ?

— Je ne sais pas, je réfléchis. Peut-être que les choses seraient plus faciles, là-bas.

— Tu envisages vraiment de déménager ?

Il laisse échapper un soupir qu'il n'avait pas conscience de retenir.

— Je n'en ai pas la moindre idée, Maman. Je n'ai plus la moindre idée sur rien.

Elle lève une main, écarte les doigts et s'approche de l'écran, trop pour la caméra. Un adieu au parloir.

— Mon Dieu, dit-elle. Te revoir. Rencontrer Midge, enfin.

Il manque de s'étouffer.

— C'est si dur, poursuit-elle.

Elle est incapable d'ajouter quoi que ce soit.

— Ici aussi, ce n'est pas une partie de plaisir.

Il ment, disant qu'il entend pleurer Midge, qu'il doit y aller. Elle se met à parler très vite et promet de le rappeler après avoir parlé à son père. Ils vont se renseigner pour lui.

— Génial. Ce serait super, dit-il.

Il referme l'ordinateur. Vendre la maison ? Ses outils ? Fuir ? Prendre un nouveau départ ? Abandonner tout ce qu'il leur reste de Marnie ? À lui et à Midge ?

Le lendemain matin, Rudy le trouve attablé dans la cuisine, devant l'ordinateur. Pas de café sur la cuisinière. Il hausse un sourcil.

— J'ai appelé la Nouvelle-Zélande, hier soir, dit Taz.

Rudy cesse de plier le journal qu'il lisait sous le porche.

— Ça fait quoi ? D'appeler un pays entier ?

Taz n'esquisse pas le moindre sourire. Rudy pose le journal sur la table, plus ou moins en boule.

— Hards m'a parlé du week-end, avoue-t-il, comme s'il les avait espionnés.

Taz se met à triturer le bord du journal.

— C'est ça que tu fais, maintenant ? dit-il. Tu t'assieds sous le porche et tu lis le journal ?

— T'as appelé ton père ? demande Rudy.

— Ma mère, rectifie Taz. Je reçois le journal ?

— C'est celui de ton voisin.

Taz lisse les pages et les replie correctement.

— Élastique ?

Rudy le lui tend.

Taz sort dans le jardin et jette le journal sous le porche du voisin.

Dans la cuisine, Rudy se balance sur sa chaise.

— Ça, c'est ce que j'appelle du baby-sitting à longue distance, lance-t-il. Elle dormira sur place ou elle fera le trajet tous les jours ?

— Ça risque de marcher dans l'autre sens.

Rudy laisse brusquement retomber les pieds avant de sa chaise et le dévisage.

— Je sais, je sais, dit Taz.

— Et après, quoi ? Tu recommences à travailler avec ton père ? Combien de temps crois-tu que vous allez tenir avant de vous entre-tuer ?

— J'ai juste passé un coup de fil, Rude. Redescends un peu.

— Tu ne tiendrais pas une seconde.

— Je n'imaginais pas travailler avec lui.

— Donc, tu serais prêt à déménager là-bas pour une simple histoire de baby-sitting ? Tu vis sur quelle planète ?

— C'est tout de même sa grand-mère, Rude.

— Et la mère de Marnie ?

— Je ne sais pas, elle…

— Elle a élevé Marnie.

Taz baisse la tête.

— Pas faux.

— Et n'oublie pas sa cuisine. (Sans parvenir à rester sur le ton de la plaisanterie, il ajoute :) Et ta mère ? Elle ne veut pas venir ? Juste pour quelques jours ? Elle ne veut pas rencontrer sa petite-fille ?

— Elle n'arrivera jamais à convaincre mon père.

— Je vois.

Soudain, son visage s'éclaire. Il claque des doigts.

— Ça y est !

Taz attend.

— Une nourrice pour allaiter Midge ! Ça se fait encore, non ?

Taz commence à se frotter les yeux.

— Avoue que ce serait plutôt sexy.

Jour soixante-dix

Rudy disparaît quelques jours, le temps d'accomplir l'une de ses missions secrètes, et Taz travaille comme il peut sans utiliser d'outils électriques. Il va jusqu'à emmener Midge avec lui pour prendre des mesures. Marko n'en revient pas, le propriétaire est ravi.

Il appelle Lauren pour tâter le terrain. Lorsqu'il tombe sur la messagerie, il perd ses moyens et raccroche sans un mot, sachant que son nom s'affichera sur le téléphone.

Il est assis à la table, occupé à compiler des mesures pour réaliser le croquis d'un buffet compatible avec le chantier de Marko le pseudo Craftsman*, quand il lève la tête, pensant avoir entendu un grattement. Il se tourne vers la chambre de Midge. Le grattement reprend, du côté de la porte d'entrée. Taz se lève pour ouvrir, se demandant pourquoi Rudy fait des manières, tout à coup. Mais c'est presque une enfant qu'il découvre, debout sous le porche. Elle le regarde, et son sourire se fait de moins en moins assuré à mesure que Taz la dévisage. Une jeannette venue vendre des gâteaux ?

— C'est Rudy qui m'envoie, dit-elle.

Il entend l'eau du biberon bouillir.

— Rudy ?

— Il dit que vous l'appelez Rude ? (Elle hausse une épaule.) Je comprends pourquoi, d'ailleurs.

Il se tourne vers la cuisine, la bouilloire, puis vers la fille à nouveau.

---

* Référence au style architectural américain American Craftsman consistant à associer une structure robuste à des matériaux naturels tels le verre et le bois.

— Il t'envoie pour quoi ?

Elle se mordille la lèvre inférieure.

— Il dit que vous avez le plus beau bébé du monde.

Taz regarde ailleurs.

— Il a tendance à exagérer.

— Je ne pense pas qu'il se trompe.

Alors ça lui revient, la fille du bar qui rinçait les verres, le coup d'œil rapide qu'elle avait jeté sur Midge.

— Il a dit que… commence-t-elle, avant de regarder la rue, n'importe quoi sauf lui.

Rudy lui a tout raconté.

— Il a dit que vous cherchiez peut-être une baby-sitter. Que vous aviez besoin d'un coup de main. En journée. Pendant que vous travaillez.

— Il a dit ça ?

Quinze ans, tout au plus.

Elle se tourne à nouveau vers lui.

— Tu as quel âge ? demande-t-il.

Il ne sait pas à quoi s'attendre. À Madame Doubtfire, peut-être.

— J'ai vingt-deux ans et oui, je sais, on va me demander ma carte d'identité chaque fois que je voudrais acheter de l'alcool, et ce jusqu'à ma mort. (Elle regarde le plafond.) Ce n'est pas la première fois qu'on me le dit.

— Et tu cherches un emploi ?

— J'ai deux sœurs. Cinq et sept ans. Un frère aussi, dix-huit ans. (Elle lève les yeux au ciel.) Parce qu'il y a eu un deuxième round. Une nouvelle femme, une autre famille. Et devinez qui a eu le privilège de les élever ?

Elle est à deux doigts de lui faire une courbette.

— On dirait que tu n'en avais pas envie.

Elle lui lance un regard ironique, un “sans blague” muet qu'elle s'empresse de faire disparaître avant que Taz ne soit certain de l'avoir vu.

— C'est différent quand on a le choix. Ou quand on vous paie.

— J'en suis conscient, répond Taz.

Ils s'observent un instant, immobiles.

— Tu veux entrer ? finit-il par demander.

Elle avance d'un mètre. Regarde le parquet, les moulures décapées, les fenêtres à guillotine, le verre ondulé.

— Rudy dit que vous avez tout fait vous-même.

— Ce n'est pas vrai.

Elle lui lance un rapide coup d'œil avant de baisser les yeux.

— En tout cas, c'est ce qu'il a dit.

— Donc, tu cherches du travail.

— J'ai encore une année d'études à faire. Ensuite, stage pédagogique.

— On dirait que tu es suffisamment occupée comme ça.

— Ce n'est pas vraiment sorcier.

— Ça l'est pour moi.

Elle sourit.

— C'est signe que vous comprenez l'essentiel.

— Le semestre a commencé ? demande Taz.

Il s'approche de la fenêtre pour voir si les voitures des étudiants ont envahi les trottoirs.

— Monsieur Davis, Rudy m'a dit que…

Taz l'interrompt.

— Appelle-moi Taz. (Il ferme la fenêtre, l'air se faisant plus chaud.) Il n'y a pas de monsieur Davis.

Nom de Dieu, combien d'années a-t-il de plus qu'elle ? Six ? Sept ?

N'empêche, sept ans. Un quart de sa vie. Le temps qu'il avait passé avec Marnie. Toute sa vie.

— Taz ?

— À cause de la mer, pas de l'animal.

Elle acquiesce et se mordille à nouveau la lèvre.

— Donc, dit-il.

— Rudy a dit…

— Je sais, il a dit que j'avais besoin d'un coup de main. Et ton boulot au Club ?

— C'est-à-dire ?

— Deux boulots, en plus des études ?

— Je sais. J'étais censée arrêter le Club il y a un an, mais les pourboires sont déments.

Taz l'invite à s'asseoir, tirant une chaise de sous la table monumentale de Marnie. Elle avait construit une cabane en dessous, avec des draps, des couvertures, les coussins du canapé. Ils avaient dormi dedans. Entre autres choses. "Tu te rends compte ? s'était-elle exclamée sous la lumière aquatique, parmi les tortues de mer. Midge va adorer cet endroit."

Tu te rends compte ? Nom de Dieu, combien de fois l'avait-il entendue dire ça, les yeux aussi ronds que cette fausse ado ? Et voilà qu'il se retrouvait seul avec une table digne d'un roi, un meuble qu'il regardait sans arrêt – couvert de plans, de contrats non signés, de reçus et de factures provenant de la maternité qu'il comptait payer sitôt que les poules auraient des dents –, se demandant s'il parviendrait à rabattre la rallonge un jour, à ranger une seule chaise. Marnie voulait des crochets pour suspendre les chaises inutilisées. Il avait commencé à les fabriquer.

— Taz ?

Il baisse les yeux et retrouve la fille assise là. Elle se tord le cou pour le regarder, avant de détourner la tête. Il agrippe le dossier des deux mains, serre les barreaux à s'en faire blanchir les phalanges.

— Nom de Dieu, lâche-t-il.

Il ne sait plus quoi dire, mais soudain Midge se réveille et commence à remuer dans le berceau.

— Et merde, dit-il. Le biberon.

Il se précipite vers la nursery comme si c'était une bouée de sauvetage.

Quand il réapparaît avec Midge, qui cherche à s'écarter de lui pour contempler le monde, ses fins cheveux blonds en bataille, la fille en a le souffle coupé.

— Oh. Mon. Dieu.

— Tu es embauchée, parvient tout juste à dire Taz d'une voix émue.

Elle a la sagesse de ne pas tendre les bras. Dès que le biberon est prêt, Taz s'installe en face d'elle avec Midge. Ils l'étudient ensemble.

— Je ne suis pas bon marché, lâche la fille.

— Tous ces pourboires à remplacer.

Du bout du doigt, elle se touche le nez.

— Exactement.

— Je pense que je ne gagne même pas la somme de tes pourboires.

— Rudy a dit que tes amis t'aideraient. Qu'ils étaient prêts à faire n'importe quoi pour toi. (Elle baisse les yeux.) Jusqu'à ce que tu retrouves du travail, en tout cas.

Taz accuse le coup, comme s'il venait de recevoir une gifle.

— Je, enfin… Ça ne marche pas comme ça, ici.

Elle hausse une épaule.

— Ça marchera peut-être un temps. Si tu n'as pas le choix.

Il secoue la tête.

— Je suppose que je devrais te demander ton nom.

Midge lui attrape une mèche à pleine main. Il grimace et cherche à desserrer ses doigts.

La fille sourit.

— Je m'appelle Elmo.

Taz se frotte les yeux et la regarde sans comprendre. Un putain de Muppet ? Et puis quoi encore ?

— Mon nom de famille, c'est Elmore, explique-t-elle, les yeux rivés sur la table. Avec mes cheveux… (Elle passe une main à travers la masse de ses cheveux roux.) Le lycée a fait le reste. Et voilà. (Elle tente un nouveau sourire.) C'est toujours mieux que Ginger*.

* Surnom signifiant “rouquin”.

Jour soixante-quinze

Demi-journée le lundi, le mercredi et le vendredi. Journée pleine le mardi et le jeudi. Ils s'organisent et n'omettent aucun détail. Le week-end si nécessaire. Il lui demande si elle pense pouvoir gérer la charge de travail, les études et le reste. Elle le fixe un instant.

— Les week-ends n'étaient pas en option, avec les gamins de mon père.

— Gratuits, alors ?

Elle se touche le nez du bout du doigt.

Le premier jour, il doit l'inviter à entrer tellement elle paraît gênée, comme si elle craignait d'interrompre quelque chose, de s'imposer. Cependant, dès qu'elle voit Midge sur sa couverture, elle vient s'agenouiller près d'elle et lui parle comme si elles étaient de vieilles connaissances, puis elle la prend doucement dans ses bras. Midge tend les bras vers Taz et se met à gémir sans grande conviction. Elmo la cale contre sa hanche et la berce délicatement.

— Petite joueuse, dit-elle.

Taz s'est déjà élancé ; Elmo l'arrête d'une main.

— On va y arriver.

Il s'immobilise et commence à lui décrire leur routine, toutes les finesses, mais Elmo ne semble pas l'écouter, alors il se tait pour la regarder jouer avec Midge. Elle la hisse debout, sur la pointe des pieds, puis elle la laisse retomber, debout, assise, comme si elle était là depuis toujours. Soudain Midge se tourne et se fend d'un large sourire édenté, yeux brillants ; les pleurs ne sont plus qu'un lointain souvenir. De la voir ainsi offrir son premier sourire à cette fille, Taz en a les genoux qui flanchent. Il essaye de dire quelque chose, n'importe quoi, mais Elmo ne se rend compte de rien. Elle pense sûrement que de tels sourires illuminent le visage de Midge tout le temps.

— Je serai derrière la maison, dans l'atelier, parvient-il tout de même à articuler.

Elle sourit en écarquillant les yeux, le regard rivé sur Midge.

— N'hésite surtout pas à me déranger si tu as besoin de quelque chose.

Elle lui jette un bref coup d'œil avant de chuchoter quelque chose à l'oreille de Midge. Il l'entend prononcer son nom et a presque l'impression de se retrouver au lycée, quand il croisait des filles dans les couloirs, qu'il surprenait leurs œillades, les bribes de leurs conversations secrètes. Il ravale le reste de ses recommandations et bat en retraite.

Voilà à quoi aurait ressemblé sa vie, pense-t-il. Tous les jours. Marnie et lui, chacun leur tour. Marnie et Midge échangeant des blagues à son propos.

Il entre dans l'atelier, assailli par la dureté du bois, la morsure de l'acier, les surfaces à raboter, les angles à redresser, un univers fonctionnel et précis. Il commence par s'enfermer, puis décide de laisser la porte ouverte, au cas où Elmo appellerait, bien qu'il doute de pouvoir l'entendre. Il reste immobile quelques instants, tâchant de se rappeler pourquoi il est là, ce qu'il est censé fabriquer. Il se penche sur l'établi, les mains à plat sur l'érable, comme si c'était tout ce qui l'empêchait de s'effondrer.

— Des rangements, dit-il en se redressant. Des rangements pour Marko.

Il attrape son bloc-notes et regarde ses croquis. Ensuite, il choisit un morceau de pin issu du même lot de planches de gradins qu'il avait subtilisées pour Marnie – sauf que celles-ci ont été achetées. Il commence à mesurer, à calculer, évitant les trous de boulons chaque fois que possible. Il fera tout ce qui est en son pouvoir pour faire briller le bois, mais il sait que la moindre encoche, le plus petit défaut sera visible sitôt le meuble installé. Comme toujours.

Il dessine un plan pour les battants, sans oublier les montants et les traverses, quel morceau de quelle planche. Il range les planches inutilisées dans le râtelier et prépare la table de sciage pour la première coupe – un vieux monstre de fonte sur lequel son père travaillait ses planches brutes. Soudain, n'y tenant plus, il se dirige vers la maison pour prendre des nouvelles de Midge, voir comment se déroule cette expérience de Muppet.

Il s'arrête à mi-chemin, un pied en l'air, le repose et reste planté dans le jardin comme si le cyclone Dorothy venait de le recracher là. Puis il se force à faire demi-tour, à vérifier ses réglages et à lancer la scie, écoutant vrombir la lame. Il trouve ses lunettes, cale la première planche sur la table et se met à nourrir le monstre, à fabriquer quelque chose.

Il finit de découper les premières planches et les passe dans la dégauchisseuse avant de préparer la raboteuse pour affiner les feuilles qui serviront de panneaux. Alors seulement, il s'autorise à épousseter la sciure et à regagner la maison. Il n'aura qu'à dire qu'il avait soif et remplir une bouteille d'eau pour légitimer sa présence.

Quand il passe une tête dans l'entrebâillement, Elmo est debout devant la cuisinière, seule. Elle porte un short de basket satiné qu'il n'avait pas encore remarqué. Un maillot sans manches assorti, avec un numéro dans le dos. 00.

Figé sur le seuil, il se demande ce qu'elle fait dans la cuisine. Elle se retourne aussitôt, comme s'il avait parlé à haute voix. Il espère que ce n'est pas le cas. Elle lui sourit en faisant son drôle de haussement d'épaules.

— Je pensais nous préparer quelque chose à manger. Ça ne te dérange pas, j'espère ?

— Nous ? demande Taz.

Il devrait lui dire que Midge n'est pas encore passée à la nourriture solide.

Elmo lève les mains et les agite, vers lui, vers elle : nous.

— En revanche, tu manques de denrées comestibles.

— Oui, je comptais faire les courses après le travail, avec Midge.

— D'accord.

Soudain, il se souvient de son excuse.

— Je suis juste passé prendre de l'eau.

Elle soutient son regard un instant. Son sourire s'élargit, elle se met à chercher une horloge des yeux. N'en trouvant pas, elle finit par dire :

— Tu as tenu plus longtemps que je ne le pensais.

Il marche jusqu'au placard et attrape une bouteille.

— On étouffe, là-bas.

— Oui, oui, répond-elle, souriant toujours.

Il remplit la bouteille, visse le bouchon et se dirige vers la porte.

— Elle est sur le canapé. Elle dort.

— Qui donc ?

Elmo sourit d'une oreille à l'autre.

Il referme la porte derrière lui, sachant qu'il n'aura pas besoin de revenir tant qu'elle sera là.

Jour quatre-vingt-cinq

Taz sent quelques gouttes de pluie s'écraser sur sa tête lorsqu'il sort de la dernière demeure de prestige de Marko. Il lève les yeux et se met à contempler le ciel comme si c'était une manne providentielle. La pluie ne dure pas plus d'une minute ou deux, mais dans les montagnes, c'est de la neige qui doit tomber. Les feux vont peut-être finir par s'éteindre, et le monde paraîtra un peu moins apocalyptique, alors même que la fumée et le brouillard semblaient faire partie de leur quotidien.

Il grimpe dans le pick-up et suit la rivière en amont, vers la ville. Sous le ciel sombre, l'eau est lugubre. Il jette un œil à son portable, qui tressaute sur le tableau de bord. Il doit appeler Rudy, qu'il n'a pas vu depuis une semaine ou plus, depuis le premier jour de la baby-sitter.

Rudy… comment savoir ? Marnie l'appelait l'homme mystère. Taz lui avait expliqué qu'il arrivait à Rudy de disparaître. Elle lui avait lancé un drôle de regard.

— On l'appelle pour du travail. Et il oublie de prévenir ses amis.

— Du travail ? Changer une ampoule, tu veux dire ?

— C'est un technicien de travaux d'accès difficile, avait répondu Taz, mais Marnie le savait déjà. C'est plus compliqué que changer une ampoule.

— OK, c'est un peu haut. Sans rire, comment fait-il pour être toujours dispo ?

— Primo, quatre cent cinquante mètres, ce n'est pas "un peu haut". Deuzio, ça paye si bien qu'il peut tout se permettre.

— Par exemple ?

— Eh bien, pêcher, abattre nos murs.

— Hmm, c'est avantageux. Je devrais peut-être déposer une candidature.

S'imaginant que Rude a été contacté pour s'occuper d'un nouveau pylône, voire quelque chose de plus glamour encore, nettoyer des restes d'oiseaux sur une éolienne, par exemple, Taz remonte la rue et se gare dans l'allée. Il aperçoit Rudy à sa place habituelle sous le porche, la main levée en guise de salut, comme s'il savait que Taz s'apprêtait à l'appeler et qu'il avait décidé de lui épargner un coup de fil.

— De retour de l'Oregon ? demande Taz.

— Non, Judith Gap. De l'huile. De la graisse. Et la migration, bien sûr. Des plumes et des boyaux.

Taz enclenche le frein à main, descend du pick-up et prend ses outils sur le plateau.

— Elles doivent être à la maison, dit-il en approchant.

— Elles ? demande Rudy.

— Midge et ta baby-sitter.

— Mo ? répond Rudy. On risque d'avoir un problème. (Il pousse la porte.) Chérie, on est là ! lance-t-il à la cantonade.

— Qui ça ? demande Elmo en sortant de la cuisine. Ah, c'est toi, dit-elle à Rudy, lui faisant un signe de tête.

Sur sa couverture, Midge observe la scène, les bras tendus vers Taz.

Rudy traverse le séjour, se plaignant d'avoir perdu Elmo au Club.

— Un peu d'extra ici, c'est très bien, pas de problème. Mais je n'imaginais pas que tu démissionnerais.

Taz jette un regard de côté à Rudy. Elmo a démissionné ?

Rudy prend deux bières dans le frigo et les décapsule. Il tend la première à Taz, la deuxième à Elmo, qui l'arrête d'une main : elle a une copie à terminer. Elle renseigne Taz sur l'heure du dernier biberon, celle de la dernière sieste, puis elle se dirige droit vers la porte d'entrée.

— À demain.

Rudy la suit des yeux. Dès que la porte se referme, il émet un sifflement.

— Tu me l'as volée, y a pas d'autre mot. Comme la première.

C'est une vieille blague entre Rudy et Marnie, la vie merveilleuse qu'ils auraient eue ensemble si elle avait fait un meilleur choix ce jour-là, sur la rivière. Taz se contente de poser sa bière pour prendre Midge dans ses bras.

Rudy avale une gorgée.

— Alors, vous vous entendez bien ? demande-t-il.

Taz soulève Midge dans les airs, une fois, deux fois, fasciné par son sourire.

— Très bien.

— Je parlais de Mo et de toi. Cette histoire de baby-sitting.

— Elle est… commence Taz, avant de hausser les épaules. Midge est persuadée d'avoir retrouvé sa sœur perdue.

Rudy balance sa bouteille dans la poubelle.

— Tu n'as plus qu'à dire à ta mère que tu as trouvé un modèle plus jeune.

Taz saisit sa bière.

— Voyons si ça marche avant.

Rudy fixe le linoléum.

— Tu crois que c'est possible ? Que ça marche ? Tu crois que tu le permettrais ?

Taz se pince l'arête du nez.

— J'essaye de lui donner une chance, Rudy. Vraiment.

— Je ne t'en demande pas plus.

Après un temps, il ajoute :

— Si tu te sens d'installer notre petite cow-girl dans son siège auto, que dirais-tu de faire un tour au Club ? Je pourrais lui raconter des histoires sur Judith Gap qui la feront frémir, le vent qui s'engouffre dans les pales, tout ça.

Jour quatre-vingt-dix-huit

Taz éteint la scie. Un nouveau rang de montants et de traverses est aligné sur l'établi, attendant d'être coupés, rabotés et assemblés. Du cerisier, cette fois. Plusieurs lots de meubles pour le dernier projet de Marko. Un artisan de pacotille au choix de bois douteux. Qui fait ce qu'on lui dit pour joindre les deux bouts.

Quand il lève les yeux, Elmo est sur le seuil. Midge se débat dans ses bras ; elle hurle si fort que Taz est surpris de ne pas l'avoir entendue par-dessus le rugissement de la scie. Cette foutue anxiété de séparation. Elmo penche la tête pour échapper aux cris.

— Je suis désolée, mais Midge ne s'arrête plus.

Taz époussette la sciure sur son T-shirt, le devant de son jean, dans les poils de ses avant-bras, puis il se dirige vers la porte, les mains tendues vers Midge. Une fois contre lui, elle prend une ultime respiration saccadée avant de déclarer forfait. Un dernier soupir et c'est fini. Pour le moment.

— Je suis désolée, répète Elmo.

— Ce n'est pas grave.

Taz fait rebondir Midge, comme Elmo a l'habitude de le faire.

Il la sent tendre le doigt et se tourne pour voir ce qui l'attire tant : la lame, qui étincelle et tournoie.

— Nom de Dieu, lâche-t-il.

Le poing enroulé autour des doigts de Midge, il contourne Elmo et sort dans le jardin, où l'air est enfin vif. Ils auront peut-être un automne, malgré tout.

— J'étais en train de préparer une soupe et tout à coup, elle a craqué, dit Elmo dans son dos.

Taz est surpris.

— Tu fais à manger ?

— Juste de la soupe, mais… (Elle lui jette un bref coup d'œil.) Ce n'est pas la première fois, tu sais.

Il lui renvoie un regard vide de toute expression.

— Les repas que tu trouves en rentrant, ce n'est pas un coup du Nain Tracassin. Un gnome ou quoi qui passerait la nuit à suer sur tes fourneaux.

Taz regarde la maison, la cuisine par-delà la porte.

Midge, dont la dernière lubie en date est de vouloir être avec celui qui ne la porte pas, se penche vers Elmo. Et se rétracte sitôt qu'elle lui tend les bras.

— Tu as remarqué qu'il y avait de la nourriture dans la maison, pas vrai ?

Taz réfléchit.

— J'allais…

Elle laisse retomber ses mains.

— Ça t'arrive, de manger ?

— Je pensais que c'étaient des restes, ou quoi. Enfin je crois.

Elle s'approche.

— Des restes de quoi ? demande-t-elle, presque en chuchotant.

— Depuis tout ce temps, tu prépares à manger, tu fais les courses et tu remplis le frigo ?

— Les placards, aussi.

Taz commence à tâter ses poches, à la recherche du portefeuille qu'il n'a jamais sur lui.

— Du calme, dit-elle. Ça fait partie du marché.

— Quel marché ?

— Juste le boulot, ce que je suis censée faire quand je suis ici.

— Mais c'est à peine si je te paye assez pour surveiller Midge. Tu ne peux pas t'occuper des courses, en plus.

— Disons qu'avec Rudy, on…

— Rudy ? C'est Rudy qui paye mes courses ?

— Juste de quoi maintenir la maison à flot.

Taz fait rebondir Midge, qui réclame à nouveau Elmo.

— On n'avait jamais parlé de ça.

— Le temps que tu te reprennes en main. Il tient des comptes. Et les prix grimpent en flèche.

— L'idée, c'était que tu fasses quelques heures çà et là pour que je puisse travailler.

Elle lui glisse un regard en coin et s'avance vers Midge, avant de reporter son attention sur la Karmann Ghia.

— Belle bagnole, finit-elle par dire.

— Ce vieux machin ? demande Taz.

La voiture est couverte de poussière et de feuilles d'érable à moitié jaunies.

— Un modèle classique.

La peinture est oxydée, le bas des portières rouillé. Quand elle accepte de démarrer, elle crache une fumée bleue en convulsant si fort que Taz en a les dents qui claquent.

— Dommage que ce soit une épave.

— N'empêche, belle bête.

— Tu veux l'acheter ?

C'est une vieille blague, mais Marnie bondit. *Je te tuerai.* Cette voiture, c'est sa fierté, merde.

Taz se racle la gorge.

— Elle n'est pas à vendre, en fait.

— Je connais quelqu'un qui serait prêt à tout pour l'avoir, répond Elmo. Moi, je ne suis pas exactement une collectionneuse.

Taz déglutit.

— Elle n'est vraiment pas à vendre.

Elmo se mordille un coin de lèvre avant de se tourner vers l'atelier.

— Ça sent bon, là-dedans.

— Ta soupe ?

— Non, dans l'atelier. Le bois.

— Le cerisier ? C'est mieux que le chêne, c'est sûr. Mais le pin…

— Le pain ?

— Le bois dans la maison. Du pin de Douglas. Ça, ça sent bon.

— Vraiment ? (Elle désigne l'atelier d'un geste de la tête.) Je croyais que c'était juste… du bois, quoi.

Le sourire de Taz n'est pas entièrement forcé, pour une fois.

— Pitié, dit-il.

Il la laisse prendre Midge avant qu'elle ait une chance de se rétracter et va chercher un morceau de pin dans le râtelier. Il lui montre le grain, les fibres droites et serrées.

— C'est du vieux bois, des arbres géants, un peuplement ancien. Lisse et sans nœud, droit comme une flèche.

Elmo se penche et inspire profondément, mais ne semble pas convaincue. Taz s'assure qu'elle a Midge bien en main avant d'allumer la scie et de passer le bois sous la lame. Il esquisse un sourire, repensant à la manière qu'avait Marnie de se moquer de son idylle avec le pin.

Taz éteint la scie, l'écoute ralentir, s'arrêter.

— Ça y est, je comprends, dit Elmo.

— Tu vois ? Impossible de ne pas aimer cette odeur. Une fois, j'ai récupéré du vieux bois dans une distillerie du Tennessee. Des grosses poutres d'un mètre sur deux, encochées et mortaisées, qui servaient à retenir les tonneaux de bourbon. C'était tout un boulot, de réussir à les couper suffisamment pour pouvoir en faire quelque chose. Mais quand je m'y mettais, la vache, tout l'atelier embaumait… Une odeur de whiskey, de caramel et de vanille. J'avais envie de les couper rien que pour parfumer l'atelier.

Il se tait et reste planté là, son bout de bois à la main. Elmo le regarde, un drôle de sourire aux lèvres.

— Quoi qu'il en soit, la soupe est prête. Peut-être qu'elle sentira bon, elle aussi.

Taz ne bouge pas.

— Je ferais mieux de continuer tant que tu es là pour surveiller Midge.

Comme s'il n'avait rien dit, elle se dirige vers la maison, l'invitant à la suivre en agitant deux doigts par-dessus son épaule. Il hésite et finit par lui obéir.

C'est vrai que la soupe sent bon, et Taz demande à Elmo où elle a appris à cuisiner. Elle ferme un œil et le toise de l'autre.

— T'es sérieux ?

— Papa ?

— Pff.

— Cendrillon ?

— Avant la pantoufle de vair, alors.

Elle hoche la tête en haussant les épaules, un geste que Taz n'a pas encore réussi à déchiffrer.

— Tu as faim ?

— Pas vraiment.

Il n'a plus faim. Jamais.

— C'est exactement ce qu'une cuisinière a envie d'entendre.

— J'imagine que ça me ferait du bien de manger.

— Ah ! De mieux en mieux.

Jour cent

Taz est assis au bar. Celui où Elmo travaillait avant. Il décolle l'étiquette de sa bouteille. Jette un œil sur Midge dans son siège auto.

— Et ça t'embête qu'elle prépare à manger ? s'étonne Rudy.

— Non, que tu la paies. Midge et moi, on n'est pas encore des cas sociaux, que je sache.

Rudy balaye ses paroles d'un geste, agitant le goulot de sa bière.

— Et elle cuisine bien ?

— Tu ne m'écoutes pas ou quoi ? Même si tu ne la payais pas, c'est une baby-sitter, pas une nounou ni une assistante à domicile.

— Tu veux que je lui parle ? Que je lui dise d'arrêter ? Histoire que tu puisses t'occuper des courses, de la cuisine et du ménage, en plus du reste ?

— Lui parler ? Je veux juste que tu lâches l'affaire. Je m'en sors très bien tout seul.

— Parce qu'elle te prépare ton dîner, justement. Parce que tu manges.

Rudy ricane, une espèce de hoquet triste. Il lève la main pour commander deux autres bières.

— Puisque tu en as presque fini avec cette étiquette, explique-t-il.

Taz pose sa bouteille.

— Selon elle, tu n'as même pas remarqué qu'elle préparait à manger. Est-ce que tu veux que je dresse une liste de toutes les autres choses que tu n'as pas remarquées ?

— Quoi ?
— Hards ?
Taz ne comprend pas.
— Elle déménage. À Anchorage. Je te l'ai dit moi-même. On fait une fête. Chez moi, même si ta maison ferait mieux l'affaire.
— Vous n'avez qu'à faire ça chez moi.
C'est ce que Marnie avait toujours voulu, un endroit pour accueillir tous leurs amis.
— Parce que tu ne seras pas présent ?
— Non, non, enfin si, j'y serai aussi.
— Taz, je vais la jouer franc jeu, OK ? On s'inquiète pour toi.
Taz pose les mains à plat sur la table.
Rudy l'observe. Il cogne sa bouteille contre le doigt de Taz.
— Je suis surpris qu'il ne t'en manque aucun. Je ne peux pas imaginer pire candidat pour manipuler des outils électriques.
— Qui s'inquiète ?
— Nous tous. Tes amis. Tu te souviens de nous ? On a peur que tu te coupes du monde sans même t'en rendre compte. C'est peut-être déjà le cas.
— Quoi ?
— Reconnais-le, Taz ! Tu ne quittes plus cette baraque.
Taz regarde le bar. Les sillons creusés par les clients dans le noyer. Avec des pièces de vingt-cinq cents.
— Tu n'étais pas là. T'étais dans le Nebraska, ou quoi.
— Pendant deux semaines. C'est pas comme si j'avais déménagé.
Taz reste assis là, à frotter un sillon de son pouce.
Rudy boit à grands traits.
— Écoute. Elmo dit que la maison est sens dessus dessous. Qu'elle fait le ménage pour toi. Que la table est couverte de factures. Des piles et des piles de factures.
Le regard de Taz se perd au loin. C'est Marnie qui s'occupait des factures. Le soir, à table. Elle mettait ses lunettes

de lecture. Ses cheveux retombaient de chaque côté de son visage. Il la dévorait des yeux.

— On a peur que tu perdes la maison. De ce qui se passerait si ça t'arrivait.

— Perdre la maison ?

— Le prêt, Taz. Le gaz et l'électricité.

Il avait tendance à écourter les soirées facture. Souvent. Marnie gardait ses lunettes. Elle lui faisait le coup de la bibliothécaire.

— Les impôts, aussi, poursuit Rudy.

Marnie qui l'avait accueilli un jour, une lettre à la main :

— Tu as oublié de payer la taxe foncière, pas vrai ?

— Moi ?

— Et merde, lis ça.

Ce n'était pas facile. Tout ce jargon légal. Fourbu, il avait levé les yeux sur elle, le regard vide.

Elle avait secoué la tête.

— Un connard a payé notre taxe*.

— Tant mieux, on n'a plus qu'à lui offrir une bière.

— Mais non, Einstein. Lis la lettre. S'il la règle encore deux fois, la maison sera à lui.

— Quoi ? Mais ils ne peuvent pas nous faire ça.

Elle lui avait arraché la lettre des mains pour la lire à haute voix. Puis elle lui avait crié dessus, les larmes aux yeux.

— Tu sais combien d'économies il nous reste ?

Taz était resté planté là sans rien dire, le mètre soudain lourd dans sa poche. À secouer la tête. C'est elle qui s'occupait des factures.

— Pas assez. Même pas un peu.

Elle avait froissé la lettre avant de la lui jeter au visage.

— Dire que tu viens d'acheter cette cuisinière à la con. Comme si on allait pouvoir en profiter avant d'être séniles. Ou de perdre la maison.

* Référence à la loi de la prescription acquisitive dans le Montana.

Surpris, Taz avait cligné des yeux. Elle adorait la cuisinière, l'énorme double four. Elle l'appelait l'usine à cookies. Un appareil presque en état de marche. Peut-être.

Elle lui avait tourné le dos.

— Et toi, tu voudrais qu'on fasse un bébé. Nom de Dieu.

Rudy claque des doigts à un centimètre de ses yeux.

— Tu vois ce que je veux dire ?

— Quoi ?

— Elle s'inquiète pour toi.

— Qui ça ?

— Elmo. Nous tous.

— C'est Marnie qui s'occupait des factures, avant.

Ruby se frotte le visage.

— Écoute, Taz, ça ne me fait pas plaisir de te le dire, mais il va falloir t'habituer à l'idée qu'"avant", ça ne marche plus.

Taz pose les deux mains à plat sur le bar.

— Ce qui ne marche plus, Rude, c'est que tu payes mes courses.

— Tu ne peux pas…

— J'ai de l'argent. Je n'arrête pas de travailler. (Il boit une gorgée de sa bière, enfin.) Je ne sais même pas pourquoi. Parce que je suis incapable de faire autre chose. Comme si j'étais un robot.

— Donc tu as besoin d'Elmo, je me trompe ?

— J'ai besoin de quelqu'un pour surveiller Midge. Je n'ai pas besoin qu'on s'inquiète pour moi ni qu'on paye mes courses.

— OK, super. On mange quoi ce soir ? Qu'est-ce que tu vas nous mijoter, à moi et à Midge ?

Taz prend une dernière gorgée avant de reposer sa bouteille.

— Finis ta bière, dit-il. On a des courses à faire.

Jour cent cinq

Taz passe chercher des plans dans la maison. Une bibliothèque encastrée à double paroi cette fois, mais il ne sait plus combien d'étagères sont prévues. Il traverse la cuisine et trouve Midge debout, jambes flageolantes, les pieds plantés sur les cuisses d'Elmo, qui la retient par les poignets. Elles lui sourient. Toutes les deux.

— T'as vu ça ? dit Elmo.

Taz a vu.

— Tu ne vas pas tarder à lui apprendre à marcher.

— C'est elle qui a tout fait. Supergirl.

Taz prend les plans sur la table.

— J'ai oublié ce que je faisais, à l'atelier.

Il est à mi-chemin de la porte quand Elmo lance :

— On déjeune ?

Il hésite, jette un coup d'œil par-dessus son épaule.

— Euh, ça peut attendre ? Le temps de couper les planches ?

— Bien sûr. Je sais comment tu es avec la nourriture.

Taz esquisse un sourire.

— Au fait, on va bientôt avoir un truc à fêter, dit-elle.

Il se tait.

— Genre, la semaine prochaine, ajoute-t-elle.

Il secoue la tête.

— C'est bien ce que je craignais, dit-elle, réprimant un sourire. Thanksgiving. Les Pères pèlerins, tout ça.

Taz resserre les plans dans sa main.

— Je me demandais si tu avais quelque chose de prévu.

— Je, peut-être qu'avec Rudy… (Sa voix s'estompe tandis qu'elle le fixe.) Je n'ai pas vraiment prévu quoi que ce soit. J'avais complètement oublié.

— En fait, commence-t-elle d'une voix hésitante. Plutôt que de subir une énième réunion familiale dans l'Idaho, je me disais que je pourrais peut-être faire une dinde chez moi.

— Tu peux prendre ta journée, tu sais. Aucun problème.

Elle se passe une main dans les cheveux; Midge s'effondre sur ses genoux.

— Je te le propose parce que, toi et moi, on est tous les deux… parce que tu n'as pas…

Taz reste planté là, la main crispée autour des plans.

— Je pourrais inviter d'autres gens. Mes amis. Et les tiens, aussi, si tu veux. Histoire que tu t'aères, le temps d'une journée.

Il sent son regard sur lui.

— Alors?

Il baisse les yeux sur l'érable qui les a fait tant peiner. Marnie voulait que leurs amis passent toutes les fêtes ici, sitôt qu'ils auraient terminé la cuisine, la salle de bains.

— Je crois que je ferais mieux de rester ici. J'en profiterai pour m'occuper des factures.

Il lui montre les piles d'enveloppes sur la table.

Elmo reste silencieuse, trop longtemps. Quand elle parle enfin, sa réponse est laconique:

— OK, c'était juste une idée.

— Merci, parvient à articuler Taz. Mais j'ai pris trop de retard, vraiment.

Elle se penche sur Midge et l'aide à se hisser debout, face à Taz. Un filet de salive coule sur son menton, prolongeant son sourire.

— Pas de problème, c'est juste une dinde.

Taz déroule les plans. Les enroule à nouveau.

— Du coup, tu ne viens pas jeudi? Ni vendredi?

Elle le regarde.

— C'est ça. Ni vendredi, si tu es d'accord. Avec tous ces restes à terminer…

Marnie le suit jusqu'à l'atelier. *Ce n'était qu'une invitation à dîner. Pour que tu ne sois pas seul. Et qu'elle ne soit pas seule. C'est plutôt gentil, tu comprends ?*

Taz étale les plans sur l'établi.

Comme elle l'a dit elle-même, c'est juste une dinde. Pas de quoi avoir peur.

Jour cent douze

TAZ est assis à la table du séjour, entouré de bordereaux, dont certains ont atterri sur le tas des factures payées. L'ordinateur est ouvert et allumé ; l'icône verte du Skype de ses parents clignote à côté d'une notification d'appels en absence, un chiffre que Taz préfère ne pas voir. Quand la sonnerie retentit, il bondit sur ses pieds, comme si quelqu'un lui avait lancé un parachute.

Elmo est debout sous le porche, une assiette recouverte d'aluminium dans chaque main, un Tupperware coincé sous le bras.

— Je me sentais un peu nulle de garder tout ça pour moi, explique-t-elle.

Il recule et l'invite à entrer.

— Nulle ? On dirait une bénévole de la soupe populaire.

— Et qu'est-ce que ça fait de toi, ça ?

Elle pose les assiettes sur la table, veillant à éviter les factures.

Taz l'observe.

— Je croyais que tu invitais des amis à dîner chez toi.

— C'est le cas. Juste quelques-uns. Ils te plairaient sûrement. (Elle se débarrasse du Tupperware.) Où est Midge ?

— Elle dort.

Elmo se dirige vers la nursery sans prononcer un mot.

Elle revient avec un sourire aux lèvres.

— Je ne l'ai jamais vraiment regardée dormir avant. À la lumière de la veilleuse. Elle est tellement belle.

Taz se rengorge sans le vouloir, et Elmo éclate de rire.

— Regarde-toi, le Papa tout fier.
Il détourne les yeux.
— Tu sais, ce n'est pas trop tard, si tu veux passer. Quand Midge sera réveillée, dit-elle.
— Merci. Mais je vais profiter de l'accalmie tant qu'elle durera. Midge et moi, on va fêter notre premier Thanksgiving ensemble.
— Rien que vous deux et les factures ?
— Grâce à toi, j'ai le dîner qui va avec, dit-il en montrant la table. Rudy va sûrement passer. Il a un sixième sens pour ce genre de chose.
— Je n'en doute pas.
Elle contourne la table et tapote l'ordinateur.
— Tu n'auras qu'à lancer une vidéo de feu de cheminée sur Youtube, tu vois ce que je veux dire ? Pour vous mettre dans l'ambiance.
— C'est exactement ce que je pensais.
— OK, je retourne à mon festin, alors. (Elle franchit les derniers mètres qui la séparent de la porte avant de se retourner.) Mais ça me fait tout drôle, de vous laisser ici.
— On va se débrouiller. (À son tour, il tapote l'ordinateur.) J'étais justement sur le point d'appeler mes parents. Histoire de voir comment ils fêtent Thanksgiving en Nouvelle-Zélande.
— Ils habitent là-bas ?
— Ça doit faire dix ans, maintenant.
Elmo ouvre la porte.
— C'est bien, que tu les appelles pour les fêtes. Attends que Midge soit réveillée, et la famille sera au complet.
Il se force à hocher la tête.
— C'est ce qui est prévu.
— OK. (Elle pousse la porte, hésite au dernier moment.) En fait, je ne voulais pas t'apporter autant de nourriture, mais j'en avais des tonnes, et je me doutais que tu n'aurais rien, enfin…

— Oui. C'était plutôt prévisible.

Elle sourit.

— A priori, c'est encore chaud, dit-elle en sortant. Joyeux Thanksgiving.

Taz soulève l'aluminium. La cuisse, son morceau préféré.

Elle commence à me plaire, ta Muppet, dit Marnie.

Taz rabat l'aluminium et tend l'oreille ; Midge dort. Avant de pouvoir se raviser, il lance l'appel sur Skype.

C'est à peine s'il a le temps de respirer que déjà son père apparaît, arborant une coupe à la Einstein, cheveux gris en bataille. Il le fusille du regard.

— Où étais-tu passé ? demande-t-il, sans mentionner Elmo, Midge ou Marnie, comme si elles n'avaient jamais existé.

— Joyeux Thanksgiving, répond Taz.

Son père ricane.

— Si les Pèlerins se pointaient en Amérique aujourd'hui, ils feraient aussitôt demi-tour.

— Hmm.

Son père le dévisage.

— Alors, qu'est-ce qui s'est passé ? On s'est dit que tu étais peut-être mort.

— Pas encore mort.

— Alors ?

— Je travaillais. J'essayais de m'organiser.

— En tout cas, ta mère. (Il sourit presque.) Elle m'a harcelé jusqu'à ce que j'aille à Christchurch. J'ai fait jouer des vieux contacts que j'avais là-bas.

Taz opine, comprenant que son père s'est approprié une histoire dont il pourra être le héros. Il essaye de ne pas avoir l'air d'être assis sur des braises, de ne pas montrer qu'il meurt d'envie de rabattre le capot de l'ordinateur d'un coup sec.

— J'ai parlé à un contremaître. Il est intéressé. Il veut te faire passer un entretien par Skype. Je lui ai donné ton numéro. Il a même dit qu'il était prêt à m'embaucher, moi aussi.

L'enfance de Taz refait surface, l'époque où il suivait son père partout, ses tirades et ses diatribes, sa manière de lui arracher les outils des mains, parce qu'il était trop lent, trop soigneux, rien qu'un putain de fabricant de pianos. Tout le chemin qu'il avait parcouru pour mettre ces années derrière lui, tout ce temps avec Marnie, pouf, effacés. Disparus. Retour au point de départ.

— Tu n'avais pas besoin d'aller à Christchurch, Papa.

— Aucun problème. Ta mère et moi en avons discuté. On est d'accord pour te payer la moitié du billet, si ça peut aider.

— Je pourrais vendre la maison, Papa. J'aurais de quoi payer le billet.

Son père cesse de sourire et le dévisage comme s'il s'apprêtait à fondre sur une proie. Il ne détourne les yeux qu'une seule fois. Pour s'assurer que sa mère n'est pas dans la pièce, devine Taz.

— "Je pourrais vendre la maison", répond-il d'un ton glacial que Taz connaît bien, ce n'est pas la même chose que "je vais vendre la maison". Que "j'ai vendu la maison".

— C'est vrai.

— Ta mère, commence son père, avant de laisser sa voix s'estomper.

— C'était juste une idée. Ç'a été un peu dur ici, pendant un temps.

— Et maintenant, c'est de tout repos, c'est ça ?

Comme si la facilité était une sorte d'échec.

— J'ai trouvé quelqu'un pour garder Midge.

— C'est ça que tu voulais ? Une baby-sitter ? Ta mère a dit que tu cherchais du travail.

— J'ai aussi trouvé du travail. Suffisamment pour remonter la pente, peut-être.

— Parce qu'il y en a pour des décennies de travail, à Christchurch. De quoi bâtir une carrière.

Taz hoche la tête, comme ces figurines à tête branlante qu'on voit parfois sur le tableau de bord d'une voiture, c'est à peine s'il se rend compte de ce qu'il fait, ou pourquoi.

— Oui, oui. C'est juste que, vu comment les choses se passent, ici… Ce serait plus pratique, tu comprends, si…

Son père se met à rire.

— Pratique ? Comme si c'était un facteur à tes yeux. (Il esquisse une espèce de sourire grimaçant.) Mon putain de fabricant de pianos.

Taz essaye de sourire à son tour.

— Oui, j'en fabrique toujours.

Les lèvres de son père sont pincées en un trait sévère.

— Je vais voir si j'arrive à m'en sortir ici, ajoute Taz.

— T'en sortir, répète son père.

— Si j'arrive à renverser la situation.

— Je vais te dire ce que tu as renversé, chuchote son père, presque un sifflement. (Il jette un œil par-dessus son épaule et s'approche de l'écran.) Ta mère.

— Je ne faisais que passer mes options en revue, je…

— Ce n'est pas ce qu'elle a compris. Elle n'est plus la même depuis que tu as appelé.

Taz pose le menton dans sa main pour arrêter de hocher la tête.

— Je sais. Je me suis peut-être un peu avancé.

— Ce n'est pas la première fois.

Alors Taz sait que jamais il ne mettra les pieds en Nouvelle-Zélande, quoi qu'il arrive.

— Maman est là ? Je peux lui parler ?

Le visage de son père est impassible, vide de toute émotion.

— Je ne pense pas que ce soit une bonne idée.

— Je vous rappelle dès que j'en sais plus, alors.

— On ne va pas retenir notre souffle, dit son père.

Il dégaine le sourire qu'il réserve à ce genre d'occasion, plus un défi qu'une expression de tendresse. Puis il coupe la connexion et disparaît.

Trou du cul, chuchote Marn, et Taz est heureux qu'elle ne l'ait jamais rencontré, qu'Elmo n'ait pas fait irruption au milieu de la conversation.

Il se laisse aller contre le dossier et tire une des assiettes à lui. Soulève l'aluminium. Il n'a pas faim du tout.

Jour cent vingt-huit

Le lendemain de Thanksgiving, Elmo apporte des restes, un gros morceau de blanc, déjà tranché, un vieux bac à yaourt plein de purée, un autre bac plein de farce, un pot de crème fraîche rempli à ras bord de patates douces ainsi qu'une sorte de garniture au chamallow, des plats dont il a presque oublié l'existence depuis que ses parents ont déménagé. Une tarte à la citrouille à peine entamée.

Elle étale son festin et accroche la chaise haute de Midge à la table, dressée pour l'occasion, avec les serviettes et tout le tralala.

— Vous n'avez rien mangé, hier soir, ou quoi ? demande Taz.

— Je me suis un peu emballée.

Il se demande si elle a vraiment reçu des amis, ou si elle a tout préparé pour eux deux.

Elle va chercher des assiettes à la cuisine et revient.

— Hier soir, je n'arrêtais pas de penser à Midge et à toi, tous seuls, et je me suis dit que je n'avais qu'à faire venir la tradition à vous, histoire que Midge démarre du bon pied. Plus tard, je lui montrerai comment dessiner une dinde en traçant le contour de sa main.

Taz la regarde s'affairer. Elle lui demande ce qu'il veut, agitant une fourchette ou une cuillère au-dessus de chaque plat, puis elle se sert et s'assied enfin.

— Bon appétit !

— On n'était pas tout seuls, dit Taz. On était tous les deux.

Elmo prend un peu de purée, un lambeau de dinde, et incline sa fourchette vers lui, comme pour trinquer.

Deux semaines plus tard, le souvenir de ce repas partagé continue de résonner en lui, même s'il n'en avait pas mené large au début. Elmo avait évoqué sa vie dans l'Idaho, avant de demander où il avait appris à travailler le bois, lui soutirant quelques anecdotes au passage, sa vie à courir après son père dans des palais de rondins à moitié terminés.

Elle était revenue le lendemain et le surlendemain, travaillant tout le week-end ainsi que le week-end suivant. Mais aujourd'hui, il a une installation à faire. Deux allers-retours dans le pick-up. Midge adore l'accompagner. Depuis son siège auto, elle le regarde décharger le plateau. Passer le rabot. Enfoncer les vis. Il emportera l'arche d'éveil, une couverture. Sans oublier la cloueuse, le compresseur. Ce putain de rugissement. Il prendra une rallonge de tuyau, aussi, afin de pouvoir isoler le compresseur dans une autre pièce.

Il devrait lui donner un jour de congé. Dieu sait qu'elle le mérite.

Il fixe son téléphone. Le garde à la main. S'il appelle, elle viendra. Il en est sûr. Elle apportera ses devoirs. Lui préparera quelque chose à manger. Le dîner sera prêt à son retour. Après la discussion au Club avec Rudy et la session de courses qui s'était ensuivie, Elmo était restée un long moment devant le réfrigérateur ouvert.

— Qu'est-ce que c'est que ça ?

Taz lui avait tout expliqué. Elle l'avait regardé par-dessus son épaule.

— La prochaine fois, donne-moi l'argent et je m'en occuperai moi-même.

Elle était repartie dès qu'il avait refermé son portefeuille, emmenant Midge avec elle.

— Ma fille, tu as deux, trois trucs à apprendre.

Ce soir-là, elle lui avait laissé une marmite de chili. Sa spécialité, le Chili-sans-chichis. Elle était une force inébranlable.

À présent, il ouvre le réfrigérateur et sort les biberons préparés à l'avance.

— Midge, on a du boulot !

Il l'installe dans le siège auto et remplit son sac.

— Heigh-ho, Heigh-ho…

Midge sourit comme si elle partait en vacances.

ELLE tend le cou. Agite ses jambes. Croasse. Parce qu'elle n'en voit pas souvent, peut-être, les endroits nouveaux la stimulent. Même une maison vide. Elle tient de sa mère. Ils en avaient tant visité. Des taudis pour la plupart, parce qu'ils n'avaient pas les moyens de se payer autre chose. Des logements à faire fuir les bricoleurs les plus expérimentés. Même s'il leur arrivait de visiter une demeure de prestige de temps à autres. Marnie chuchotait pendant qu'ils suivaient l'agent immobilier :

— D'accord, on n'aura pas besoin de refaire l'installation électrique. Suffira de repeindre, d'arracher la moquette neuve et de décaper les briques. Quelle idée, peindre des briques !

Dans la cuisine, l'agent faisait un pas de côté, un grand geste du bras pour leur présenter le clou du spectacle.

— J'aimerais qu'on m'explique l'attrait de l'inox. Et du granit. Les gens veulent vraiment des comptoirs en pierre ? Qui a envie de passer son temps à essuyer les traces de doigt de son bébé sur de l'inox ?

Des années avant que Midge ne soit l'ébauche d'une idée, et Taz en était resté pantois.

Il pose Midge sur les panneaux de ciment et les gars du carrelage attendent qu'il ait terminé, impatients. De la terracotta, sans doute. De gros carreaux vernis. Et des comptoirs en granit, il en mettrait sa main à couper. De l'inox pour les espaces réservés au réfrigérateur et au lave-vaisselle. Du cerisier pour parfaire le cliché. Marnie serait dégoûtée.

— OK, dit-il en regardant Midge, qui se tortille dans le siège auto, comprimée par la sangle. Je vais chercher les meubles, je reviens tout de suite.

Il marche à reculons et heurte le mur, l'ouverture sans cadre de la porte. Il s'en occupera lundi.

Elle le regarde. Dès qu'il est hors de sa vue, il se met à courir. Il s'est garé juste devant l'entrée, le jardin n'ayant pas dépassé le stade des tuyaux noirs et vides émergeant de la terre rocailleuse. Il a déjà défait les courroies et rapproché les meubles bas du hayon arrière, le tout sous les yeux de Midge.

Aucun cri pour l'instant ; il attrape le meuble le plus petit, charge la bande de clouage sur son épaule et franchit le seuil en titubant, prenant soin de ne pas abîmer les murs neufs, la peinture immaculée.

— Où est Papa ? crie-t-il.

Il tend le cou par-dessus le placard.

— Coucou !

Midge rit à gorge déployée. Il a l'impression d'être un magicien.

Cela va peut-être fonctionner, après tout.

Il sort son mètre, veillant à laisser de l'espace pour les moulures qui attendent dans l'atelier, découpées, poncées, teintées et vernies, puis il insère le placard. Il étale les plans dessus. C'est au tour du lave-vaisselle. La tuyauterie, le bloc-évier. Le dernier élément facile.

Il se dirige vers l'entrée à reculons, jouant à faire coucou à Midge, et revient avec le bloc-évier. Elle rit à nouveau, sans se lasser de son seul et unique tour. Il la berce dans le siège auto. Impossible de porter les meubles hauts seul. Ni le buffet du mur opposé, trop long.

Tout en faisant visiter la maison à Midge, il sort son portable et appelle Rudy. Il viendra, Taz en est sûr. Il l'aidera à porter le buffet, il ira chercher les meubles hauts et les maintiendra en place le temps que Taz les fixe. Ensuite, il devra se battre pour le payer. D'une manière ou d'une autre, à la faveur de la nuit, il s'était imaginé accomplir tout cela seul, avec un système de blocage sophistiqué, des bandes de clouage temporaires. C'était peut-être possible, en rêve.

Il tombe aussitôt sur la messagerie. Dehors, un moteur vrombit, une portière claque. Marko entre dans la maison au moment où Taz range le portable dans sa poche.

— Je me suis dit que t'aurais peut-être besoin d'un coup de main pour les meubles les plus lourds.

Il s'arrête net en voyant Midge, tout sourire devant cet inconnu. Il se frotte la mâchoire, qu'il n'a pas rasée ; Taz se demande ce qu'il a dû annuler pour lui venir en aide. Une partie de chasse ? Une grasse matinée ? Une session de shopping avec sa femme ? Des petits travaux domestiques ?

— Je crois que je peux les prendre.

— Je crois que ce que tu devrais prendre, c'est un casque de chantier, dit Marko en s'efforçant de sourire. Taille enfant.

Ils retournent au pick-up, saisissent chacun une extrémité du premier meuble haut et avancent.

— Un bébé sur le chantier. Mon génie des assurances, lâche Marko en ahanant sur les marches du porche.

Jour cent vingt-neuf

RUDY passe le lendemain, de retour du parc d'éoliennes de Columbia.

— Les oies, dit-il. C'était comme s'il y avait du pâté partout.

— Parce que tu as déjà vu du pâté ?

— C'est chose faite, maintenant.

Rudy ajuste l'extrémité du meuble haut jusqu'à ce qu'il soit parfaitement horizontal.

Taz plante un clou, se rapproche du côté de Rudy et en plante un deuxième.

— Il tient à peine, fait-il remarquer, la bouche pleine de vis.

Il pose la cloueuse, vérifie le niveau et ramasse la visseuse. Il met des vis dans chacun des repères prémarqués, puis il fait un pas en arrière.

— Tu peux lâcher.

Rudy recule.

— La vache, dit-il. Je fais du bon boulot.

Le sourire de Taz vacille. À chaque étape de la rénovation – et de la démolition –, Marnie avait reculé pour admirer son œuvre en prononçant cette même phrase. Après avoir fixé les moulures de la porte. En accrochant la cimaise. Lors de la première échographie, attentive aux battements sous-marins d'un cœur minuscule. Elle l'avait regardé, un sourire sur les lèvres. *La vache, je fais du bon boulot.*

— Ensuite ? demande Rudy.

Marnie caressant son ventre arrondi. Ses yeux écarquillés après un coup de pied que Taz avait repéré depuis l'autre bout du canapé. La perte des eaux sur le matelas. *La vache, je fais du bon boulot.*

— Terre à Davis, dit Rudy.

— Euh, il ne reste plus qu'à poser les portes. Merci Rude. Je peux m'en sortir, maintenant.

Rudy le suit jusqu'au pick-up et attrape une porte.

— Alors, Midge a passé la ceinture à outils ? Elmo est en vacances ou quoi ? dit-il lorsqu'ils se dirigent vers la maison.

Taz pose sa porte sur une feuille de carton apportée exprès.

— C'est son deuxième jour de congé depuis que tu es parti.

— Espèce d'esclavagiste. Pourtant elle ne se plaint pas, non ?

— Tout le monde mérite une pause de temps à autre.

— Je pourrais peut-être surveiller Midge, alors ? demande Rudy, sans oser le regarder tout à fait. Jusqu'à ce que tu aies fini de tout installer ici ?

Taz observe Rudy, puis Midge. Fatiguée, elle se frotte les yeux avec le dos du poignet, la naissance de son avant-bras, sa version d'un poing.

— OK, dit-il. Tu n'auras qu'à sortir les cannes à pêche et l'initier au lancer.

— C'est exactement ce que je me disais.

Taz fixe Rudy à nouveau, sa chemise en flanelle, sa casquette dont dépassent quelques mèches.

— Elle aura peut-être faim, dit Taz. Mais je pense plutôt qu'elle va s'endormir.

— Je peux la prendre ?

— Bien sûr que tu peux la prendre. Tant que ce n'est pas par la tête ou le pied.

— Compris. Sinon, il y a une nouvelle serveuse au Club et, euh, je pensais peut-être y faire un tour avec Sa Majesté.

— Contente-toi de la promener un peu, pour l'instant.

Rudy émet un sifflement triste et grave.

— Si peu d'ambition. Tu as une couverture ?

— Elle est couchée dessus. Tout ce dont elle a besoin est dans le sac.

Rudy soulève Midge qui, passé son premier étonnement, essaye d'attraper sa casquette. Rudy la retire et la lui enfonce sur la tête. La casquette retombe sur ses oreilles et ses yeux. Rudy repousse la visière.

— Et voilà !

Midge rit et jette la casquette par terre. Avant de pointer aussitôt le doigt dessus pour que Rudy la ramasse. Il la met sur sa tête et se penche en avant afin qu'elle puisse la faire tomber à nouveau.

Il prend la casquette, la couverture et emmaillote Midge.

— OK, dit-il. Dehors. Il est temps que l'oncle Rude te fasse découvrir la nature sauvage.

Jour cent trente

OCCUPÉ à regarder tourner le ventilateur avec Midge, Taz se lève sitôt qu'il entend Elmo monter les marches du porche. Il lui crie d'entrer pour éviter qu'elle ne frappe à la porte, laissée ouverte exprès.

Elle tire la porte-moustiquaire.

— On a réussi. Elle sera syndiquée d'ici à la semaine prochaine. Tu aurais dû la voir, tout le week-end, elle a… commence Taz, avant même qu'elle n'ait franchi le seuil.

Elle reste debout dans l'entrée.

— Pourquoi tu ne m'as pas appelée ? demande-t-elle.

Surpris, Taz cligne des yeux.

— Je crois que Rudy est amoureux, ajoute-t-il.

Mais sa voix faiblit lorsqu'il voit l'expression sur le visage d'Elmo, comme un ballon dégonflé.

— Je, parce que…

Elle ne le regarde pas, se contentant de le contourner sans un mot. Midge lève les yeux et s'arc-boute sur les bras en tendant le cou. Elmo la soulève dans les airs, au-dessus de sa tête. Puis elle l'abaisse pour qu'elles se retrouvent face à face. Midge se trémousse en riant et essaye de saisir sa natte épaisse.

— J'aurais pu m'en occuper, dit-elle.

— Mais c'était un samedi.

Elle laisse Midge tirer sur sa natte.

— J'ai déjà travaillé le week-end. Les deux samedis qui ont précédé celui-ci, par exemple.

— Justement… Je voulais te laisser souffler.

— Occupé comme tu l'es, j'espérais un tête-à-tête avec Midge tout le week-end.

— Mais…

— Sinon, j'aurais pu faire comme Rudy. J'aurais pu m'occuper de Midge tout en t'aidant avec les meubles.

— Il m'a juste aidé à les porter. Les éléments les plus lourds.

— Oh, s'il te plaît, je suis tout à fait capable de porter des trucs.

Tenant Midge contre sa poitrine, le visage tourné vers le monde, Elmo contracte un biceps, bien que rien n'apparaisse à travers son sweat-shirt.

— La vache, dit Taz. Impressionnant.

Elle le fusille du regard.

— Rudy, vraiment ?

— Mais tu aurais dû le voir, il…

— Je sais que c'est ton ami, mais avoue qu'il ne saurait pas faire la différence entre Midge et un trou dans la terre.

Taz baisse les yeux.

— Il connaissait Midge avant même qu'elle ne soit née, dit-il, presque en chuchotant.

Elmo est parcourue d'un léger tressaillement.

— On se voit à une heure, OK ? Moins le quart, plutôt. J'ai un examen. Ne sois pas en retard.

— Je serai à l'heure. (Taz se dirige vers la porte.) Je suis désolé, El. Je pensais que tu avais ta propre vie et que je t'en demandais trop…

Elle le congédie d'un geste de la main.

— La prochaine fois, appelle-moi.

Dans l'allée, il s'arrête et se retourne. Debout sur le seuil, Elmo le regarde s'éloigner, Midge dans les bras. Sa vie telle qu'il l'avait imaginée. Les allées et venues. Sa femme et sa fille à la maison. Attendant son retour. Quand Elmo agite la main de Midge pour lui dire au revoir, c'est à peine s'il peut faire un pas de plus.

Taz rentre à l'heure, ce qui n'empêche pas Elmo de décamper à la vitesse de l'éclair.

— Mon examen, dit-elle. Midge vient de manger, elle dort.

Il la regarde courir, son sac lui fouettant la hanche. Il va à la nursery et regarde Midge à travers les barreaux de son lit. Elle suce son pouce.

Lorsqu'une nouvelle installation se présente, Elmo ne dit rien : elle le fixe jusqu'à ce qu'il lui propose de l'accompagner. Elle commence à rassembler les affaires de Midge avant même qu'il ait ramassé un outil, comme si elle avait fait ça toute sa vie. Et elle est vraiment capable de porter des trucs, même de manier le niveau et de lui dire quand planter un clou. Elle s'amuse, comme si elle était en vacances. Un travail.

La fois suivante, il appelle Rudy pour lui demander de surveiller Midge le temps qu'il installe les meubles. Lorsque Rudy se gare devant la maison, Elmo est en train d'aider Taz à charger le pick-up ; ils décident d'y aller tous les trois. Marko en serait malade, mais Rudy se comporte comme s'ils faisaient un pique-nique. Il apporte des hamburgers, qu'ils dévorent assis à même le sous-plancher de la cuisine, adossés aux meubles de Taz.

— On l'appelle comment, notre petite entreprise ? demande Rudy, la bouche pleine.

Taz attend qu'il avale.

— Pour le site Internet, tu comprends ? ajoute Rudy. Et les cartes de visite.

— Tazmo et Rude, c'est une évidence, dit aussitôt Elmo.

Taz les regarde glousser, sa nouvelle petite entreprise. Son père s'étranglerait de rire. Lui-même n'en est pas loin.

Jour cent trente-cinq

Les vacances de Noël arrivent sans crier gare. Elmo franchit le seuil et lui annonce qu'elle ne travaillera pas la semaine suivante : elle doit prouver à sa famille qu'elle est encore en vie.

— Faire acte de présence, tu vois ? Qu'ils sachent que je n'ai pas disparu sans laisser de traces. Que je n'ai pas changé de dimension.

— Pas de problème, dit Taz.

— Désolée pour Tazmo et Rude.

— Quoi ?

— Ta petite entreprise.

Il sourit. En tout, ils n'ont pas fait plus de trois installations.

— Mais Rudy sera là, pas vrai ? Dès qu'il aura terminé sa mission, je ne sais plus où ?

— Oui, on va se débrouiller.

Il ne sait jamais quand Rudy va réapparaître. Si besoin, il pourra toujours appeler Marko et lui demander de faire patienter le client. Là, tout de suite, impossible de se rappeler son emploi du temps.

Le lendemain matin, seul à la maison, il ne peut se résoudre à travailler dans l'atelier. Il sirote son café et constate qu'il n'a raté qu'un seul appel des antipodes. Dès que Midge se réveille, il l'installe dans le pick-up, disant qu'une surprise l'attend. Comme chaque fois, elle savoure le trajet jusqu'à ce qu'ils sortent de la ville, puis elle s'endort comme une souche et rate tout.

Elle ne se réveille pas lorsque Taz s'engage sur la piste en terre ni quand il se gare devant le grand ponderosa, les cerisiers de Virginie, dont les baies ont déjà été dévorées par les oiseaux, peut-être même les ours. Il se demande si c'est Marnie et lui qui ont créé cette route. Ou si c'était simplement un endroit où faire demi-tour, le mur de végétation cachant l'eau, leur plage.

Il détache Midge, la prend dans ses bras et laisse le siège auto dans le pick-up.

— C'est l'heure de la leçon de natation, dit-il.

Il devrait l'amener ici tous les jours. C'est ce qu'aurait fait Marnie.

Il serre Midge contre sa poitrine pour la protéger des branches. Contourne les saules avec précaution jusqu'au bassin. S'arrête là où la glace scintille le long des galets. Trois ou quatre centimètres tout au plus, fragile comme du verre. N'empêche : c'est de la glace.

Il contemple l'eau. Regarde les saules nus par-dessus son épaule. Lève les yeux sur les peupliers décharnés. Remarque, enfin, le tapis d'or et de rouge à ses pieds. Il consulte sa montre. La date numérique.

— Déjà décembre ?

Il retourne au pick-up. Prend le porte-bébé sur le plateau. Quelqu'un l'avait déposé sous le porche un matin. Sans laisser de mot.

Il arrache l'étiquette, défait les sangles et installe Midge. Dès qu'il approche de la rivière, elle bat des jambes contre ses côtes et se penche en avant, comme si elle piquait un sprint, manquant le faire tomber. Elle croasse de joie. Taz doit se mordre les lèvres. C'est Marnie tout craché.

À cet instant seulement, il se rappelle la canne à mouche derrière la banquette, dans son étui défoncé en aluminium. Il rebrousse chemin, se glisse à l'intérieur du pick-up et fait basculer la banquette, se tordant pour éviter de cogner Midge contre la tôle. Il parvient tout juste à atteindre la canne, le moulinet et la petite boîte à mouches rangée dans un sac Chivas Regal.

— Tu ne vas pas en croire tes yeux, Midge. C'était l'endroit préféré de ta mère. Et tu vas voir ta première brookie. Peut-être qu'on attrapera une ou deux cutthroats pour s'échauffer.

Taz crapahute en amont, au-delà du bassin, vers le canyon. Le souffle court, il raconte à Midge toutes les fois où il a campé à la belle étoile avec Marnie, toutes les fois où il le fera avec elle. Il sourit malgré lui lorsqu'elle croasse, jambes battantes, mains tendues, comme si elle avait besoin de s'immerger dans la rivière, de la caresser de ses doigts. Elle aime la valse et la virevolte du courant, son éclat, ses éclairs, alors il marche dans l'eau dès que possible. Les pieds de Midge lui martèlent les côtes et le froid s'insinue dans ses bottes, le pénétrant jusqu'aux os.

Devant la paroi, il s'arrête et hésite. Il prépare sa canne et choisit une mouche facile à repérer, une Humpy, pour que Midge puisse suivre l'action. Ce n'est pas un montage idéal pour le mois de décembre. Dès son premier lancé arrière, il se souvient de l'enfant accrochée dans son dos, le cou tendu pour observer la scène : un fouetté trop bas, et Taz risque de lui effleurer la tête avec l'hameçon. Il laisse la ligne se poser sur l'eau en se demandant s'il a déjà eu une idée aussi stupide. *Des tonnes*, répond aussitôt Marnie, mais voilà qu'une cutthroat mord ; il la ferre en souriant. Accroupi sur la rive, il agite le poisson éberlué, long de quinze centimètres, au-dessus de son épaule, afin que Midge l'admire. Aussitôt, elle l'attrape et tente de la porter à sa bouche. Taz la retient.

— Je voulais juste te la montrer.

Derrière lui, Marnie éclate de rire. *Ma chérie, laisse Papa la faire cuire, avant !*

Midge se penche en avant pour observer le mystère des poissons disparaissant dans les profondeurs. Taz enfonce l'hameçon dans la poignée en liège de sa canne et lève les yeux sur la falaise, l'esquisse de piste sur la paroi.

Près des étangs de castors, il pourra la poser, lui montrer un poisson pour de vrai, la laisser le tenir, en l'empêchant de le fourrer dans sa bouche, bien sûr. Il pourra même faire un feu. Si elle aime les remous, les flammes la mettront en transe.

Il démonte sa canne et la glisse dans l'étui, qu'il coince sous sa ceinture afin d'avoir les mains libres. Il transpire, s'accroche comme jamais auparavant et s'interroge : arriverait-il à retirer le porte-bébé, à prendre Midge dans ses bras et à la maintenir hors de l'eau s'il chutait dans la rivière ? *Je sais que c'est notre coin, Taz, mais quand même. Fais attention, merde. Ne prends pas appui sur cette pierre, elle est branlante.* La pierre bouge un peu, mais elle n'est jamais tombée, néanmoins Taz l'évite. Il rampe comme un gecko. Enfin la piste s'élargit, le dénivelé s'adoucit et il éclate de rire.

— Simple comme bonjour, lance-t-il à Marnie.

C'est ce qu'elle lui avait dit la première fois.

— Tu es déjà venue ici, mais tu vivais dans un endroit sombre, à l'époque. On va voir si tu reconnais les lieux, dit-il à Midge.

Puis, tel un magicien dévoilant le clou du spectacle, il fait glisser le porte-bébé sur son torse et défait le harnais pour libérer Midge et la porter jusqu'au site sacré. La North Fork.

— *Voilà* ! dit-il, contournant la falaise pour fouler la petite prairie renfermant leurs étangs.

Il s'arrête et trébuche en arrière. Au lieu des pins ponderosa sur la colline, des trembles sur la berge, de leurs feuilles sous l'eau, encore dorées, constellant le barrage des castors, il voit des troncs calcinés se détachant sur le bleu glacial du ciel telles des pointes de lances noircies. Même les peupliers ne sont plus que l'ombre d'eux-mêmes, leurs doigts griffus se refermant sur du vide. La terre est carbonisée. Les étangs sont comme huilés, graissés. Il ne reste rien.

Derrière le barrage, près de la hutte des castors encore intacte, une truite flotte à la surface de l'eau. Taz fait demi-tour et s'éloigne, jambes flageolantes. Il parvient à réinstaller Midge dans le porte-bébé et à la hisser sur son dos. Le sang rugit dans ses oreilles, il ne sait si elle pleure ou si elle croasse. Chacun de ses pas soulève un petit nuage de cendres.

Jour cent trente-six

Il regarde l'image tremblotante de sa mère, à plus de onze mille kilomètres de là. Il se devait de lui répondre un jour.

— Je n'ai jamais dit que je venais, Maman. Je me posais simplement la question.

— C'est ce qu'a dit ton père, que tu n'avais jamais eu un véritable projet de ta vie.

— J'avais un projet. Mais il y a eu un imprévu.

Exact, lance Marnie, à l'autre bout de la table. *Désolée de t'avoir laissé tomber.*

— Donc tu ne viendras peut-être jamais ?

Il se tourne vers Marnie. Elle lève les deux mains en l'air. *Ce n'est pas mon problème.* Il ferme les yeux.

— Je ne peux pas, Maman. Tu sais comment il est.

Elle commence à dire quelque chose, mais il l'interrompt.

— Pas avec toi, Maman. Juste avec moi.

Comme toujours, elle prend la défense de son père.

— Et toi ? Tu penses venir un jour ? demande Taz.

— Tu sais bien qu'il refuse de…

— Toi, Maman. C'est à toi seule que je pose la question.

Il l'observe, la manière dont une de ses mains se saisit de l'autre.

— C'est très compliqué, répond-elle, sans oser le regarder tout à fait. Tu sais bien, le prix du billet.

— Je t'enverrai un billet.

Elle sursaute, comme si quelqu'un l'avait giflée.

Dans la cuisine, Taz regarde autour de lui. Trois heures du matin. Midge a beau s'être améliorée, elle s'est réveillée pour un biberon. Il ne dormait pas, de toute manière.

À présent, elle est blottie sur ses genoux, sous le rebord de la table.

Il ne voulait pas en arriver là. Il la soulève et la tourne vers l'écran.

Sa mère se met à sangloter.

— Je te présente ta petite-fille, dit-il.

Soudain son père apparaît, en caleçon, le ventre encore plat et ferme, les poils aussi gris et drus que les cheveux sur sa tête. Il s'approche de l'écran.

— On te rappellera à une heure plus convenable. Pour avoir une vraie discussion. Pas en pleine nuit.

— Papa… commence Taz.

Son père lève la main et braque un doigt sur lui : tais-toi.

— Dis-lui au revoir, Serena.

La connexion est coupée.

Jour cent trente-sept

Il est assis devant la page de carnet déchirée qu'Elmo lui a donnée lors de sa première visite. Nom, adresse, téléphone. Comme si son numéro n'était pas le seul à être enregistré en accès rapide sur le portable de Taz. Elmo s'en était chargée elle-même, après avoir constaté combien il était doué avec les chiffres. Il repousse le papier et fait défiler ses contacts, encore et encore, du premier au dernier. Encore et encore, sans reconnaître un seul nom.

Jusqu'à ce qu'il la voie, enfin : MARNIE. Il cligne des yeux. Son cœur s'accélère. Le souffle lui manque. Il appuie. Et tombe aussitôt sur la messagerie.

— Bonjour, vous êtes sur le téléphone de Marnie, vous connaissez la chanson…

Il raccroche en suffoquant.

Appuie à nouveau. Écoute le message en entier. Rappelle sitôt que le bip se déclenche. La voix de Marnie. Ses mains tremblent trop pour recommencer. De toute manière, il n'arrive plus à distinguer les touches.

Il a envie de jeter le téléphone du haut d'une falaise. Au fond d'une mine. Et de sauter à sa suite.

Cherchant à essuyer ses larmes, il tâtonne, aveuglé, et se met à pleurer plus fort. Il laisse tomber le téléphone. Le ramasse. Fait à nouveau défiler ses contacts. Est pris de nausée lorsque Marnie apparaît. Six lettres qui l'annihilent. Il cherche autour de lui ce qui pourrait le sauver. N'importe quoi.

Il se mord les lèvres jusqu'au sang. Se gratte furieusement la tête. Se presse les tempes. Les martèle.

S'il l'appelait juste une dernière fois ?

Impossible.

Il appuie sur EFFACER.

EFFACER CONTACT ?

Il tergiverse. NON.

Il affiche le contact à nouveau. EFFACER.

EFFACER CONTACT ?

OUI.

Jamais plus il ne l'appellera. Jamais plus.

Il repousse violemment sa chaise, qui bascule sur le plancher.

Il va dans le séjour en se cognant les cuisses de ses poings, les dents serrées pour éviter de hurler. Il gémit. Une plainte d'animal blessé. Il n'arrive pas à croire que c'est lui qui produit ces sons. Ne pas réveiller Midge. Qu'elle ne le voie pas dans cet état.

Il s'allonge sur le plancher. Lève les yeux. Le ventilateur est immobile. Rien ne bouge, nulle part. Il tend l'oreille, priant pour que Midge se réveille. Pour qu'elle le ramène.

Le soir tombe, et le téléphone continue de lui brûler les doigts. C'est à peine s'il peut le tenir dans sa main. Mais il finit par trouver le nom qu'il cherche, là où le numéro de Marnie se trouvait avant. M DE M. Il appuie.

Il est sur le point de raccrocher quand elle répond.

— Allô ? Allô ?

— Lauren ?

— Ted ?

— C'est moi.

— Tout va bien ? Midge ?

— En pleine forme.

— Bien. C'est bien, ça.

— Elle sourit, maintenant. Et elle rit, aussi.

Ils se taisent tous les deux. Écoutent. Taz essaye de ne pas haleter.

— Je voulais juste prendre de vos nouvelles. Vous tenez le coup ?

Un silence, puis :

— Je ne sais pas quoi vous dire.

— Je me disais que c'était peut-être difficile pour vous d'aborder le sujet. Venir ici.

Elle ne répond rien.

— La semaine prochaine, on fête le premier Noël de Midge, dit Taz d'une voix à peine audible.

Il entend chacune des molécules d'air qu'elle respire.

— Venez fêter Noël avec nous.

Jour cent quarante

Rudy l'appelle de Californie ; il en a encore pour deux jours de route.

— Tu vas peut-être devoir te charger du sapin tout seul. À moins qu'Elmo ne t'aide.

— Elle est dans l'Idaho.

— Aïe.

Autrefois, il allait abattre l'arbre avec Marnie et Rudy : c'était la tradition. Néanmoins, Taz emmitoufle Midge et sort. Il sent déjà la chaleur du feu qu'ils ne manquaient jamais de faire, le goût du chocolat chaud, la brûlure du schnaps décapant de Rudy, l'odeur du premier coup de hache de Marnie, agenouillée dans la neige, disparaissant presque entièrement sous les branches basses d'un Sapin géant qui occuperait toute la surface du séjour. Trois fois il se lance, trois fois il fait demi-tour, ne pouvant se résoudre à y aller sans elle.

Il finit sur un parking du centre-ville. *Pas question*, dit Marnie. *Vraiment ? Tu vas te contenter de l'acheter ? Son premier sapin de Noël ?* Il sent le souffle de chacun de ses mots contre son oreille.

À minuit, il rentre avec le sapin, sur la pointe des pieds, comme si cela allait empêcher Marnie de remarquer quoi que ce soit. Il enroule des guirlandes lumineuses autour de l'arbre jusqu'à deux heures du matin. Remplace le fusible par un clignoteur. Midge ne se réveille pas. Son cadeau de Noël à lui.

Une fois les guirlandes allumées, cependant, il ne peut s'empêcher d'aller la chercher. Devant son corps endormi, il hésite un instant avant de la soulever doucement du lit. Elle ne bouge pas, un vrai miracle de Noël. Il s'installe dans le fauteuil à bascule pivotant trouvé sur le trottoir près de son dernier chantier, puis il pivote et bascule jusqu'à l'aube. Quand elle se réveille enfin, Midge reste muette. C'est à peine si elle bouge. Il croit l'entendre cligner des yeux. Le ventilateur n'est plus qu'un lointain souvenir. Elle n'arrive pas à détacher son regard des lumières. Comme un feu de camp dans le séjour, en mieux.

Les décorations sont rangées dans les profondeurs du sous-sol, mais il pense que les lumières suffiront.

Lauren frappe à la porte. Elle est en avance. Il se demande si elle va dormir là. Puis il se rappelle qu'elle a insisté pour prendre un hôtel, disant qu'elle refusait de court-circuiter sa vie à nouveau. Selon ses propres mots.

Il contemple son œuvre une dernière fois avant de se lever, Midge dans les bras, enveloppée dans sa couverture. Il la sent tendre le cou à mesure qu'il approche de l'entrée, pour ne pas perdre les lumières de vue.

Il ouvre la porte et ils se regardent. Leurs haleines dessinent des nuages dans le froid. La neige tombe à gros flocons, ses préférés, une chute lente que l'on peut amortir avec la langue.

— Joyeux Noël, dit Taz.

Elle n'a d'yeux que pour Midge.

Il se tourne légèrement et Midge arrête de fixer les lumières, attirée, peut-être, par la soudaine bouffée de froid. Elle sourit tout en se blottissant contre lui, réflexe qui, Taz l'espère, échappera à Lauren.

Elle est chargée de paquets, et de courses, aussi, mais cela ne l'empêche pas de tendre les bras.

— Entrez avant de geler sur pied, dit Taz.

Il la suit à l'intérieur et referme la porte derrière lui. Il doit forcer un peu : les gonds ont besoin d'être huilés, un des coins supérieurs doit être raboté. De quoi l'occuper pendant le séjour de Lauren.

Il attrape un sac qui doit peser une tonne et lui tend Midge. Elle l'inhale comme de l'oxygène. La serre dans ses bras. La respire. À grosses goulées.

Midge se débat. Taz va ranger les courses dans la cuisine pour leur laisser le temps de se retrouver. Quand il revient dans le séjour, Lauren est assise dans le fauteuil à bascule pivotant, exactement comme il l'était avant son arrivée, Midge sur les genoux, hypnotisée par les lumières de l'arbre.

Lauren sourit.

— Beau sapin. Très minimaliste.

— Oui, je m'y suis pris un peu tard.

Elle effleure les cheveux de Midge.

— Je n'ai pas l'impression que ça la dérange.

— Je crois que vous lui avez manqué, dit-il, faisant un signe de tête en direction des cadeaux.

— Elle ne se rappelle plus de moi. J'ai décidé de la gâter pour la reconquérir.

— Les grands-mères sont là pour ça, pas vrai ?

— Génération après génération, répond-elle.

Alors ils se taisent tous les deux, les yeux perdus dans l'éclat des lumières.

Jour cent quarante-quatre

Taz travaille d'arrache-pied jusqu'à la veille de Noël. Marko ne le lâche pas d'une semelle, comme s'il craignait de le voir disparaître à tout moment, et Rude est coincé dans les Tri-Cities*. Des blizzards, soi-disant, mais Taz pense qu'une vieille flamme vit encore à Richland. "C'est comme se nourrir de déchets toxiques" avait déclaré Rude à son sujet un jour, mais à Noël, tout est pardonné, n'est-ce pas ? Elmo aussi a prolongé ses vacances d'une semaine, sans lui en toucher mot. Il a de la chance que Lauren soit là pour assurer la permanence.

Cependant, les clients ne souhaitent pas voir bricoler Taz chez eux le jour de Noël, alors il reste à la maison et s'offre une grasse matinée avant de s'attaquer à la porte, veillant à ne pas déranger Lauren, qui tourne comme un derviche dans la cuisine. Elle a décidé de préparer un jambon – selon elle, Thanksgiving est encore trop proche pour servir une autre dinde. Elle le garnit de rondelles d'ananas. De clous de girofle. De cerises confites d'un rouge atomique. C'est un carnaval à lui tout seul. Elle épluche des kilos de patates, en prépare des cocottes entières, qu'elle fait gratiner. Aucun détail n'est négligé.

Une seule fois, Taz l'interrompt, parce que c'est son unique chance d'apercevoir Midge. Il la laisse lui tenir le doigt pendant qu'elle s'amuse dans la nouvelle balancelle que Lauren lui a achetée, le cadeau qui ne pouvait attendre et qui, du propre aveu de Taz, est le meilleur jouet jamais conçu. Ils ont

* Aire métropolitaine regroupant trois villes : Kennewick, Pasco et Richland, dans l'État de Washington.

un nouveau truc : Taz se penche en arrière avant de foncer droit sur Midge, qui rit aux éclats, accrochée à son doigt. Lauren les regarde en souriant.

— Oui ? dit-elle.

Taz se tourne vers elle, tâchant de se rappeler l'excuse concoctée pour justifier son intrusion. Il l'a oubliée, alors il lui demande si elle a besoin d'aide. Elle secoue la tête, avant de lui montrer le gros smiley dentu sur le mur.

— Vous savez, ce serait agréable de ne pas avoir ce truc sous les yeux toute la journée.

Taz hoche la tête.

— Je sais, mais c'est Marnie qui l'a fait.

— OK, alors.

Elle continue à rincer la salade dans le gigantesque évier.

Rudy fait son entrée dans un halo de neige et de vapeur – Amundsen atteignant le pôle –, traînant derrière lui plus de champagne qu'ils ne pourront jamais en boire. Tout en évoquant les nombreux dangers sur la route, ses efforts herculéens pour franchir les cols, il retourne à son pick-up et revient en chancelant sous le poids d'un vieux téléviseur ; il triture l'appareil, le convertisseur, l'antenne, et parvient enfin à capter du football. Il sort un vieux nœud rouge aussi gros qu'une pastèque de son manteau et le pose sur le téléviseur.

— De rien, lance-t-il.

Il ajuste l'antenne une dernière fois et s'affale dans le fauteuil basculant pivotant en faisant sauter le bouchon de la première bouteille.

— Joyeux Noël !

Lauren passe une tête dans le séjour et Rudy se redresse aussitôt.

— Madame H, je sens que vous faites de la magie dans la cuisine.

Elle se contente de le dévisager.

— Et l'esprit de Noël vous va à ravir. (Il brandit sa bouteille.) Puis-je vous offrir un verre ?

Elle lève les yeux au ciel, une expression qu'elle semble avoir volée à Marnie. Taz éclate de rire. Lauren fait demi-tour.

Rudy la regarde s'éloigner, le viseur un peu trop bas au goût de Taz. *Dis-lui d'arrêter*, demande Marnie d'un ton suppliant.

Taz se dirige vers la cuisine.

— Tu veux un verre avec ça, Roméo ? lance-t-il au passage.

Rudy hausse les épaules. Dans la cuisine, Lauren passe son tour : elle n'est pas encore prête. Il revient avec deux verres à pinte rapportés du Club. Rudy verse le champagne.

Taz comprend que tout a été arrangé au moment où Marko et sa femme sonnent à la porte. Une heure plus tard, la sonnerie retentit à nouveau, pile au moment où ils s'apprêtent à s'asseoir : Lauren est en train de poser le jambon sur la table tandis que Rudy remplit les verres. Ils échangent des regards surpris. Ils n'ont plus de sets. Marko, qui se trouve être le plus près de la porte, va ouvrir.

Elmo entre dans le séjour enveloppée d'un nuage de froid. Coiffée d'un bonnet d'elfe. Les joues aussi rouges que celles du Père Noël.

— Mo ! s'écrie Rudy.

Il se précipite pour la serrer dans ses bras et l'embrasse, renversant son champagne.

— Je savais que tu viendrais !

Taz regarde Elmo et Rudy. Lauren regarde Taz.

Fébrile, Midge croasse de joie et martèle le bois de sa chaise haute avec les talons, les bras grand ouverts.

— C'est la baby-sitter, chuchote Taz à Lauren.

Elle hausse un sourcil.

Toujours debout, allant jusqu'à faire ce que Taz soupçonne être une petite courbette, Rudy se charge des présentations, désignant chacun de sa bouteille de champagne.

— Marko, et, euh, sa…

— Jeannie, dit la femme de Marko.

— Précisément, enchaîne Rudy. C'était un test. Tu connais déjà Taz et la délicieuse Midge, ainsi que la radieuse Madame H. Je vous présente la tout aussi exquise Elmo.

— De quelle planète viens-tu ? demande Elmo.

Moi je sais ! manque de crier Marn.

— Le Rude est universel.

Elmo lui prend la bouteille des mains.

— Le Rude s'est suffisamment abreuvé.

Lauren se lève et tend le bras par-dessus la table pour la saluer.

— Je m'appelle Lauren, dit-elle.

Puis, se tournant vers Rudy :

— Pas madame H. Ça, c'était le nom du père de Marnie. Moi, je suis madame J. (Elle se met à glousser.) D'ailleurs, ce n'est même plus madame, qu'est-ce que je raconte ?

Elmo lui serre la main.

— Ravie de vous rencontrer, dit-elle, avant de contourner la table pour rejoindre Midge.

Au lieu de la prendre dans ses bras, elle s'agenouille et colle son front contre le sien, la laissant attraper sa natte.

— Elmo, ce n'est pas votre vrai nom, n'est-ce pas ? À moins que ce soit encore une plaisanterie de Rudy, demande Lauren.

— Non, c'est vraiment Elmo.

Lauren continue de sourire.

— Aucun de vous n'a un vrai nom, alors ?

Elmo sourit à son tour.

— Elmo, ça me va très bien.

Midge cherche à la retenir lorsqu'elle se redresse, brandissant un sac décoré d'un Père Noël barbu dont les joues et le nez sont aussi rouges que les siens.

— Désolée de débarquer comme ça, je viens juste d'arriver. (Elle balaye ses excuses d'un geste de la main.) C'est une longue histoire. Mais je voulais déposer mon cadeau pour

Midge. (Elle tient le sac un peu plus haut.) Un bonnet et des moufles. (Elle laisse retomber le sac.) Je me suis mise au tricot. Parce que ce n'est pas la fête tous les jours, dans l'Idaho.

Lauren s'empressc de mettre un couvert supplémentaire.

D'une main, Elmo couvre le verre que Rudy lui tend.

— Sincèrement, dit-elle. Je voulais juste vous souhaiter un Joyeux Noël.

Elle pose le verre sur la table et caresse les joues de Midge. Un côté, puis l'autre.

— Mon frère m'attend dans la voiture. Surprise, surprise.

— Ton frère ? demande Taz.

— L'aîné. Ma première famille. J'ai laissé ma voiture sur le col. Encastrée dans une congère. (Elle remet ses moufles.) Il est venu me sauver. Bref, je dois filer. Le pôle Nord m'attend.

La porte fraîchement rabotée se referme sans bruit dans son dos. Ils s'asseyent et commencent à faire tourner les plats. Midge se balance sur sa chaise haute entre Taz et Lauren.

— Une très jolie jeune fille, dit Lauren.

— Pas vrai ? dit Rudy, la bouche pleine de pain. (Il se met à trancher son jambon.) Non pas qu'elle vous surpasse dans ce domaine, madame H ou J.

Taz trempe la cuillère de Midge dans la purée de patates douces. Marko en prend une pelletée avant de passer le saladier.

Après le dîner, ils se rassemblent autour de l'arbre et Taz se rend compte qu'il n'a pas de cadeau pour Lauren. Il n'y a rien pour Grand-Mère, là-dessous.

Cependant, tous les cadeaux sont destinés à Midge. Absolument tous. Des habits pour la plupart, des couches aussi, des petits pots, encore une balançoire, une poussette à trois roues ; c'est Rudy qui les a apportés, comme s'il gérait un stock, une succursale de magasin de jouets. Des cadeaux que lui ont confiés leurs amis partis fêter Noël en famille. Marko lui offre une minuscule ceinture à outils, un casque de chantier miniature ; Jeannie, une grenouillère en pilou décorée de tasses à thé, aucun marteau en vue. Taz aide Midge à déballer chaque paquet et la laisse s'amuser avec le papier.

Impatient que son tour arrive, Rudy exhibe une peluche géante en s'étranglant de rire. Un Elmo taille réelle, cheveux rouges en bataille et yeux écarquillés. Midge essaye de le toucher. Rudy s'agenouille devant elle, à quelques millimètres de son visage, et montre la peluche du doigt.

— Elmo, El-mo, El-moo, dit-il.

— Je crois qu'elle a compris, dit Taz.

Il ramasse le dernier cadeau, celui qui est le mieux emballé, un paquet plat.

— Il vaut mieux que Midge ne l'ouvre pas, celui-là, prévient Lauren. C'est en verre.

Avant même d'avoir fini de le déballer, Taz se sent faiblir, vaciller. Il s'arrête. Ses mains retombent, inertes, sur le papier, la dureté en dessous. Ce n'est pas une chose que l'on offre à un bébé.

— Il faut qu'elle sache à quoi ressemblait sa mère, dit Lauren.

Taz pose le cadre encore à moitié emballé près du canapé.

— Plus tard, dit-il.

— Il n'y a pas une seule photo de Marnie dans la maison, dit Lauren.

Tout le monde se tait. Même Rudy.

— Elle détestait se voir en photo.

— Oui, mais c'est pour Midge.

— Elle détestait les photos. Détestait que je les prenne. Détestait les regarder.

— Midge en a besoin…

— Ça la mettait mal à l'aise, poursuit Taz, la voix aussi tranchante que le verre du cadre. “Elles ne servent qu'une fois que tu es mort. Pour que tout le monde se rappelle à quel point t'étais cool." Voilà ce qu'elle disait.

Rudy se met à faire des boules avec le papier cadeau ; il les jette en direction du téléviseur, au pied duquel elles s'amoncellent en un tas.

Lauren se racle la gorge.

— En tout cas, il faut que Midge puisse se souvenir d'elle.

— Qu'elle se souvienne de sa mère ? Et comment, à votre avis ? Elle ne l'a jamais connue. Pas une seule seconde. Vous voulez qu'elle se souvienne d'une photo ?

Rudy déchire un petit morceau de papier et le tend à Midge. Elle le porte aussitôt à sa bouche. Lauren l'empêche de l'avaler en posant un doigt sur ses lèvres, les joues striées de larmes.

Marnie serre le bras de Taz et chuchote. *Tout va bien.* Mais elle semble sur le point de craquer, elle aussi.

— Demain, dit-il. J'accrocherai le cadre demain. Au-dessus du lit de Midge.

Il entrera de biais dans la chambre, les yeux sur un autre mur.

— La photo a été prise pendant notre voyage à Hawaï, dit Lauren. (Ses paroles peinent à dissiper le silence qui enveloppe la pièce comme un tapis de neige.) Juste avant votre mariage.

— Je m'en souviens. Elle voulait y retourner.

— Je n'avais rien de plus récent.

— Je vais vous en déterrer quelques-unes, parvient à articuler Taz. J'en ai des tonnes.

Il les revoit toutes ; Marnie floue, lui tournant le dos pour échapper à l'appareil. Marnie lui faisant un doigt d'honneur, le visage caché derrière la main. Toutes les photos où elle a enfoncé sa casquette sur son front, disparaissant sous la visière.

Il lève les yeux et prend conscience que dans le séjour, le temps est comme suspendu. *Taz,* chuchote Marnie.

— Je suis désolé, dit-il.

Il préférerait s'ouvrir le ventre avec un couteau émoussé plutôt que de regarder une seule de ces photos, parce que, en dépit de tous ses efforts, Marnie y a laissé son sourire. Fendu jusqu'aux oreilles.

Marko se lève et tend la main à sa femme.

— Bien, dit-il, le Père Noël nous attend.

Rudy, que rien n'attend sinon une maison vide, dit la même chose.

— Je vous dépose quelque part, Lauren ? demande-t-il au passage.

Elle ramasse la cadre à moitié déballé, le pose sur ses genoux, retire le reste du papier et contemple la photo, immobile. Des larmes s'écrasent sur le verre.

Taz raccompagne Marko, Jeannie et Rudy à la porte avant de se tourner vers Lauren, toujours assise sur le canapé, le portrait sur les genoux : sous les larmes, le sourire est le même. Tout doucement, il fait glisser le cadre de ses mains et lui tend Midge, toujours agrippée à son Elmo en peluche.

— Je suis navré, dit-il à nouveau. Vous avez raison. Midge devrait savoir à quoi ressemblait sa mère. Je suis le seul qui ne l'oubliera jamais.

Il a le temps d'atteindre la nursery avant d'entendre sa réponse.

— Non, vous n'êtes pas le seul.

Il referme la porte derrière lui et hésite à pousser le loquet, qui n'a jamais été utilisé. Quand ils s'étaient attaqués aux portes, Marnie avait démonté, décapé, huilé et testé tous les loquets de la maison. Elle voulait que tout soit parfait. Même des loquets qui ne serviraient jamais. Il laisse ouvert et attend que Lauren lui ramène Midge avant de disparaître dans l'obscurité.

Jour cent cinquante-neuf

Trois semaines sans un jour de repos. Sauf à Noël. Trois semaines à construire des banquettes et des meubles encastrables. Il avait utilisé des vieux châssis de fenêtres, grattant le mastic, arrachant les clous et retirant le verre ondulé, si bien que les meubles semblaient plus authentiques que le reste de la maison. Marnie et lui ne s'y seraient pas pris autrement pour décorer leur intérieur. Du moins, c'était leur intention.

Une fois les commandes terminées, fébrile, il avait mesuré la salle de bains, prélevé du bois dans son stock derrière la maison et entrepris de fabriquer une colonne d'angle – des étagères où ranger les serviettes, le papier toilette et les produits d'hygiène –, un meuble qui accumulerait la poussière dans l'atelier, le temps qu'il s'occupe de la démolition, du carrelage, de la tuyauterie, qu'il répare la baignoire à pieds et la cuvette. Marnie et lui avaient tracé les plans ensemble, et Taz n'était pas certain de pouvoir les affronter. Toutes les idées de Marnie. Mais cela lui permettait d'éviter la maison.

Quatre semaines dans l'atelier, plus par honte qu'autre chose. Le lendemain de Noël, il s'était à nouveau excusé auprès de Lauren, lui promettant d'accrocher le portrait à l'emplacement de son choix. Elle avait répondu qu'elle était désolée, elle n'avait pas mesuré à quel point ce qu'elle lui demandait était difficile. Il n'avait plus revu le portrait. Deux semaines plus tard, au milieu de la nuit, il s'était forcé à entrer dans leur ancienne chambre, à ouvrir l'armoire et à attraper la boîte à chaussures renfermant leurs photos sur l'étagère la plus haute, la période rétro de Marnie, 35 mm. Sans oser soulever le couvercle, il avait posé la boîte sur la table, là où

Lauren avait l'habitude de boire son café, pour qu'elle la trouve le lendemain. Elle n'avait rien dit, mais la boîte ne restait jamais au même endroit, se décalant d'un centimètre ou deux chaque jour, le couvercle à moitié enfoncé.

C'est à peine s'il connaissait encore Midge, qu'il apercevait de temps à autre. Elle s'était entichée de Lauren comme elle s'était entichée d'Elmo, à la manière des canards, qui suivent la première chose qu'ils voient en sortant de l'œuf, canard, cabot ou catastrophe. Taz préférait ne pas savoir à quelle catégorie il appartenait.

Il avait traîné le poêle jusqu'à l'atelier. Celui qui rouillait sous une bâche depuis deux ans, à côté de l'usine à cookies et des autres trésors de récup qu'il comptait réhabiliter. Grâce à sa chaleur, il avait pu travailler tous les jours jusqu'à ce que Lauren vienne le chercher à l'atelier, disant qu'elle n'en pouvait plus, qu'elle rentrait à l'hôtel.

Presque un mois à l'hôtel. Cela devait coûter une fortune. Sans compter la voiture de location. Il lui avait dit que leur ancienne chambre était libre, qu'elle était la bienvenue, qu'il continuait de dormir dans la nursery. Mais elle préférait se coucher dans un lit refait chaque soir. Et zapper devant la télé, même s'il n'y avait rien d'intéressant à regarder.

Il s'était demandé en quoi cela différait de sa vie habituelle.

Lauren ne s'était aventurée dans l'atelier – sa "tanière", comme elle l'appelait – qu'à une autre occasion. Pour lui dire que la baby-sitter était là.

Taz, qui était occupé à mettre du bois dans le poêle, n'avait rien trouvé d'autre à répondre que :

— Vraiment ?

Lauren avait opiné, souriant de sa propre étourderie.

— J'ai déjà oublié son nom. Un des Muppets.

Taz l'avait suivie jusqu'à la maison, leurs pas crissant dans la neige.

Lauren était restée dans la cuisine et Taz s'était dirigé vers le séjour, priant pour qu'elle ait invité Elmo à entrer, sachant qu'il n'aurait jamais dû en douter avant même de l'apercevoir, assise à la table, comme elle l'était le jour où elle était venue chercher du travail.

— Bonjour, avait-elle dit en se levant. Je t'ai arraché à quelque chose d'important ?

— Important ? Non, je faisais juste brûler des bouts de bois.

— Pour créer des super odeurs ?

Il avait cligné des yeux avant de se rappeler et de sourire.

— Non, pas cette fois.

Elle avait regardé autour d'elle.

— Du pin ! s'était-elle écriée, comme si elle venait de remporter un concours.

— Exact. Le meilleur bois pour les odeurs.

À son tour, elle avait souri.

— J'ai récupéré ma voiture.

— Ta voiture ?

— Celle que j'ai abandonnée sur le col. Mon petit accident. Je roulais trop vite. J'étais pressée de rentrer.

— Pas de casse ?

— Rien de plus que ce qu'elle avait déjà. J'ai eu de la chance que mon frère soit là pour me dépanner.

Taz avait hoché la tête.

— Du coup, je me demandais si j'avais encore un boulot ici ? Mais je viens de croiser Grand-Mère, alors je suppose que…

— Je ne sais pas, avait commencé Taz.

Elmo s'était approchée de lui.

— Je sais que j'avais promis de ne pas m'absenter plus d'une semaine, mais les choses ont complètement dégénéré à la maison, et…

— Je voulais juste dire que je ne sais pas combien de temps Grand-Mère va rester.

— Et ?

Taz avait failli éclater de rire.

— Si tu tiens absolument à travailler ici, surtout n'hésite pas. Sans Grand-Mère, je t'aurais probablement appelée dans l'Idaho pour te supplier de revenir.

Elle s'était détournée pour dissimuler son sourire.

Comme chaque matin, il est le premier à se réveiller, avant Midge. Il prépare le café, attend, consulte sa montre. Verse une tasse pour Lauren. Du lait, deux sucres. Glisse un toast dans le grille-pain. Mais elle a pris l'habitude d'acheter un café à emporter avant de venir. De manière un peu démonstrative, peut-être. Encore de l'argent jeté par les fenêtres. Il la soupçonne de vider le gobelet dans l'évier sitôt qu'il a le dos tourné.

Elle est en retard.

Il consulte sa montre à nouveau. Aucune commande à honorer, pas de coup de téléphone à passer.

Il sort Midge de son lit dès son premier "areu" et la nourrit tandis qu'elle transforme sa chaise haute en décharge, comme d'habitude, la maculant de bouillie de riz. Elle peint plus qu'elle ne mange.

Il s'apprête à brancher les guirlandes clignotantes et à s'asseoir dans le fauteuil à bascule pivotant avec Midge quand il prend conscience que le sapin a disparu. Pas la moindre brindille ni la plus petite aiguille. La veille, il s'était demandé ce que Lauren avait fait de sa journée.

Le portrait de Marnie est accroché au mur. Près de la bibliothèque. À l'endroit où l'arbre l'aurait caché. La mère et la fille à la plage. L'eau, d'une couleur jamais vue dans le Montana, leur lape les mollets. Chacune a passé un bras autour des épaules de l'autre, et Taz se demande comment Lauren s'y est prise pour convaincre Marnie de regarder l'objectif et de sourire. Elles ont plus l'air d'être sœurs que mère et fille. Alors seulement, Taz remarque combien leurs sourires se ressemblent. Il regarde et regarde encore. Il doit s'appuyer contre le mur.

Il imagine Lauren s'introduire dans l'atelier en catimini, fouiller les tiroirs à la recherche d'un crochet, prendre le marteau sur le mur à outils. À moins qu'elle en ait acheté un dans un magasin de bricolage.

Il regarde autour de lui, presque surpris de se trouver seul, sans Marnie à ses côtés, un sourire aux lèvres, disant qu'elle était sur le point de l'épouser, comment ne pas sourire ?

Hélas, le séjour est aussi vide que leur ancienne chambre. C'est la première fois que Lauren est en retard.

Une minute plus tard, il reçoit un texto. Elle est à l'aéroport. Elle ne voulait pas le déranger. Quelques secondes s'écoulent avant que le téléphone ne vibre à nouveau : "Vous pouvez sortir de votre tanière, à présent."

Une fois de plus, il se demande si cela va durer éternellement, les séjours prolongés de Lauren, sa manière d'endosser une partie du travail sans pour autant dormir à la maison.

Il lui répond : "Merci. Pour tout." Marnie lui donne une bourrade. *Lèche-cul.*

Il éteint le téléphone.

— Ce n'était pas si pénible que ça, dit-il.

On voit que tu n'as pas grandi avec elle, répond Marnie.

Taz pense la même chose, que Marnie n'a jamais rencontré son père. Midge dans les bras, il traverse la pièce et décroche le portrait, veillant à ne pas se perdre à nouveau dans son visage.

— Grand-Mère, déclare-t-il à Midge. Et Maman.

Il se penche et pose le cadre par terre, face au mur. Il retire le crochet du plâtre avec les doigts, l'extrémité métallique creusant un sillon dans la pulpe de son pouce. Puis il le glisse dans sa poche, avec le clou.

T'as raison, elle a été absolument charmante, dit Marnie.

— Oui, c'est ça, bla, bla, bla, répond-il.

Il s'allonge près de Midge, ce qu'il n'a pas fait depuis longtemps, mais le ventilateur offre une piètre alternative aux guirlandes. D'un autre côté, s'il avait été seul, il aurait probablement oublié de jeter l'arbre. Qui, aussi sec qu'un parchemin, aurait spontanément pris feu alors que Taz se serait trouvé en dessous.

— Elle nous a sauvé la vie, dit-il à Midge.

Il la regarde : les voilà revenus à leur point de départ, seuls au milieu d'une pièce vide et pleine d'échos. Comme s'ils n'avaient jamais quitté le plancher.

— Tu as suivi le mauvais canard.

Midge se tourne, attrape son T-shirt et vient se lover contre lui, à moitié en rampant, jambes flageolantes, presque debout. Il sourit, émerveillé. Il n'en croit pas ses yeux.

— Juste là, c'est ta mère, dit-il en lui effleurant le coin de la bouche.

Il la prend dans ses bras pour la poser sur son torse et la regarde droit dans les yeux.

— Tu n'auras qu'à te regarder dans un miroir pour savoir à quoi elle ressemblait.

Sans prendre le temps de réfléchir, il ajoute :

— C'est elle qui t'a envoyé le trotteur, tu sais. Ta Maman. Elle a dit que tu devais faire attention. Elle sait que tu es une petite casse-cou. Si tu savais comme elle est triste de ne pas être là.

Comme si un portrait pouvait la remplacer.

— Ce n'est pas facile d'être une exploratrice. Certains voyages semblent interminables.

Il fait courir ses doigts le long de ses côtes. À travers ses cheveux fins et clairsemés, de la même couleur que ceux de Marn. Sur ses joues. Midge se trémousse en souriant.

— Avant, on partait ensemble. On descendait des rivières, on traversait des jungles. On escaladait des montagnes. Mais cette fois, elle a dû partir seule. C'est l'expédition la plus longue de sa vie.

Midge prend appui sur sa poitrine, sa clavicule. Elle essaye de se mettre debout, prête à tutoyer les cimes.

— Et moi, j'ai dû rester ici pour m'occuper de toi, poursuit-il. Mais elle a hâte de te retrouver. (Il secoue la tête, faisant rouler son crâne contre l'érable.) Et quand elle reviendra, tu n'en croiras tout simplement pas tes yeux. Elle est aussi belle que toi.

Midge souffle une bulle de bave qui explose et coule le long de son menton. Elle rit. Taz l'essuie du bout du pouce.

— Vous avez le même sens de l'humour. Ensemble, vous rirez tout le temps.

Il lui saisit les poignets pour l'aider à se dresser sur ses pieds.

— À son retour, quand vous serez enfin réunies, le monde n'aura qu'à bien se tenir.

Elle titube, un sourire euphorique aux lèvres. Elle le regarde en lui bavant dessus et croasse de plaisir.

Il l'a déjà vue se comporter ainsi. Quelqu'un l'aidait à se tenir debout. Midge rayonnait de fierté. Taz se souvient d'un halo de cheveux roux.

Jour cent soixante et un

Il est en route, nouvelle mission pour Marko, une journée à installer les portes fabriquées le mois précédent. À ses côtés, Midge imbibe de bave le papier sur lequel il a noté l'adresse d'Elmo. Il passe devant sa maison, jette un œil par la fenêtre latérale et n'en croit pas ses yeux. C'est une des maisons qu'il a visitées avec Marnie. Trop petite, même s'ils n'envisageaient pas encore Midge à l'époque. Pas une catastrophe, mais presque. Le propriétaire avait dû abandonner et continuer à louer. Taz se souvient encore de la disposition des pièces, le séjour ouvrant sur la cuisine, la demi-paroi, la chambre et la salle de bains sur le côté. Le plancher en pente, le toit du porche affaissé. *Tu te rappelles la salle de bains*? dit Marnie. *Les équipements roses?*

Il poursuit son chemin, veillant à ralentir dans les cols: les portes sont empilées sur le plateau, séparées par des feuilles de carton. Elles ont été fabriquées avec du bois de provenance incertaine. C'est ce qu'on lui avait dit. Trouvé au fond d'une rivière? La Blackfoot? Du bois de récupération? Non, de meilleure qualité que ça. Issu d'un vieux peuplement. Sans le moindre nœud. Le grain si droit qu'il semble avoir été tracé à la règle. Un peu délavé, cependant, comme s'il était resté un siècle sous l'eau. Taz avait passé plusieurs jours à essayer différentes teintures, sans réussir à le récupérer.

Il commence par décharger Midge et le trotteur. Puis il inspecte les lieux, au cas où. Installe le portail de sécurité devant l'escalier du sous-sol. Ne trouve pas le moindre objet sur lequel elle puisse trébucher, dans lequel elle puisse se prendre les pieds. Une maison vide: le rêve de tout parent angoissé. Sitôt qu'il a glissé les pieds de Midge dans le trotteur, l'installant sur le siège, elle se met à battre des jambes comme un personnage de dessin animé, jusqu'à ce qu'il la lâche. Un vrai boulet de canon. Les coins sont rembourrés. Elle ne risque pas d'érafler la peinture. Ni les matériaux plus fragiles, encore bruts.

Il va chercher une porte dans le pick-up et regarde le chiffre romain gravé sur la tranche supérieure. Il connaît le décompte par cœur. Dans le sens des aiguilles d'une montre, en commençant par l'armoire dans l'entrée. Ces trois encoches grossières, là ? La pièce du rez-de-chaussée. Un bureau. Une salle télé. Ce que décideront les futurs habitants.

Il jette un œil sur Midge et file chercher la deuxième porte, laissant glisser la feuille de carton sur la neige.

Il nourrit Midge avant de prendre sa pause et déplie le lit parapluie La couche dedans. Il y a suffisamment de portes dans cette maison pour l'occuper toute la journée.

Elle se réveille pendant qu'il mange et s'agite un peu avant de se hisser debout en s'accrochant au rebord.

— Pa, dit-elle. Pa-pa.

Il n'irait pas jusqu'à dire que c'est plus sophistiqué que son babillage habituel, et pourtant.

— Quand je vais annoncer à Marnie que tu as dit "Papa" avant "Maman"... dit-il à Midge, le poing levé en signe de victoire. Les têtes vont rouler. La mienne, en tout cas.

Elle a dit "Maman" le mois dernier, lance Marnie avec un soupir exagéré.

— C'est faux, dit Taz en éclatant de rire. (Il ravale son hilarité et avise la maison vide.) Quand elle commencera à parler, il faudra qu'on mette un terme à nos petites conversations.

Il part chercher une autre porte, la tête enfoncée entre les épaules, comme s'il s'attendait à recevoir une bourrade.

C'est presque un miracle : les portes rentrent toutes du premier coup. Il n'a pas besoin de les raboter, ni même de poser une rondelle de calage. Aucune retouche, ni teinture ni vernis. Il n'a qu'à fixer les charnières, ajuster les portes et visser.

— Je ne sais pas qui a posé ces chambranles, mais c'est un génie, lance-t-il à Midge, qui trottine dans le couloir. Bon sang mais c'est bien sûr, c'est ton vieux père. Un putain de génie.

Redescends un peu, dit Marnie.

La journée se déroule sans le plus petit pleur.

Sur le chemin du retour, il passe à nouveau devant la maison d'Elmo. Pas de lumières. Rien que ses phares qui font scintiller la neige fraîche. Il se demande si l'école a repris. Il n'aura qu'à regarder devant chez lui, voir si les voitures ont envahi les trottoirs.

Il prépare un dîner pour une personne. Laisse Midge jouer avec un morceau de spaghetti. Peut-être qu'elle en mange un morceau.

Il s'assied avec elle et la berce un peu, écoutant son babillage discret.

Il sort son portable de la poche de son Carhartt et affiche le numéro d'Elmo. Une pression suffirait à l'appeler et à lui demander de passer le lendemain. Avec la cuisine pour unique lumière, la maison est plongée dans la pénombre ; l'éclat du téléphone est presque aveuglant. Il le range.

— Autant s'y habituer, chuchote-t-il à Midge. On se débrouille plutôt bien, toi et moi.

Mais elle s'est endormie sur ses genoux.

Rien que toi et moi, pense Taz, seul dans le noir.

Il la couche et va se brosser les dents dans la salle de bains. Sort la pince à épiler pour retirer l'unique écharde de la journée. Évite son reflet dans le miroir. Passe une main sous l'évier et ramasse une poignée de couches propres, qu'il pose à côté de la serviette pliée. Tout est prêt.

À neuf heures, il éteint la lumière et se glisse dans le lit de grande fille, épuisé. Les tortues nagent autour de lui. Midge respire paisiblement.

— Que vouloir de plus ? murmure Taz.

Jour cent soixante-deux

À CINQ heures, il se réveille. Comme si un coup de klaxon venait de retentir. Il se redresse d'un seul coup.

Marnie était avec lui. À peine quelques instants plus tôt. Sa peau.

Petit à petit, une lumière grise et vaporeuse envahit la chambre : en s'asseyant, il a déclenché le détecteur de la veilleuse.

Il croise les mains derrière la tête et se laisse aller en arrière. Verrouille ses coudes. Respire.

Midge ronfle légèrement. Il se demande si elle a pris froid.

Il pose les pieds sur le plancher. Trouve son T-shirt. Ses chaussettes. Se lève.

Après un passage dans la salle de bains, il est à mi-chemin de la cuisine, s'apprêtant à mettre l'eau à bouillir, quand une voix retentit dans le séjour.

— Enfin, le voilà. En chair et en os.

Taz fait un bond et heurte une des chaises de la gigantesque table.

Sans le savoir, il vient de faire une rotation à cent quatre-vingts degrés. Il se retrouve face au fauteuil basculant pivotant, les jambes encore fléchies.

— Rudy ?

— Bravo, le surdoué.

Sa voix est rocailleuse, engourdie par l'alcool.

— Tu t'es perdu en route ? demande Taz en se redressant.

— Non, je voulais juste vérifier que tu étais encore en vie. Si tu étais toujours… (Il lève les mains, les agite en direction de la pièce vide.) … complètement débordé.

— La vache, dit Taz, le souffle encore court. Ça devait être une sacrée fête.

— Bien vu, mec. T'aurais dû y être.

— C'était où ?

— Chez moi, trou du cul. Je t'ai personnellement invité, grogne-t-il. Moi, t'inviter. Comme si t'étais un inconnu.

Taz le dévisage dans l'obscurité. Heureux d'être incapable de distinguer autre chose qu'une silhouette. Il attend quelques instants avant de parler.

— Je vais te préparer du café.

La cuisine n'est qu'à quelques mètres. Il allume le gaz. Pas besoin de lumière.

Il n'est pas encore revenu dans le séjour quand Rudy demande :

— Tu sais ce qu'a dit Hards ?

Taz s'arrête net. La fête d'adieu. Merde.

— Rude. J'ai passé la journée à installer des portes. J'ai oublié.

— Elle pleurait. Elle n'arrivait pas à croire que tu ne sois pas venu. Elle part en Alaska, mec. C'est pas la porte à côté.

— Je sais. Je passerai les voir tôt demain.

— Tôt ? Ils sont déjà partis. Il y a un moment.

Taz s'appuie contre la table.

Rudy l'observe, affalé dans le fauteuil.

— Elle a dit que c'était comme si tu pensais être le seul à l'aimer.

— Rudy.

— C'est des conneries, tu sais. Rien que des conneries.

— Je sais, Rude.

— Elle a dit que c'était un peu comme si t'étais mort, toi aussi. Que Marnie s'en était peut-être mieux sortie que toi.

— Rudy, je crois que l'heure est venue de te ramener chez toi.

Rudy émet un grognement.

— T'es venu à pied ou en voiture ?

— Waouh. Le mort-vivant qui s'inquiète ? Elle est bien bonne, celle-là.

Taz regarde par la fenêtre et constate que le pick-up de Rudy est garé sur la pelouse. Les traces de pneu mordent sur le bord du trottoir et remontent dans l'allée.

— Ça fait combien de temps que tu es là ?

— Comment veux-tu que je le sache, merde ?

— Il y a un lit.

— Un lit. T'es super bien équipé, mec.

— Tu peux dormir dans la neige, si tu préfères.

— Même Elmo a demandé si tu venais.

— Elle était là ?

— Je l'ai invitée, histoire de lui prouver que t'avais des amis, avant.

— Rudy, je te ramènerais bien chez toi, mais il y a Midge…

— Son interprétation diffère un peu de celle de Hards, poursuit Rudy. Elmo pense que tu aurais préféré mourir à sa place.

— Le lit ou la neige. À toi de choisir.

Dans la chambre, Midge remue. Taz a l'impression que les ressorts du matelas sont reliés à son système nerveux. Il s'élance avant qu'elle n'entame son appel matinal, "ba ba ba", ou "pa pa pa".

Il revient en la tenant dans ses bras ; ses cheveux s'agitant dans tous les sens. Elle agrippe une des mèches de Taz, comme pour le diriger.

— Pa, pa, pa, dit-elle.

Suivi, peut-être, de "du du, du" lorsqu'elle aperçoit Rudy dans le fauteuil et plonge vers lui. Taz la retient et se dirige vers le réfrigérateur. Le biberon. Il prépare une tasse de café pour Rudy et allume la lumière.

Rudy s'est endormi dans le fauteuil. La bouche ouverte. Ivre mort.

— Pa, pa, pa, dit Midge.

Jour cent soixante-quinze

Son nom a dû s'afficher sur son téléphone. Elle ne lui dit même pas bonjour.

— Quand ?

— Quand quoi ? demande Taz.

— Quand est-ce que tu veux que je vienne ?

Il déglutit. Sent son cœur s'emballer.

— À quoi ressemble ton emploi du temps ?

— Aujourd'hui ?

Taz se tourne vers Midge en retenant son souffle.

— Ça m'arrangerait.

— Le temps d'arriver ?

— Parfait. C'est une journée atelier.

— Encore du cerisier ?

— Non, du chêne.

— Ça sent quoi ?

— Tu n'auras qu'à passer. Sentir par toi-même.

— OK.

Il ne trouve rien à ajouter. Midge dans les bras, il va à la fenêtre.

— Très bien, alors. (Elle prend une profonde inspiration.) On se voit dans dix minutes. Un quart d'heure.

— El, dit-il, tripotant le gros fermoir sur la fenêtre à guillotine.

— Oui ?

— Je n'aurais pas voulu mourir à sa place.

Elle reste silencieuse un instant.

— Rudy parle trop.

— Au début, peut-être. Mais avec elle, plutôt qu'à sa place. Je veux dire, sur le coup, j'aurais fait n'importe quoi. J'aurais échangé Marnie contre Midge sans hésiter une seconde.

Il attend qu'elle réagisse, mais n'entend que sa respiration.

— Tu comprends, Midge n'était encore qu'un concept à l'époque. Je ne savais rien sur elle. Je ne savais rien sur rien.

Il ne l'entend même plus respirer.

— Je voulais juste que tu le saches. Ce n'était pas comme ça. C'était comme rien. C'était, point barre. J'étais complètement largué.

— Taz ? demande-t-elle d'une voix à peine audible. Ce n'est pas le genre de chose qu'on dit à sa baby-sitter, je me trompe ?

Surpris, il sourit, comme s'ils se trouvaient face à face.

— Oui, t'as sûrement raison.

— À tout de suite.

Jour cent quatre-vingt-quinze

Ils trouvent leur rythme. Taz s'adapte à sa présence, sans fuir comme il le faisait avec Lauren, mais veillant à abattre autant de travail que possible. Parfois, Elmo l'accompagne aux installations, mais la plupart du temps, elles ont lieu les jours où elle a cours ; Taz appelle Rudy s'il a besoin d'aide. Il la paye chaque semaine. Plus si elle cuisine. Et chaque fois qu'il la surprend en train de faire le ménage. Ce qui n'arrive pas assez souvent, selon elle. Elle va jusqu'à lui proposer de faire ses comptes, après l'avoir vu perdre une nouvelle bataille avec son chéquier.

— Je peux m'en occuper pour toi, dit-elle. J'ai la bosse des maths.

Elle trie les factures, les priorise, dresse une liste des chèques à remplir, garde un œil sur les dépenses. Des heures sup. Chaque fois qu'elle s'assied pour surveiller son argent, Taz a peur qu'elle découvre qu'il ne peut plus se permettre de l'employer. Mais il travaille beaucoup en ce moment, peut-être même suffisamment pour faire des économies.

Sur les chantiers, Taz a remarqué que les clients qui venaient inspecter les travaux, s'imaginant déjà installés, tout près du but, avaient tendance à lui donner un bonus lorsqu'ils voyaient Midge. Taz suppose qu'ils ont parlé à Marko, qui a évoqué Marnie. Alors, honteux d'agir ainsi, il se met à emmener Midge avec lui chaque fois qu'une visite est prévue. Exprès. Elle rampe. Ce n'est pas du vif-argent, mais elle avance plutôt vite. Le trotteur lui sauve la mise. Midge est mobile, mais contenue. Il refuse de travailler dans les maisons où des câbles nus dépassent des boîtes de dérivation.

Connecteurs ou non. Un électricien ne pense pas toujours à enclencher le disjoncteur. Il en a vu relier des sonos directement à des fils sous tension.

Un jour, il est occupé à ranger ses outils, à enrouler le tuyau à air comprimé, à replier l'échelle télescopique, tandis que Midge va et vient dans son trotteur. Il ne prête pas attention au bruit de la porte qui s'ouvre, jusqu'à ce qu'un "bonjour ?" timide résonne dans le couloir. Le trotteur ralentit quelques secondes, puis Midge passe à la vitesse supérieure, martelant le plancher des pieds antidérapants de sa grenouillère. Le chauffage n'a pas encore été installé. Taz sort de la chambre, tenant l'échelle de biais pour ne pas heurter le chambranle.

— Salut, beauté.

C'est une voix de femme. Le premier "bonjour" semblait provenir d'un homme.

— Bonjour ! crie Taz avant qu'ils aient le temps d'organiser un kidnapping.

Il traverse le couloir. Un homme et une femme à peine plus âgés que lui sont debout dans l'entrée. Déguisés. Costume de Flash pour lui. Robe de cocktail noire et escarpins pour elle. L'homme a une bouteille de champagne dans une main, un matelas gonflable deux places dans l'autre, encore plié. Le gonfleur est calé sous son aisselle. La femme tient un sac de plats à emporter. Un autre rempli de ce qui semble être des bougies. *Pitié*, lâche Marnie.

La femme rougit et ils se présentent. Les propriétaires.

— On sait que vous n'avez pas encore terminé, mais on s'est mis d'accord avec Marko. Demain, c'est jour de repos. Pour tout le monde.

Taz sort Midge de son trotteur, inversant l'ordre habituel des choses.

— J'aurai terminé à midi. J'ai presque fini.

— Pas la peine de venir demain, dit le propriétaire, réprimant un sourire.

— C'est la Saint-Valentin. On ne pouvait pas attendre.

Taz non plus. De fuir. Loin d'eux.

— Je vais tout nettoyer. Ranger les outils.

Ils sont déjà en train de se frotter l'un contre l'autre. La femme murmure quelque chose à l'oreille de l'homme, qui sourit à Taz.

— Non merci, vous pouvez y aller.

Passé le premier bonjour, ils n'ont plus jeté le moindre coup d'œil sur Midge.

— Très bien.

Taz replie le trotteur et le jette sur le plateau, avec le reste des moulures, quelques câbles électriques. Il ouvre la portière et installe Midge dans le siège auto.

— Dis au revoir.

Midge agite la main comme si celle-ci avait pris feu, mais la porte est déjà fermée quand Taz s'éloigne de la maison. Des bougies et du champagne, un matelas gonflable dans la chambre principale qu'il vient de terminer. Avec vue sur la montagne. Les lumières de la ville.

La Saint-Valentin. Marnie l'avait en horreur. Pourtant, ils la fêtaient chaque année. Comme des idiots.

Jour cent quatre-vingt-seize

ÇA fait des semaines qu'Elmo ne frappe même plus. Elle pousse la porte, lance un bonjour à la cantonade et trouve Taz attablé dans la cuisine.

— Salut voisin, dit-elle.

Elle lui envoie quelque chose. L'objet glisse en travers de la table et heurte son avant-bras. Une petite boîte. Des bonbons en forme de cœur. Porteurs de messages dégoulinants. *Sois mienne. Amour fidèle. Toujours.* Les mêmes qu'il avait éparpillés partout sur leur lit. L'année dernière ? Celle d'avant ?

Taz contemple la boîte comme si c'était la première qu'il voyait.

— N'aie pas peur, dit-elle. C'est pour Midge. Mais je voulais avoir ta permission avant.

— Je ne sais pas. On doit pouvoir s'étouffer, avec ces trucs. Même sans les messages.

— Je me suis dit la même chose. Mais il faut me comprendre, aussi, avec tous mes admirateurs, c'est comme si je faisais du recyclage.

Elmo se dirige vers la chambre de Midge, qui croasse. Elle a fait la grasse matinée, une première.

— Ma, ma, ma, dit-elle, de manière parfaitement distincte.

Les bonbons encore à la main, Taz bondit sur ses pieds et se précipite vers l'atelier. Il ne veut pas qu'elle le voie. Pour limiter son anxiété de séparation.

Il ouvre le poêle et commence par y introduire les vieux papiers, les bouts de bois, les chutes, le rebut. Gratte une allumette. Une fois la bûche finale posée, il plonge la main dans sa poche, sort les bonbons et les jette dans les flammes avant d'avoir pu lire *Embrasse-moi.* Referme aussitôt la porte.

Il s'assied devant l'établi. Fait pivoter sa chaise afin d'être face au poêle. Attend de sentir monter la chaleur.

Ils pensaient avoir récupéré tous les cœurs dans le lit mais, plus tard, Taz en avait trouvé un collé à la hanche de Marnie. Il avait ri avant de le retirer, découvrant que le *Toujours* s'était transféré à sa peau, tatouage écarlate et sucré qu'il avait fait disparaître d'un coup de langue.

Jour deux cent vingt-quatre

— C'ÉTAIT peut-être un rhume, au début, dit le docteur. Mais c'est une otite, à présent.

Taz la regarde.

— Qu'est-ce que je dois faire ?

Elle griffonne quelque chose et lui demande le nom de sa pharmacie. Il n'en a pas.

— On n'est pas du genre à avoir une pharmacie.

— Maintenant, vous l'êtes. Vous avez un enfant. Albertson ?

— Eastgate, je suppose.

Il achète les antibiotiques, estomaqué par leur prix. L'Ibuprofène pour enfants. Le paracétamol.

La nuit commence. Entrecoupée de hurlements à fendre l'âme. Midge se griffe l'oreille, tout le côté de la tête. Selon son estimation, Taz ne dort pas plus d'une heure. Et encore. Rien de consécutif.

Il appelle Elmo à l'aube, craignant de la réveiller. Si c'est le cas, elle n'en montre rien.

— Midge est malade. Une otite. On a veillé toute la nuit.

— Merde.

— Je sais. Tu peux prendre ta journée, du coup. Je ne vais pas travailler aujourd'hui.

Elle passe lui apporter de la soupe avant d'aller à l'université et les réveille, alors qu'ils sont tous deux endormis sur le canapé. Elle laisse échapper un juron. Marmonne des excuses. S'éloigne aussi discrètement que possible.

Taz la regarde partir dans un demi-sommeil. Elle marche sur la pointe des pieds.

Le lendemain matin, c'est à peine s'il arrive à se lever. Retour chez le docteur. Une sinusite, cette fois.

— Ça n'a probablement rien à voir avec votre fille, mais…

Encore des antibiotiques.

Elmo lui envoie un texto pour savoir quand elle peut passer sans risquer de les réveiller.

La fièvre fait tanguer la chambre autour de lui. Il flotte dans le rocking-chair, Midge sur les genoux. Dans l'angle, les lignes entre le mur et le mur, le mur et le plafond, refusent de rester en place. Elles se dédoublent. Midge hurle et s'agrippe l'oreille. Elle finit par s'endormir en gémissant. Il continue d'alterner Ibuprofène et paracétamol pour faire baisser la fièvre. S'administre le même traitement. Note tout. Qui a pris quoi, quand. Impossible de s'en souvenir autrement.

Lorsqu'elle se réveille à nouveau, il se lève et se retrouve aussitôt dans le couloir. Il s'est trompé de direction en sortant du lit. Voilà qu'il flotte dans le séjour, sans savoir pourquoi. Il l'entend pleurer, de plus en plus fort. Il suit les cris.

Quand Elmo arrive, elle le conduit droit au lit qu'elle pense être le sien. Le lit deux places. Celui qu'il occupait avec Marnie. Elle repousse les draps, le force à s'allonger.

— Je m'occupe de Midge, dit Elmo. Tout ira bien. Toi, en revanche, on dirait que tu vas passer l'arme à gauche.

Il est en feu. Brûlant. Elmo va chercher une serviette humide pour son front et lui donne une double dose d'Ibuprofène.

Quand elle sort de la chambre, il l'appelle Marnie.

Jour deux cent vingt-six

TAZ vient tout juste de se remettre sur pied ; il traîne en jogging et en T-shirt, la température stable, mais l'esprit encore embrumé, lorsque Rudy et Elmo font irruption sur son seuil, bien plus mal en point que lui. Il les regarde glousser. Rudy est coiffé d'un chapeau melon vert pomme en plastique au rebord déchiré. Elmo a un trèfle peint sur chaque joue. Elle arbore un sourire de lutin irlandais. Un vrai petit elfe. Il aurait dû s'en douter. Les cheveux. Les taches de rousseur. C'était trop cliché pour ne pas être vrai.

Dans l'embrasure, Rudy soutient Elmo. Il passe un bras autour de ses épaules. Elle lui enlace la taille.

— Joyeuse Saint-Patrick, dit Rudy. Je t'ai apporté un pot rempli de pièces d'or.

— Salut Rudy. El.

— Embrasse-la, dit Rudy, elle est irlandaise.

Il bute sur le dernier mot.

Elmo s'écarte de Taz et se tourne vers la porte, enfonçant au passage son coude dans les côtes de Rudy qui, trop ivre pour sentir la douleur, la ramène aussitôt dans le sens inverse. Elle vient se cogner contre Taz et tente de planter un baiser sur le crâne de Midge.

Midge tourne la tête au dernier moment et reçoit le baiser sur la tempe, qu'elle se frotte du dos de la main.

— Merci, dit Taz.

Elle le regarde. Elle n'est plus qu'à quelques centimètres.

— Ce n'était pas mon idée.

— Je m'en doute.

Rudy doit traîner Elmo à l'intérieur avant qu'elle ne s'écroule. Ils titubent tous les deux. Rudy éclate de rire et pousse Elmo, chancelante, dans les bras de Taz.

— Rudy.

Il lui lance un clin d'œil et s'éloigne à reculons, déjà presque dehors.

— Rudy !

La porte se referme.

— Merde, dit Elmo. Il devait me raccompagner.

— Tu serais plus en sécurité avec des singes volants.

Elle s'affale sur le canapé. À moitié avachie. Midge s'assied de la même manière.

— Tu te sens comment, patron ? demande-t-elle. Mieux ?

— Mieux que toi demain. Tu veux un verre d'eau ?

— Ce serait top.

Il la couche dans leur ancienne chambre. La recouvre avec le dessus-de-lit. Lui laisse un seau. Midge se met à pleurer lorsqu'il ferme la porte, disant qu'Elmo a besoin d'être seule pour le moment.

— Chut, chut. Elle sera là demain.

Il la berce sur ses genoux jusqu'à ce qu'elle s'endorme. Passe la nuit ainsi sur le rocking-chair. Les yeux grands ouverts dans le noir.

Jour deux cent vingt-sept

Il est attablé devant un café. Midge bondit comme un ressort dans son siège sauteur.

Lorsqu'il l'entend se lever, le bruit de la porte de la salle de bains qui se referme, il hésite à orienter sa chaise vers elle, ou au contraire à lui tourner le dos. Il y réfléchit encore quand Elmo apparaît dans la cuisine.

Elle a l'air de sortir d'un cycle essorage. D'avoir été oubliée, encore mouillée, dans le tambour. Des trèfles sur ses joues, il ne reste plus que deux taches verdâtres. Ses cheveux sont dressés sur son crâne, comme si sa tête avait pris feu. Elle se peigne avec les doigts, l'invitant à regarder ailleurs du dos de la main.

— Baisse les yeux, dit-elle d'une voix rauque.

Il se tourne vers elle.

— Tu veux être changé en pierre ?

Taz sourit, bien qu'il ait l'impression d'être sur le point de disparaître. Autour d'eux, tout paraît si normal.

— Jus de fruit ? propose-t-il.

— Sérieux ?

— Café ?

— Houlà. Je ne suis même pas sûre de pouvoir avaler de l'eau.

Mais elle prend un verre, ouvre le robinet et laisse couler l'eau, penchée au-dessus de l'évier, dos à Taz.

Sacrée classe, chuchote Marnie.

Il arrive à distinguer le contour de ses omoplates, déployées comme des ailes sous son T-shirt. Marnie et lui, ils avaient connu ça, même si cela lui semble loin, à présent.

Elmo lève son verre. Taz suppose qu'elle boit, mais il ne peut en être sûr, parce que ses cheveux dissimulent ses gestes.

— Ouf, dit-elle. Jusqu'ici, tout va bien.

— Tu as passé la journée avec Rudy, hier ?

— Euh, je ne pense pas. Au début j'étais avec des amis de l'université. Enfin, je crois. Je suis tombée sur Rudy plus tard. On a bu des shots.

Elle porte à nouveau le verre à sa bouche. Le pose. S'appuie contre l'évier.

— Tu vas bien ?

Il la voit baisser la tête, s'inspecter.

— En tout cas, je suis tout habillée. C'est plutôt bon signe.

Ne dis rien, dit Marnie.

— C'est une des règles du baby-sitting.

— Et heureusement, pas vrai ?

Taz pousse la poignée de sa tasse, d'un côté, puis de l'autre.

— Exact.

— Je… (Elle passe les doigts dans ses cheveux jusqu'à ce qu'ils se prennent dans une boucle.) Et merde, chuchote-t-elle. (Elle continue de lui tourner le dos.) Merci de m'avoir laissée dormir ici. Ce n'était pas prévu. Hier soir. Je n'ai rien vu venir. Je ne savais même pas qu'on allait chez toi avant que Rude heurte le trottoir.

— Pas de problème. Je sais comment il est.

— Installation ou atelier, aujourd'hui ?

— Ni l'un ni l'autre.

Elle prend des respirations profondes et régulières.

— Tu crois que je peux poser ma journée ?

— Elle est à toi. Payée. Je vais te raccompagner.

Il se lève et sort ses clés de sa poche.

Elle commence par refuser.

— Pour célébrer. Les serpents ont été chassés*.

* Référence à la légende de saint Patrick, qui aurait chassé tous les serpents d'Irlande.

Ils se taisent. La respiration d'Elmo emplit la cuisine.

— Euh, ça ne te dérange pas si je vomis chez toi ?

Taz ne parvient pas tout à fait à réprimer un rire. Elmo, qui ne rit pas du tout, se précipite aux toilettes.

— Aucun problème, dit-il.

Il essaye de ne pas l'écouter. Se demande s'il devrait l'aider.

Pendant le premier trimestre, il avait tenu les cheveux de Marnie. Nettoyé après elle.

Une minute s'écoule. Deux.

— Ça va ? crie-t-il.

— Mon Dieu, quelle horreur. Vomir, c'est vraiment pas mon truc.

— Tu m'as l'air plutôt douée.

— Ha ha ha.

Taz pose le front sur la table pour contenir son hilarité. Il écoute rebondir Midge, l'espèce d'ahanement qu'elle pousse quand elle se propulse dans une nouvelle direction.

Elmo tire la chasse. Deux fois. La porte de la salle de bains s'ouvre et se referme. Les pales tordues du ventilateur ronronnent.

Taz met quelques secondes à identifier l'autre bruit. La porte de leur ancienne chambre, le cliquetis du loquet. Suivi d'un silence.

Il attend. Et attend encore. La maison est mutique. Même Midge babille à peine. Un fredonnement discret, tout au plus.

Il est si fatigué. Il ferme les yeux.

Il s'endort à table, une heure peut-être, difficile à dire. Midge le réveille. Elle ne sanglote pas vraiment, mais le siège sauteur ne l'amuse plus, alors elle crie pour qu'il la libère, bras tendus. Il la sort et vérifie le devant de sa couche avec le doigt, l'arrière avec le nez. RAS. Il l'installe dans le siège auto et l'emmène faire des courses, la pousse dans le Caddie, le long des rayons parfaitement rangés, parfaitement éclairés.

Il revient avec des œufs, du pain et du beurre, son vieux remède des lendemains difficiles, un sandwich aux œufs au plat, avec beaucoup de sel. Il pose le sac sur le comptoir, Midge par terre ; aussitôt, elle se met à ramper en direction de leur ancienne chambre.

— Mama ? Mama ? crie-t-elle.

— Elmo, rectifie Taz d'une voix à peine audible.

C'est alors qu'il aperçoit le mot d'excuse qu'elle a laissé sur le comptoir : "Je suis horriblement gênée. C'est une violation IMPARDONNABLE des règles du baby-sitting." Les points sur les *i* sont en forme de trèfle, et Taz ne peut s'empêcher de sourire.

"Ça n'arrivera plus jamais !" conclut-elle, soulignant le "jamais". Il met le mot sur le frigo, sous l'aimant ouvre-bouteille. Puis il entend Midge se plaquer contre la porte de leur ancienne chambre, le bruit de la machine à laver qui tourne. Les draps, il en mettrait sa main au feu.

— Mama ? demande Midge.

— Non, Midge. C'est juste Elmo.

Jour deux cent cinquante-cinq

Le printemps est enfin là, une journée trop belle pour rester enfermé, alors Taz emmène Midge au parc. Dans sa poussette, elle montre tout ce qu'elle voit du doigt, comme un pointer zélé. Il se fraye un chemin à travers les étudiants tandis que Midge commente chacun de leurs gestes, un flot ininterrompu de babil. Les filles se penchent sur elle en gazouillant. Elle tend le doigt et les appelle "Mama". Taz ne peut s'empêcher de percevoir la note interrogative dans sa voix. Mama ? Mama ? Agacés, les garçons restent à l'écart, regardent et attendent.

Taz ne fait plus partie de leur monde.

Les seuls de leur groupe à avoir fait le grand saut, à être passés devant monsieur le maire, Taz et Marnie avaient fait comme si de rien n'était. Mais la grossesse avait mis fin aux faux-semblants. Marnie disait qu'ils avaient gravi un nouvel échelon. Rudy n'était pas d'accord. Au Club, quand Taz lui avait annoncé la nouvelle, il avait levé les deux mains en l'air, faisant mine d'encadrer un gros titre.

— Homme des forêts devient homme à bébé. *Adios, amigo.*

Taz avait souri avant de tout nier en bloc et de commander des shots. De fait, il était ravi. Il avait hâte de devenir un homme à bébé, hâte de s'isoler encore plus avec Marnie et cet être nouveau, leur enfant, leur univers. Monter le pont-levis. Remplir les douves. Lâcher les crocos.

À présent, il passe tout son temps libre dans le parc, entouré des bruits de la ville, le "poc" des balles de tennis, les étudiants et leurs Frisbee, les enfants qui hurlent dans l'eau glacée de la pataugeoire. Les lilas font de leur mieux, les fleurs sont au bord de l'éclosion, une odeur d'humus frais et humide flotte dans l'air. La balançoire grince à chaque aller-retour, elle a besoin d'être graissée, mais Midge n'en a que faire et agite la main pour qu'il continue au moindre signe de ralentissement. Neuf fois sur dix, il est le seul homme présent. Si Rudy l'apprenait.

Il prend le chemin le plus long pour rentrer, un trajet qu'ils n'ont jamais fait avant. Des rues, des chiens, des maisons inconnues. Taz fait semblant de ne pas savoir où ils vont.

Ils trouvent Elmo assise sur son porche affaissé. Un livre sur les genoux. Des lunettes de lecture sur le nez.

Elle leur sourit.

— En voilà une surprise.

Midge pousse un cri de joie et bat des jambes en s'arc-boutant contre sa ceinture, tel Hulk.

— On se promène, dit Taz.

— Vous êtes perdus ?

La poussette oscille. Midge crie "mama". "Momo", peut-être.

— Houlà. Et si tu libérais la bête ?

— Mais tu révises.

— Oh, je t'en prie.

Il est en train de se débattre avec la ceinture, tâchant de repousser Midge pour avoir une marge de manœuvre, quand il entend le livre heurter les planches déformées du porche.

Il pose Midge dans l'herbe. Aussitôt, elle détale. À quatre pattes. Un vrai bolide.

Elmo descend du porche et s'assied dans l'herbe, jambes écartées ; Midge vient se blottir contre elle et se hisse debout en s'agrippant à son sweat-shirt.

— C'est ta manière de me dire que je ne travaille pas aujourd'hui ?

— Ils n'ont pas encore terminé la charpente.

— Tu as fabriqué les chaises ?

Il hoche la tête.

— Je déteste les chaises. Beaucoup de travail, peu d'argent.

C'est au tour d'Elmo de hocher la tête. Il a déjà dû le lui dire. Elle saisit les mains de Midge et se lève pour la faire tourner en rond. Elle est à deux doigts de marcher seule, sans que personne ne l'aide.

— Tu sais, on pourrait l'emmener quelque part. Dans les montagnes ou quoi.

C'est Midge qu'elle regarde en parlant, pas lui.

Taz contemple le toit du porche.

— J'ai visité ta maison, une fois. Quand elle était encore à vendre.

Elmo a un mouvement de recul.

— T'as été chez moi ?

Il sourit.

— J'ai visité toutes les pièces. Sympa, les équipements roses dans la salle de bains.

— Comment résister ?

— Écoute, je ne vais pas avoir grand-chose à faire dans les jours qui viennent. Je pourrais en profiter pour réparer le porche. Tu gagnerais un mois de loyer.

— Louer, c'est pour les lâches. Sans vouloir te vexer. (Elle sourit.) Je suis proprio.

Taz la dévisage, assise dans l'herbe avec sa fille.

— Comment…

— Les pourboires. L'argent du baby-sitting. Mais je suis endettée jusqu'au cou.

— Raison de plus pour que je m'en occupe.

— Je ne peux pas me le permettre.

Il hausse les sourcils et cherche à imiter son intonation.

— Sérieux ?

— Je le répare quand j'ai le temps.

Midge tire Elmo en avant, l'obligeant à se pencher vers elle, un angle à quatre-vingt-dix degrés que Taz ressent dans son propre dos. Elle oriente Midge face au porche.

— Entrez, je vais vous faire visiter.

Elle prend Midge dans ses bras pour monter les marches et franchir le seuil. Taz lui emboîte le pas.

Elle a peint les briques, la cheminée. C'est ce qu'il remarque en premier. En blanc. Il entend la voix de Marnie, *quelle idée, peindre des briques !* Mais le mur est couleur rouille, et il doit avouer que l'effet est plutôt réussi. Elle n'a fait que des retouches superficielles, un peu de pochoir. De menus travaux. Elle pointe des choses du doigt et agite les mains. On dirait la présentatrice de *La Roue de la fortune*.

Taz continue de la suivre. Elle évite la chambre, qu'elle ferme en passant.

— C'est un site toxique.

Ils jettent un œil à la salle de bains.

— On pourrait commencer par là. Des équipements neufs. Pas forcément neufs, mais blancs, en tout cas.

— Le rose ne te plaît pas ? Le côté fleuri ?

Il avait oublié les autocollants en forme de pâquerette. *Non, pas du tout, même,* dit Marnie.

— OK. La cuisine alors. Je pourrais fabriquer quelques placards. Avec des portes vitrées.

— Pour que tout le monde puisse voir le genre de merde que je mange ? Non, merci.

— OK, des portes moulurées. Du classique.

— Sans façon.

— Je te suis redevable. Toutes les fois où tu as fait le ménage sans que je le remarque. Je peux commencer demain.

— Tu ne me dois rien du tout.

— Et quand j'étais malade ? Ça ne rentrait pas dans ta description de poste.

— Et la visite bourrée suivie de la gueule de bois ? Ça ne rentrait pas dans la tienne.

— Je te suis vraiment redevable. Sérieux.

Elmo se triture la lèvre en inspectant les vieux meubles ; les couches de peintures sont si épaisses qu'elles ont adouci les arêtes, s'accumulant dans les angles.

— Merci, dit-elle. La maison sera bientôt à louer, de toute manière. Ça n'en vaut pas la peine. Concentre-toi plutôt sur ta cuisine. Ta salle de bains. Je pourrais même t'aider.

Elle contracte un biceps.

— Tu vas mettre ta maison en location ? demande Taz.

— Ben oui. Je vais finir mes études, trouver un emploi… La vie, quoi.

Taz se redresse, abasourdi.

— Ah oui, parvient-il à articuler. Tout ça.

Elle pince les lèvres et baisse les yeux sur Midge, comme si elle était surprise de la trouver là. Elle la conduit hors de la cuisine.

— Si je te laisse ici, ma grande, tu risques d'attraper un sale truc.

Midge prend le canapé d'assaut, se hissant debout. Elle martèle les coussins.

— Gaffe à la poussière, dit Elmo.

Taz n'entend pas Rudy monter les marches du porche. Juste sa voix, de l'autre côté de la porte-moustiquaire.

— Hé, Mo, t'es là ?

— Oui, je fais visiter la baraque à Taz.

— Davis ? demande Rudy en poussant la porte. J'aurais dû m'en douter. J'ai vu la poussette devant la maison.

— T'es un génie, Rude, dit Taz.

Midge continue de battre les coussins. Puis elle se dirige vers l'autre bout du canapé et avise l'abîme qui la sépare de la chaise. Titube au bord du gouffre.

— Du ! crie-t-elle.

— Il y a un concert au parc. Soixante-douze tubas, un truc du genre. Je me disais que ça pourrait te plaire.

— Tu fais référence à mon amour des cuivres ?

— Tout juste.

— Quand ?

Rudy consulte une montre imaginaire.

— Maintenant, je crois. C'était dans le journal. Ça se passe au kiosque.

— Tu continues de lire le journal de mon voisin ? demande Taz.

— Non, celui du mien. Tu nous accompagnes ?

Taz baisse la main pour que Midge l'attrape. Juste le pouce. Elle se propulse en avant et se balance, comme Tarzan. Ou Cheetah.

— Il faut que je la ramène. On a déjà fait une grande balade en ville. C'est bientôt l'heure de la sieste.

— Elle dormira dans le parc, dit Elmo.

— Avec soixante-dix tubas ?

— Soixante-douze, précise Rudy.

Taz soulève Midge. Elle résiste. Croasse. Rechigne.

Il l'emmène dehors et l'installe dans la poussette, se débat avec la ceinture. Elle hurle. Elmo tient les poignées. Il la voit tâter le sac. À la recherche du biberon.

— Allez, viens, dit-elle. Donne-lui son biberon, et elle dormira même si le kiosque explose.

— Penses-y, dit Taz. Juste le porche. Une valeur ajoutée pour la façade. Tu pourrais louer ta maison plus cher.

— Je te tiens au courant.

Il s'éloigne, une main levée au-dessus de l'épaule pour saluer Rudy.

Au coin de la rue, il prend à droite au lieu de prendre à gauche et retourne au parc, bien que Midge commence à montrer des signes de fatigue. Elle bougonne. Il sort le biberon et la laisse le tenir toute seule. Quand le biberon heurte le trottoir, il s'arrête. Midge dort, avachie dans la poussette ; on dirait un ado ivre mort.

Une petite foule s'est amassée autour du kiosque. Les spectateurs les plus âgés ont apporté des chaises pliantes. D'autres sortent des tubas d'énormes étuis. Quelques musiciens soufflent dans leurs cors pour les accorder. Une catastrophe en marche : s'ils continuent, ils vont arracher Midge à sa sieste.

Derrière le kiosque, il fait demi-tour et rentre chez lui, dans la maison vide.

Jour deux cent cinquante-sept

Lundi, après le déjeuner, à l'heure où commencent les cours d'Elmo. Il a chargé le pick-up la veille. Les outils de son père, du temps des cabanes en rondins. Des crics. Des poutres. Il est garé au bout de la rue lorsqu'elle sort de sa maison. Il la regarde partir et avance doucement. *Un peu louche*, fait remarquer Marn.

Il installe le parc de Midge dans le jardin et la pose dedans. Avec des jouets. Elle reste debout, agrippée au rebord, et le regarde dresser les échelles, caler le linteau sous le toit, étayer chaque extrémité.

Il fait tourner la manivelle du cric. Doucement. Il évalue les grincements. Regarde la peinture craqueler. Monte sur l'échelle deux fois, le niveau à la main, puis une troisième. Redescend, arrache les vieux poteaux, trouve du bois pourri. Pas seulement les lames, les solives, aussi. Il s'y attaque avec la panne de son marteau. En extirpe des morceaux entiers, comme si c'était du polystyrène.

— Merde.

Il dégage les plots de fondation. Pas plus gros que des boîtes de café, comme il s'y attendait.

En temps normal, il embaucherait Rudy. Mais le projet est déjà au-dessus de ses moyens. Néanmoins, il l'appelle : Rudy se portera volontaire. Ça pourrait même jouer en sa faveur, si Elmo les trouvait tous les deux là. Il laisse un message.

Il va chercher la pelle. Creuse. La brouette. Les sacs de béton prémélangé. Il trouve l'arrivée d'eau. Le tuyau. Construit des semelles de fondation indestructibles. Jette un œil par-dessus son épaule, à la recherche de Rudy.

Taz est à genoux, en train d'étaler le béton pendant que Midge somnole à l'ombre, quand il l'entend approcher derrière lui.

— J'imagine que je devrais être agréablement surprise.

Il continue de travailler.

— C'était le but.

Il fait remonter la laitance, qu'il lisse avec une application inhabituelle. Il attend.

— On n'arrache pas les porches des autres comme ça, dit Elmo. Sans demander.

Il sourit.

— J'ai demandé.

Elle le dévisage, impassible.

— Je vais tout réinstaller, tu sais.

— T'as intérêt.

Il l'entend avancer vers Midge.

— On dirait qu'elle s'est bien amusée.

— Elle adore les chantiers, répond Taz.

Lorsqu'il ne peut plus faire semblant de lisser, il s'assied sur ses talons et s'étire. Se tourne pour regarder Elmo. Dos au parc, elle l'observe.

— Demain, quand le béton aura pris, j'installerai des poteaux permanents. Traités. Qui ne pourriront pas. Je pourrais les habiller. Un truc conique. (Il montre une maison de l'autre côté de la rue.) Un peu comme là-bas.

— Et ça ne t'a jamais effleuré de me demander la permission ?

Il hausse une épaule.

— Le porche me dérange depuis qu'on a visité la maison.

— On n'a jamais visité la maison. (Elle n'a toujours pas esquissé le moindre sourire.) Vous avez visité la maison. Puis je l'ai visitée.

D'habitude, il fait plus attention à ses pronoms.

— Je sais.

— Ce n'est pas ta maison.

— Je sais.

— Ça ne se fait pas.

Taz baisse les yeux sur le béton.

— Je pensais que c'était une manière de te rendre tout…

— Tu ne me dois rien. C'est mon boulot. On a un accord.

Il se lève. Rince sa truelle avant de se remettre au travail, la brouette, la pelle. Soudain, l'eau est coupée.

Il lève les yeux. Elmo est debout devant lui, le tuyau serré entre les mains.

— Le porche sera exactement comme avant. L'affaissement en moins.

— Ou tu pourrais me demander de quoi j'ai envie.

Il attend.

— De quoi t'as envie ?

— J'ai envie que tu me demandes la permission.

Il laisse tomber le tuyau et pousse la brouette jusqu'au pick-up.

— C'est une mission pour Tazmo et Rude, dit-elle.

Il fait rouler la brouette sur la planche. Se retrouve debout sur le plateau.

— Amène Midge, demain. On s'occupera d'elle tous les trois, chacun notre tour. J'en profiterai pour apprendre à fabriquer ces fameux poteaux.

— OK.

Elle desserre le tuyau ; l'eau jaillit d'un seul coup et l'embout s'agite dans tous les sens. Elle fait un bond de côté pour l'éviter, mais Taz remarque qu'elle veille à se placer entre Midge et l'eau. Dès que le jet se tarit, que le tuyau s'immobilise, elle se remet au soleil, s'abritant les yeux pour le regarder.

— Et si tu rentrais prendre une douche, te débarbouiller ? Je ramènerai Midge plus tard. Tu n'auras qu'à préparer le dîner.

Il est toujours debout sur le plateau. Les mains desséchées par le béton. Il les frotte sur les cuisses de son jean.

— OK.

Rudy se range le long du trottoir, descend du pick-up et attrape une glacière sur le plateau.

— Il fallait que j'achète de la bière.

Son regard passe d'Elmo à Taz, et inversement.

— D'accord, j'avoue : j'étais au bout de la rue depuis le début. J'attendais. (Il jette un œil à Taz.) Tu sais bien que je déteste le béton.

— On a terminé pour aujourd'hui. Mais on dîne chez Taz.

— Parfait ! s'écrie Rudy.

Jour deux cent soixante-trois

À EUX trois, ils ne mettent pas plus de quelques jours. Taz passe quelques jours supplémentaires dans l'atelier, seul. Rudy vient surveiller Midge. Taz envisage d'habiller les poteaux avec des panneaux moulurés et le dit à Elmo, qui lui répond que cela jurerait avec le reste de la maison. Il retourne chez elle pour en avoir le cœur net. Au crépuscule. À une heure où elle ne pourra le voir. Elle a raison.

Sous le regard attentif d'Elmo, qui vient l'observer après les cours pendant que Rudy surveille Midge dans le jardin, Taz découpe les panneaux biseautés et en assemble trois dans l'atelier. Ils les apportent chez elle, collent et serrent le quatrième sur place. Elmo monte sur l'échelle et tient une extrémité de la planche de rive, un boulot qui reviendrait à Rudy en temps normal, mais il a emmené Midge au parc, histoire de tester son pouvoir d'attraction sur les filles.

Elmo lui concède une décoration en hauteur. Rien de trop sophistiqué, une petite bordure avec un motif ornemental, un peu de relief.

Elle s'occupe de la peinture. Elle est soigneuse. Bâche de protection. Apprêt. Couleur dominante, accent, finitions : la règle des 60-30-10.

Après un temps, il prend conscience que ses épaules sont contractées, tendues par l'attente. Dès le retour de Rudy, cependant, Elmo lui dit de rentrer chez lui : elle l'appellera pour le dévoilement final. Elle renvoie également Rudy, au prétexte qu'elle ne peut le payer et que personne ne travaille gratuitement. Rudy jette un regard en coin à Taz, haussant un sourcil.

— Moi si, tout le temps.

Taz installe Midge dans le pick-up et rentre. Elle dort toute la nuit.

Dès qu'elle a fini, Elmo lui envoie un texto. Debout sur le trottoir, ils contemplent leur œuvre. Midge somnole dans le pick-up. Taz retient son souffle, priant pour qu'Elmo ne dise pas : "Je fais du bon boulot." *Pourtant, c'est le cas*, fait remarquer Marnie d'une voix douce.

— La peinture est encore fraîche, dit Elmo. Elle ne sera pas aussi brillante.

Il expire.

— Ça rend bien.

— Oui. Merci.

Ils continuent de regarder le porche.

— On passe à la salle de bains ? demande Taz.

Elle secoue la tête.

— Vraiment ?

— On ne peut pas continuer à travailler pour rien. Ni toi ni moi.

— Ce n'était pas très compliqué. Ça ne m'a pas empêché d'accepter du travail rémunéré.

— On ne rénove pas ma maison.

Il se tourne vers elle. Ses bras sont croisés sur sa poitrine. Elle se mord la lèvre. Ces taches de rousseur…

— En revanche, on pourrait s'occuper de la tienne. Uniquement quand on aura du temps libre.

Jour deux cent soixante-quinze

ENCORE une semaine sans nouvelles commandes. Elmo lui parle sans arrêt de la salle de bains : elle veut apprendre, elle a adoré s'occuper du porche, adoré travailler pour Tazmo et Rude. Elle dit qu'elle aimerait pouvoir rénover sa propre maison un jour, évoquant un avenir hypothétique. Ainsi, presque sans qu'il s'en rende compte, sa salle de bains – la salle de bains de Marnie – est éventrée. Des montants et des trous. De la poussière de plâtre. Un vieux chiffon rouge bouche l'évacuation. Les tuyaux tordus de la baignoire affleurent.

À la toute fin, Elmo s'insère une énorme écharde sous l'ongle, cadeau du vieux sous-plancher en pin. Taz doit quitter la pièce. Pas à cause du doigt. Il a déjà vu un nombre incalculable d'échardes, de doigts blessés et déchiquetés. À cause de son visage. Les larmes dans ses yeux. Le choc. L'incrédulité.

Marnie. À la toute fin.

Il revient sur ses pas, jambes flageolantes. Présente ses excuses à Elmo. Lui demande si elle peut se permettre de consulter un médecin. Ou si elle préférerait qu'il s'en occupe.

Elle hausse un sourcil.

— Le service de santé du campus. C'est gratuit.

Il la conduit à l'université, à trois rues de la maison. Se demande s'il ne devrait pas s'inscrire.

LE lendemain, elle est de retour, un pansement de la taille d'une prune au bout du doigt. Elle le braque sur lui.

— E.T. téléphone maison, dit-elle d'une voix rauque.

Taz sourit, parce que c'est la réponse attendue. Elmo affirme qu'elle n'a pas mal : elle est prête à s'y remettre. Elle lui demande ce qu'il a prévu pour aujourd'hui.

— Je dois aller travailler, ment Taz. Marko m'a appelé.

— C'est super, mais, euh, comment une fille est-elle censée se soulager, par ici ?

— Quoi ?

— La cuvette ? Le lavabo ? Tu n'as plus de salle de bains.

— Ah. Ça.

— Oui, ça, répond-elle en riant. Allô ? C'est plutôt pratique, d'avoir une salle de bains.

Il se dirige vers la cuisine, lui faisant signe de le suivre.

— Je t'ai déjà fait visiter le sous-sol ?

— Le sous-sol ?

— Il faut plus ou moins passer par le placard à balais.

— Sérieux ?

— Oui. Un peu comme dans *Harry Potter*.

Il ouvre la première porte, se faufile à travers la deuxième et tire la chaînette, faisant osciller l'ampoule nue, avant de tourner, de descendre les marches raides et de tirer sur une autre chaînette.

— Rien à voir avec *Harry Potter*, commente Elmo dans son dos.

Quand ils arrivent en bas, elle regarde autour d'elle, presque collée contre lui.

— Tu sais, dit-elle, pas un seul personnage de film d'horreur n'est ressorti vivant de cet endroit.

— Et les spectateurs n'arrivent pas à croire que tu m'aies suivi jusqu'ici. Ils étaient tous en train de crier, "N'y va pas ! N'y va pas !"

Elle rit. Sous la lumière pâle et tremblante, ses cheveux ont la couleur du sang.

— Quoi qu'il en soit, je te présente les toilettes.

Il la conduit derrière l'escalier, où trône une vieille cuvette American Standard posée à même le ciment sombre, près d'un siphon de sol noirci surplombé d'un pommeau de douche crasseux. Les tuyaux et les fils ont été passés à travers les solives contreventées.

— Tu n'es pas sérieux ? Tu veux que je traîne ici en attendant que Jason vienne me planter un couperet dans le bide ?

— Je sais que ce n'est pas très sophistiqué, mais…

— Sophistiqué ? (Elle éclate de rire.) Tu dois me promettre tout de suite de ne jamais emmener Midge ici. Sinon, elle portera encore des couches à quarante ans.

— C'est juste en attendant de…

— Ça vaut pour moi, aussi. Pas moyen que je lâche mon bonbon ici.

— Que tu lâches quoi ?

— T'as très bien entendu. Loue des toilettes portatives s'il le faut ou, je ne sais pas moi, réinstalle l'ancienne cuvette, le temps que tu sois prêt à t'y remettre.

— El, j'ai déjà pris une douche ici.

— Une douche ? s'exclame-t-elle, à deux doigts de crier. Genre, tu t'es déshabillé dans cette pièce ? T'as pété un plomb ou quoi ?

Taz la suit jusqu'à l'escalier en riant.

— C'est juste un sous-sol, dit-il.

Elmo est déjà en train de monter les marches.

— Cet endroit est aux sous-sols ce que la baie de Guantanamo est aux stations balnéaires.

Dans l'escalier, d'une voix douce, Taz demande :

— Ton bonbon ?

Elle fait volte-face et agite un doigt à quelques millimètres de son visage.

— Mon intimité ne regarde que moi.

Quand ils émergent du placard à balais, ils entendent Midge appeler depuis son lit.

— Mo ? Mo ? Mo ?

Le lendemain, il traîne l'ancienne cuvette dans la salle de bains, ainsi que du contreplaqué pour la mettre à niveau. Elmo surveille l'installation et s'enquiert du lavabo, de l'hygiène de base.

— L'évier de la cuisine ? propose-t-il.

— Et pourquoi ne pas tout simplement finir la salle de bains ? Combien de temps pour monter les murs ?

— Sans oublier l'installation électrique, la tuyauterie, les joints, l'enduit, le carrelage, la peinture, les finitions, et…

Elle lève la main.

— OK, OK. Ça suffira pour le moment. Mais il faut qu'on profite des week-ends pour avancer.

— Si j'ai mes week-ends.

— Genre. Et ne t'avise pas de reparler du sous-sol.

Elle fait mine de frissonner et marmonne qu'elle n'arrive toujours pas à croire qu'il s'y soit déshabillé, et qu'il soit encore vivant pour le raconter.

Jour trois cent cinq

Un mois passe sans progrès dans la salle de bains. Taz l'évite, parce que Marnie y est omniprésente. Même les toutes premières semaines, lorsqu'il se serrait dans la pièce minuscule avec Lauren pour s'occuper de Midge, sont un souvenir dont il ne peut se défaire. Il prétend que le vrai travail l'a rattrapé, bien qu'en réalité, il ait très peu de travail. Marko n'a pas encore terminé les charpentes ; encore de longues semaines d'attente avant d'attaquer les finitions. En revanche, pour Elmo, l'école est finie. Elle n'a plus qu'à faire son stage pédagogique. Il la paye chaque semaine, sans faute, se demandant parfois s'il ne travaille pas uniquement dans ce but, payer Elmo. Mais le petit pécule est en train de disparaître.

C'est à peine s'il peut supporter de le regarder. Cet espoir éventré. Marnie et lui s'étaient occupés de la chambre en premier. *Parce que c'est l'essentiel, pas vrai ?* Puis ils avaient attaqué le séjour et la nursery, en même temps. "D'une pierre deux coups", répétait souvent Marnie. "C'est l'heure de s'occuper des deux coups."

Ils dormaient dehors sur un matelas gonflable, loin de la poussière. Veillant à ne rien installer de permanent. "Sinon, on ne réaménagera jamais", disait Marnie. Ils se lavaient ensemble dans la vieille baignoire, sous le pommeau miteux ; chacun rinçait les cheveux de l'autre pour en éliminer la poussière et la boue. Ils nettoyaient chaque pore. Pansaient chaque écharde, chaque éraflure. Les muscles douloureux. Ils avaient passé des heures et des heures sur le matelas, qui fuyait. Les muscles et les tendons, les nerfs et les synapses en feu.

Voilà ce qu'Elmo et lui ont arraché.

Sur le moment, lorsqu'ils avaient démoli le plâtre, retiré les lattes, il ne s'en était pas rendu compte. Seulement après. Quand la maison tout entière était en chantier, Marnie et lui se glissaient dans la cuisine chaque matin. Un café à la main, sous le regard fixe du smiley de Marnie, ils retiraient la bâche pour évaluer l'avancée des travaux : ce qu'ils avaient accompli la veille, ce qu'il leur restait à faire. Des aventuriers venant de poser le pied sur un nouveau continent. De même avaient-ils observé son ventre, attendant que Midge soit visible. Et plus tard, quand elle était devenue impossible à nier. Et qu'ils n'avaient aucune envie de le faire.

C'était leur maison. À eux seuls.

Il n'en avait pas été conscient avant de voir Elmo et son écharde, ses yeux écarquillés, une main serrant l'autre, aussi fort que possible. Elmo qui ne pouvait croire ce qui lui arrivait.

Les yeux écarquillés de Marnie. Lui serrant si fort la main qu'il était sûr qu'elle allait la briser. Qu'il allait se briser. Marnie qui ne pouvait croire ce qui lui arrivait.

Le lendemain de l'écharde, après avoir installé la cuvette sur le sous-plancher et aspiré autant de poussière que possible, il avait jeté sa ceinture à outils sur le plateau et démarré le pick-up, laissant Elmo et Midge sous le porche, agitant la main pour lui dire au revoir. Au coin de la rue, il avait tourné à droite. Mais une fois hors de vue, il avait quitté la ville, empruntant l'autoroute. Comme s'il avait une maîtresse.

Ce n'est qu'une salle de bains, avait dit Marnie. *Vraiment. Rien qu'une salle de bains.*

Il avait pris la nationale déserte, la piste en terre, jusqu'à leur plage, la rive plantée de cerisiers de Virginie. Il avait retiré ses habits. Soigneusement. À deux doigts de les plier. De faire une pile. Il était entré dans l'eau.

Il ne pensait pas revenir à la désolation autour de l'étang un jour. Il s'était demandé si les castors avaient survécu. Pouvaient-ils simplement colmater leur hutte, attendre dans l'obscurité, jauger la progression des feux à la fumée s'insinuant à travers les brindilles ?

Il avait contourné le petit tourbillon pour remonter vers la vraie source du courant. Pensé à construire sa propre hutte. De la boue et des branches, une entrée sous-marine cachée. Il avait plongé à sa recherche, dans la lumière fragmentée, de plus en plus rare, les sons se réduisant à un rugissement étouffé. Quand l'air lui avait manqué, il était remonté d'un seul coup, émergeant dans le monde, la chaleur du soleil, la caresse de la brise, le chahut des flots.

Qu'est-ce que tu fais, Taz ? avait demandé Marnie.

Il avait franchi la ligne de cisaillement puis il avait plongé la tête sous l'eau et s'était mis à nager, aussi vite que possible, droit dans la gueule du loup, un sprint au début. Il avait gagné du terrain avant de trouver son rythme, synchrone avec la rivière, nageant à contre-courant jusqu'à ce que l'épuisement l'emporte et que la rivière le repousse, le ramène à leur coin secret, enfin il avait basculé sur le dos et, dans un ultime effort, aveuglé par la lumière, les muscles faiblissant, martelant la surface de ses bras, il avait à nouveau franchi la ligne pour retrouver les eaux calmes, où Marnie et lui avaient tournoyé et tournoyé encore.

Taz, avait chuchoté Marnie. *Tu as le droit. Vas-y, finis-la.*

— J'aurais dû amener Midge.

Oui, tu aurais dû.

Ses pieds avaient touché le fond, il s'était accroupi avant de se relever et de baisser les yeux sur son bronzage de fermier, son corps nu.

— Merde.

Ici sur terre, sans elle.

Jour trois cent soixante-cinq

DEPUIS, il y retourne tout le temps, chaque fois qu'il a un jour libre. Jamais sans Midge. Elle croasse de joie dès qu'elle voit l'eau. Se met à tirer sur ses habits, impatiente.

Il appelle Elmo et lui ment. Lui dit qu'elle peut prendre sa journée.

Un matin, à l'aube, il la trouve debout sous le porche malgré son coup de fil la veille au soir. Elle est prête à travailler.

— Mais… dit-il.

— Pourquoi me donnes-tu tous ces jours de congé ?

— J'ai une installation à faire, c'est tout. J'apprends le métier à Midge. Pour qu'elle puisse m'entretenir, un jour.

Elle le dévisage.

Maintenant, c'est une serviette qui est rangée derrière la banquette du pick-up. Un sac avec des habits propres pour Midge. Des couches. Des biscuits. À la place du niveau, du mètre et du marteau.

Il a peur qu'elle lui demande de l'accompagner, peur qu'elle lance un "Tazmo et Rude ?", mais ses seules paroles sont :

— Ne sois pas trop long, OK ?

— Non, bien sûr que non. Le temps de poser deux, trois portes.

Puis il la regarde et surprend son expression. Comme s'il l'abandonnait là. Comme si elle comptait rester.

— El ?

Il se demande si elle a l'intention de bricoler dans la salle de bains, seule.

— Où que tu ailles, dit-elle, les yeux rivés à la fenêtre, n'y passe pas la journée. Pas aujourd'hui.

Il déglutit. Se sent rougir. Comment font les autres ? Pour mentir ? Pour tricher ?

Elle pince les lèvres. Une sorte de moue. Déçue ? Dégoûtée ?

— C'est juste que, commence-t-elle, évitant son regard. Je ne sais même pas si tu es au courant. (Elle se passe une main dans les cheveux et lève les yeux sur lui.) Tu as un anniversaire à célébrer aujourd'hui. Et Midge mérite une fête.

Taz le sait sans le savoir. C'est une idée qui palpite à la périphérie de sa conscience, comme une poussière dans l'œil, quelque chose qu'il perçoit, sans le voir tout à fait. Il déglutit à nouveau.

— Je ne pense pas que…

— On fait une fête, dit Elmo. Que tu le veuilles ou non. (Elle le toise avec insistance.) Pour le bien de Midge.

— Je…

— Oui, toi. Tu as le devoir d'être heureux. Pour le bien de Midge.

Taz tient Midge par la main, s'apprêtant à la conduire au pick-up. Il baisse les yeux sur elle.

— J'ai invité deux, trois personnes. À cinq heures. Je m'occupe du gâteau. Midge va s'en mettre partout. Elle sera la reine de la fête.

Taz inspire. Expire. Un an.

— Il est hors de question que tu joues les rabat-joie de service.

Il a envie de lui jeter quelque chose au visage. Pour la faire partir. Pour la faire disparaître. Mais il veut aussi que Midge mange son gâteau. À pleines mains.

— Comment tu sais ? réussit-il à articuler.

— Rudy. (Elle le regarde droit dans les yeux.) Tu te souviens de lui ? Ton meilleur ami ?

Taz hoche la tête.

Du dos de la main, elle l'invite à sortir.

— Demain, on rénove. La salle de bains. Tout. Fini, la procrastination.

— Je parle bien à la baby-sitter ?

— Oui. Et des fois, j'ai l'impression de cumuler les tâches, tu piges ?

Il fait un pas en arrière, vers la porte. Midge recule et chancelle, agitant sa main libre pour ne pas perdre l'équilibre.

— Et je t'en supplie, quand vous aurez fini de vous baigner, brosse-lui les cheveux. Tu n'imagines pas les nœuds…

Taz pose une main sur la porte. Se raidit.

— On pourrait y aller ensemble, un jour. Histoire que tu me montres ton fameux coin secret, dit-elle.

Il reste immobile, silencieux.

— Allez, file, et à ton retour, on fait la fête.

Il sort sous le porche.

— Je ne rigole pas, crie Elmo dans son dos. Midge doit trouver sa place dans le monde. Sans fantôme.

Taz tremble. Il prend Midge dans ses bras et peine à descendre les marches ; elle lui semble aussi lourde qu'une enclume. Il jette un œil par-dessus son épaule, à la forme floue de l'autre côté de la moustiquaire.

Elmo agite la main.

— Ce n'est pas un fantôme. C'est sa mère et elle est…

— Partie.

C'est presque un murmure, comme si Elmo aussi était un fantôme.

Taz secoue la tête.

— Ne dis pas ça.

— Je suis juste…

— La baby-sitter, tranche-t-il, avant qu'elle ait le temps d'ajouter quoi que ce soit.

Malgré la moustiquaire, il voit l'impact de ses mots sur son visage et s'empresse de rejoindre le pick-up avant de pouvoir remarquer quoi que ce soit d'autre.

Ils flottent sur la rivière. Il lui raconte des histoires, les aventures de Marnie.

— Elle s'approche du cap de Bonne Espérance. Enfin, aux dernières nouvelles, avant qu'on perde le contact. Elle est peut-être déjà arrivée au Pays imaginaire. Elle m'a demandé de te dire qu'elle t'aimait. Plus que tout au monde. Tu lui manques terriblement.

Il la fait basculer pour qu'ils soient face à face.

— Toutes voiles dehors, cheveux au vent, sous d'énormes nuages noirs. Ce n'est pas un endroit facile à atteindre. (Il la regarde droit dans les yeux, qui sont devenus plus foncés et ressemblent à ceux de sa mère.) Elle t'envoie trente-deux millions de bisous, un pour chaque seconde qui s'est écoulée depuis que tu es née.

Il lui dit que c'est son anniversaire. Lui répète que sa mère est une nageuse hors pair.

— Si son bateau coule, ce ne sera pas un problème. Elle emmènera tout l'équipage avec elle.

Il la tient dans l'eau. Lui fait travailler ses battements de pieds. Ses mouvements de bras. Puis il la lâche. Elle nage comme une grenouille. Proteste quand il la tire à lui. À son grand étonnement, elle a le réflexe de retenir son souffle, comme si elle savait que cet environnement-là ne fonctionnait pas comme l'autre.

— Ta mère ne sera pas du tout surprise de constater que tu es absolument parfaite. (Il lui touche le nez.) Pas. (Le menton.) Du. (Le nombril.) Tout.

Ils tournoient et tournoient encore. Plus longtemps que d'habitude. Leurs orteils sont fripés. Leurs doigts, aussi.

Lorsqu'il la sèche dans le pick-up, l'écran de son téléphone s'illumine. Lauren. Il ne répond pas. Elle ne laisse pas de message. Il affiche les appels manqués. Lauren, deux fois. Elmo, une. Il change la couche de Midge. La chatouille. Lui enfile sa salopette.

Il est en retard, pourtant il roule au ralenti. Un danger pour ses rares coroutiers, les pêcheurs, les amateurs de descentes en bouées. *Accélère, champion*, s'énerve Marnie. Puis, d'un ton plus conciliant : *Elle a raison, tu sais. Tu dois le faire pour notre Midge.*

Aucune voiture n'est garée dans l'allée. Ni sur le bas-côté.

— Midge, je suis désolé, j'ai tout gâché.

Incroyable.

Il se gare dans l'allée vide. Midge se réveille, un bavoir de seconde main propre et presque neuf autour du cou. Pas de T-shirt. Elle est prête à faire la fête.

Le téléphone vibre. Il regarde l'écran. Lauren. Il active le mode silencieux. *Tu dois lui répondre. Je sais, je sais, mais tu n'as pas le choix. Elle aussi, elle est liée à Midge.*

Il défait la ceinture de Midge. Qui bâille prodigieusement.

Il remonte l'allée. Tire la porte-moustiquaire. Pousse la porte d'entrée. Franchit le seuil avec le siège auto, qui cogne contre le chambranle.

Ils sursautent. Ils crient. Soufflent dans des langues de belle-mère.

Midge pleure.

Tout le monde éclate de rire.

— Oh.

— Bébé.

— Pardon.

— Magnifique.

Elmo lui prend le siège auto des mains et libère Midge pour la réconforter. Puis elle pose un chapeau sur la tête de Taz, accrochant une mèche avec l'élastique.

— Une petite coupe ne te ferait pas de mal, dit-elle.

Rudy lui souffle une langue de belle-mère en plein visage ; la trompette s'immobilise à quelques millimètres de son nez.

— Tu as réussi, dit-il. Un an.

— C'est vrai. On a réussi.

Il regarde Elmo se frayer un chemin à travers les invités, Midge dans les bras. Il a eu si peur qu'elle disparaisse. La baby-sitter.

Le voilà entouré de gens. Parmi lesquels des amis qu'il n'a pas vus depuis un an. Depuis les obsèques. La fête qui s'est ensuivie. Quelqu'un lui glisse une bière dans la main. Rude peut-être. Ils veulent tous lui parler. Lui poser des questions. Comment ça se passe. Comment il va. Tout sur Midge. Il y a des personnes qu'il ne reconnaît même pas. Elmo l'évite jusqu'au moment de sortir le gâteau. Elle vient lui donner un léger coup d'épaule dans le dos.

— Bougies, dit-elle.

Elle s'assied à la table, Midge sur les genoux, face au gâteau.

Un glaçage au chocolat si riche qu'il est presque noir. Des crêtes tourbillonnantes sculptées au couteau. Les vagues au large du cap de Bonne Espérance, sombres et menaçantes.

Taz tient le briquet au-dessus des vagues et allume les bougies. Ils entonnent *Joyeux Anniversaire*. Il ne comprend pas pourquoi Elmo a mis plusieurs bougies.

Elmo éloigne les doigts de Midge des flammes. Elle souffle sur les bougies avant de la laisser tripoter le gâteau. Tout le monde applaudit. Il y a du chocolat partout. Ils applaudissent plus fort et soufflent dans leurs langues de belle-mère.

Taz s'éloigne à reculons et croise le regard de Rudy, debout derrière la chaise d'Elmo. Il hausse les épaules en se mordant la lèvre avant de pousser la porte, sans se retourner. Rudy lui fait un signe imperceptible de la tête, comme s'il savait.

Mais personne ne sait. Personne ne sait rien.

Dans l'obscurité, sur la balancelle du porche, il respire. Jamais le monde ne lui a semblé aussi vide.

Il sort son téléphone de sa poche. Regarde la liste des appels manqués. Imagine Lauren dans l'Ohio, prisonnière de sa propre noirceur. Pour elle, c'est une journée de deuil. Pas même une bougie à souffler. Il l'appelle.

Elle ne dit pas bonjour. La sonnerie s'arrête, c'est tout. Puis :

— Elle a soufflé les bougies ?

— On l'a aidée, répond Taz.

Le silence s'épaissit, il n'entend plus que sa respiration, synchrone avec la sienne.

— J'aurais donné n'importe quoi pour voir ça.

— Il y a beaucoup de monde ici, répond Taz. Quelqu'un l'a sûrement filmée avec son téléphone. Je vous enverrai la vidéo.

— Ça vous plairait, à vous, une vidéo ?

Il se balance un peu. Rejette la tête en arrière, un geste de Marnie. Se fige. Pose le pied. La balancelle était un cadeau d'anniversaire pour Marnie, leur première année ici. Du teck. Il n'en a plus utilisé depuis. Lorsqu'il la lui avait montrée, elle n'avait prononcé que deux mots : "Du teck ?" Puis elle s'était mise à fulminer à propos de la foutue déforestation tropicale. De son ignorance crasse et infinie. "Parce que c'est du bois, quand même. Tu devrais être au courant !"

— Ça vous plairait, à vous, de la voir souffler ses bougies sur une vidéo filmée par un inconnu ? répète Lauren.

— Non.

Elle se tait.

— La dernière fois que j'ai vérifié, les avions atterrissaient encore ici.

Il tripote une vis dans l'œillet en cuivre qui retient la corde. Elle dépasse juste assez pour qu'il puisse la sentir. La pression du gel et du dégel.

— C'est une invitation ?

— Vous n'avez pas besoin d'une invitation, vous êtes sa grand-mère.

— Et ça, c'est une invitation ?

— Je voulais juste, commence Taz, avant de se raviser. Venez quand vous voulez. Vous pourrez dormir ici ou à l'hôtel. Au choix. Je travaille tout le temps. Vous ne remarquerez même pas ma présence. Vous aurez Midge toute la journée.

— Et votre baby-sitter ?

Il serre le téléphone de toutes ses forces.

— Elle ne va pas tarder à déménager. À trouver un vrai travail.

— Et Midge ? Parlez-moi d'elle.

Il prend une profonde inspiration. Par où commencer ?

— Elle est parfaite. Vous aurez l'impression de voir Marnie tous les jours. Dans tout ce qu'elle fait. Tout.

— Marnie, répète-t-elle, comme si elle encaissait un coup.

Il se balance un peu.

— Je suis censé participer à la fête.

— Je peux lui parler ?

— Elle ne sait pas encore parler.

— Taz.

— Elle est en plein milieu de son gâteau. Elle ne comprendra pas ce qui lui arrive.

Lauren émet un bruit. Une sorte de rire, peut-être.

— Marnie détestait que je l'appelle le jour de son anniversaire, elle aussi.

C'est vrai. Marnie se moquait férocement des coups de fil de sa mère. Quand ils étaient tous les deux au lit et que le téléphone sonnait à six heures du matin, parce que Lauren voulait être la première à lui souhaiter son anniversaire. Taz faisait tout son possible pour la faire craquer. Elle finissait par bondir du lit et sortir de la chambre en courant, nue comme un ver, s'efforçant d'adopter un ton nonchalant.

— C'est faux, dit-il.

Lauren pouffe, et Taz ne peut s'empêcher de sourire. Il se balance. Rejette la tête en arrière. Ferme les yeux. Se balance encore.

— Vous feriez mieux de retourner à votre fête, dit-elle.

Le monde vacille sous ses pieds. Il garde les yeux fermés.

— C'est juste une fête.

— C'est pour Midge. Tout est pour elle, maintenant.

— Je sais.

— Mais n'oubliez pas de me rappeler, dit-elle. Pour me dire quand je peux venir.

— Promis.

Puis elle raccroche. Il continue de se balancer, de moins en moins vite. Le cuivre, la corde, le teck et son propre poids le ramènent irrémédiablement vers le centre de la terre.

Il se redresse, le téléphone encore en main. Ouvre les yeux. Respire. Franchit à nouveau le seuil. En s'abritant les yeux, qu'il garde rivés sur le plancher.

Rudy s'approche.

— Ça va ?

Taz brandit son portable.

— Il fallait que j'appelle Grand-Mère.

— Madame H ? Elle t'a parlé de moi ?

— Évidemment, Rude. Elles le font toutes.

— Qu'est-ce que j'y peux, répond Rudy.

Taz lui demande s'il a filmé Midge avec les bougies, son plongeon dans le gâteau.

Rudy acquiesce.

— C'était complètement fou, pas vrai ? On aurait dit Marn avec un dessert.

Taz ouvre son téléphone.

— Tu pourrais envoyer la vidéo à Madame H ? Midge lui manque beaucoup.

Il lui dicte le numéro.

Rudy l'enregistre.

— Merci, mec. Après ça, elle me sera redevable.

Taz scanne les invités et repère Elmo. Midge est dans ses bras. Son visage est maculé de chocolat. Ses doigts sont pleins de glaçage. Elmo a du gâteau sur la joue, dans les cheveux. Elles rient tous les deux.

Tout ce que voulait Marnie.

Elmo croise son regard et sourit. Il lui rend son sourire en hochant la tête pour la remercier. Impossible de traverser le séjour. Impossible de se débarrasser de tous ces gens. À reculons, il sort à nouveau sous le porche. Elmo se fige lorsqu'elle le voit partir. Il agite son téléphone, une excuse. Il ne sait pas si elle peut le distinguer dans le noir.

Devant la nursery, il dévisse la moustiquaire et la pose contre le mur avant d'ouvrir la fenêtre à guillotine. Il saute et se hisse par-dessus le rebord. Rampe à travers l'ouverture. Elmo n'appréciera pas. Qui apprécierait ça ? *C'est une blague ?* demande Marnie.

Il ne lui a pas dit un mot de la soirée. Elle ne lui en a pas donné l'occasion. Juste cette bourrade dans le dos, genre, “Réveille-toi”.

Il se roule en position fœtale sur le lit. Bourre l'oreiller de coups de poing. Enfonce son visage dedans. L'anniversaire de leur bébé.

ELLE ne fait pas de bruit. À peine quelques chuchotements à l'oreille de Midge. Un genre de mélodie. C'est à peine si elle respire. Le berceau émet son grincement habituel. Presque un soupir.

Il fait semblant de dormir.

Elle se redresse et attend, pour être sûre que Midge dort. Il fait la même chose. Puis elle fait un pas en arrière. Deux.

Les mêmes gestes que lui.

Elle contourne l'extrémité du lit. Peut-être qu'elle passe un doigt sur le montant. Le noyer poli à la main.

Elle s'arrête.

Il attend.

Le matelas ploie sous son poids quand elle s'assied. Entraîne son corps vers elle. Il se tourne du côté opposé. Ouvre les yeux. Il est dos à la porte. À Elmo. Elle ne verra rien.

Elle lui tapote l'épaule. Laisse sa main s'attarder.

— Tu t'en es bien sorti ce soir. Tu as fait de ton mieux, dit-elle d'une voix douce, comme si elle berçait Midge.

Un an, pense-t-il. Et pas le moindre progrès.

— Je sais que c'est dur.

Il se mord la lèvre.

— Je n'aurais pas fait mieux.

Il se tait. Continue de faire semblant.

— Mais le coup de la fenêtre ? Même Rudy était surpris, lui qui pensait te connaître jusqu'au bout des ongles.

Elle lui tapote à nouveau l'épaule. Se lève.

— On se voit demain ?

Il l'entend hésiter devant la porte, effleurer la poignée.

— Dors bien, d'accord, Taz ?

Il l'écoute sortir sur la pointe des pieds, refermer doucement la porte, la maison comme un trou noir autour de lui.

Jour trois cent soixante-six

ELMO frappe à la porte et lui parle à travers la moustiquaire.

— Je sais que tu es réveillé.

Il roule sur le côté, face à l'entrée. Midge vient de se rendormir sous l'arche. Pourtant, il continue de faire tournoyer le hochet, encore et encore. Elle n'y prête presque plus attention maintenant, même quand elle est réveillée. Se contente de s'éloigner à quatre pattes.

— Entre, dit-il.

Elle entre et reste plantée dans le séjour, à le dévisager.

Il aurait dû mettre un T-shirt.

— Ça t'arrive de dormir ? demande-t-elle.

Il se redresse et se dirige vers leur ancienne chambre, revient en enfilant un T-shirt.

— Tu veux qu'on s'occupe de la salle de bains, j'imagine, dit-il.

Elle se pose sur le bord d'une chaise et garde la tête baissée, les yeux rivés sur Midge.

— Je n'ai pas réussi à trouver un moment pour te parler pendant la fête.

— Je sais.

Elle lui jette un bref regard.

— Tu as remarqué ? dit-elle en plongeant la main dans sa poche arrière. J'ai un truc à te dire. (Elle sort une enveloppe froissée et pliée.) Je pensais que la fête serait l'occasion idéale. (Elle ouvre l'enveloppe.) Mais j'ai changé d'avis.

— De quoi tu parles ?

— J'ai reçu ma convocation.

Il s'assied sur le canapé, face à elle.

— C'est une bonne nouvelle, non ?

Elle continue de regarder Midge. Une mèche lui retombe sur le visage. D'une couleur ambiguë. Entre brun et roux. Acajou. Une nuance si subtile que Taz ne l'avait pas remarquée lors de leur première rencontre, au Club.

Les cheveux de Marnie, étalés sur le plancher, presque parfaitement assortis à l'érable.

— Je vais enseigner à Helena. De l'autre côté des montagnes.

— Je m'en doutais un peu, répond-il, sa voix s'accrochant dans sa gorge.

Elmo hoche la tête, les cheveux dans les yeux.

— Je sais. Moi aussi.

Taz jette un œil sur Midge. Ils la regardent tous deux dormir.

— Quand ?

— Dans un mois, environ. Mais je vais partir avant, pour trouver un appartement.

— Combien de temps ?

— Un semestre. Jusqu'aux fêtes.

— Et après ?

Elle laisse échapper un soupir.

— J'envoie des candidatures et j'attends.

Taz presse ses doigts les uns contre les autres. Il ne sait absolument pas quoi dire, n'ayant jamais anticipé ce moment. Il n'anticipe plus rien depuis Marnie. Il ne fait qu'agir. Rester en mouvement.

— Concernant Midge, je connais deux, trois filles à l'université. Je pourrais leur en parler.

— Et ta maison ? Les étudiants ne vont pas tarder à revenir. Tu vas la mettre en location ?

Elle lève les yeux sur lui.

Il tente un sourire.

— Je pourrais la surveiller pour toi. M'occuper de tout ce qui cloche.

— Un genre de gérant ?

— Je n'en sais rien, c'est juste une idée.

— OK, alors arrête d'avoir des idées, d'accord ? On va laisser les choses telles quelles pour l'instant. Le temps de voir où j'atterris. Comme ça, j'aurai un endroit où dormir chaque fois que je viens ici.

Il regarde ses mains et se rend compte que ses doigts sont toujours pressés les uns contre les autres. Comme un de ces connards. Un avocat ou quoi. Il se lève, la tête lui tourne un peu, il ne sait pas où il va.

— Tu veux un café, quelque chose à boire ?

Il se retrouve dans la cuisine avant même d'avoir compris qu'il s'y rendait. Le moulin dans une main, les grains dans l'autre. Il fixe le moulin. Le café. Il sait que ces deux choses vont ensemble. Mais il ne sait plus comment. On dirait un des jeux de Midge. Les deux font la paire.

Elmo l'effleure du bout des doigts, entre les omoplates. Il sursaute, un mouvement de recul qu'il ne peut contenir.

— Nom de Dieu, Taz, murmure-t-elle.

— Je, c'est juste que. Je ne sais pas, c'est juste, Midge. Qu'est-ce qu'elle va faire sans toi ?

Il se tourne vers elle, se forçant à sourire.

— Je prépare du café. J'en ai pour une minute, ajoute-t-il.

Elle remplit la bouilloire, allume le gaz.

— Je vais en toucher deux mots aux filles que je connais.

— Oui, dit-il. Merci.

Il met le moulin en marche. Les lames vrombissent.

Jour trois cent quatre-vingt-dix

Ils font une virée tous les trois. Un trajet de moins de deux heures en empruntant l'autoroute, mais Elmo dit :

— Il n'y a pas le feu.

Taz met alors le cap sur la Blackfoot, sans même ralentir à la hauteur de la bifurcation vers la North Fork, leur plage secrète, dont il ne pipe mot. Ils coupent par les montagnes et franchissent la passe de Flesher avant de longer Canyon Creek, le chemin le moins direct. L'eau est basse et paresseuse : même la rivière prend son temps. Les yeux rivés sur son téléphone, Elmo lui indique trois adresses successives. Ils observent les maisons depuis la rue. Ne se donnent pas la peine de sortir du pick-up. Laissent attendre les propriétaires.

— C'est un peu le dernier moment. Tu aurais dû t'y mettre plus tôt.

— Tu voulais vraiment qu'on fasse ça avant ?

Il secoue la tête.

— Je ne voulais même pas y penser.

Elle lui tapote le bras.

— Tout ira bien. Midge va adorer Alisha.

Le dernier appartement est correct. Elle envoie un texto au propriétaire, qui attend dans sa voiture, de l'autre côté de la rue. Lorsqu'ils sortent du pick-up, les premières paroles qu'il leur adresse sont :

— Pas d'enfants.

Taz se demande si c'est légal.

— C'est juste pour moi. Ils ne font que m'accompagner, dit Elmo.

Taz la suit dans l'escalier et visite l'appartement avec elle, Midge dans les bras. Un vieux quadruplex. Le loyer est plus attractif que les pièces, le mobilier miteux.

— Je m'en fiche complètement, dit Elmo. Je serai partie avant même d'avoir défait les cartons.

Taz pose Midge par terre. La laisse marcher, accrochée au pouce d'Elmo. Qui signe un bail d'un an.

— Qu'il essaye de me retrouver, lâche-t-elle quand ils remontent dans le pick-up.

— Un loyer et un prêt ? demande Taz.

— Personne n'a dit que ce serait facile.

Taz suppose que non.

Ils emmènent Midge dans un parc à côté d'une piscine et s'asseyent dans l'herbe. Elmo regarde Midge tourner la tête vers l'eau.

— Tu comptes me montrer ses compétences de sirène un jour ?

— On n'a pas de maillots.

Elle hausse un sourcil.

— Pas de maillots ?

— Je veux dire, on n'en a pas apporté. Ils n'aiment pas qu'on se baigne tout nus, en ville.

— Ah, Helena. Difficile de faire plus ennuyeux. (Elle ouvre la glacière, jette un œil à l'intérieur.) Poulet ou jambon ?

C'était son idée. S'il conduisait, elle s'occuperait du repas. Il y a des règles.

Jour quatre cents

C'EST le dernier jour d'Elmo. Ils lui ont trouvé une remplaçante. Alisha semble gentille. Elle habitera chez Elmo jusqu'à la fin du stage.

— Elle a des problèmes de mec, lui explique Elmo. Comme si tous les mecs n'étaient pas un problème.

Elmo fait faire le tour du propriétaire à Alisha. Taz n'est qu'une ombre dans le décor.

— Lui, c'est le papa, dit Elmo en faisant un geste dans sa direction. Il sait se rendre utile.

Alisha travaillera les après-midi. Le lundi, le mercredi et le jeudi. Elmo essayera de venir le week-end, chaque fois qu'elle le pourra.

— Histoire de marquer mon territoire, dit-elle.

Sous le porche, ils regardent Alisha s'éloigner.

— Donc. Ce truc top secret que tu fais avec Midge.

Taz la regarde.

— Je ne peux pas.

Elle le dévisage, s'impatiente.

— C'est moi, Taz. Pourquoi tant de mystères ?

Il contemple la rue.

— Je sais nager, tu sais. (Elle esquisse un sourire.) Je m'en sortirai.

Elle saute du porche et se dirige vers le trottoir. Midge lui emboîte le pas, comme si elles étaient reliées par un fil.

Taz descend une marche.

— El, crie-t-il. C'est l'endroit où je lui parle de sa mère.

Elle s'immobilise devant la portière du pick-up.

— C'est bien. Je suis heureuse que tu le fasses.

Il reste planté là, bras ballants.

— C'est mon dernier jour avec Midge. Tu n'es pas obligé de lui raconter des histoires aujourd'hui, si tu n'en as pas envie. Mais tu peux. Ça ne me dérangerait pas d'en entendre une ou deux.

— Ce n'est pas ce genre d'histoire.

— C'est-à-dire ? Le genre que je peux entendre ?

Il regarde le ciel. Il fait moins chaud que l'année dernière. Pas de feux cet été.

— Ce sont des histoires pour s'endormir.

— Alors je ferai la sieste. On la fera toutes les deux, tu n'auras qu'à parler jusqu'à ce qu'on ferme les yeux.

Taz imagine la scène. Midge blottie sur sa poitrine. La tête de Marnie contre son épaule. Il lui enlace la taille. Ses cheveux blonds et mouillés sont drapés en travers de son torse. Il reprend ses esprits.

— On ne dort pas, dit-il. On barbote.

— Alors je resterai éveillée. Promis.

Il l'observe un moment avant de descendre les marches et de contourner le pick-up. Elle ouvre la portière côté passager, hésite et installe Midge dans le siège auto, jetant un bref regard sur Taz avant d'attacher la ceinture.

— Pa-pa-pa-pa, dit Midge, lorsque Taz monte dans l'habitacle.

À son tour, Elmo s'assied, esquissant un sourire lorsqu'il met la clé dans le contact. Ses lèvres entrouvertes révèlent un soupçon de dents. Un éclair.

— Ta portière, chuchote Taz.

Elle ferme la portière.

— Je garderai les yeux fermés pendant tout le trajet, dit-elle. Pas besoin de me mettre un bandeau.

— OK.

Il enclenche la marche arrière.

Elle tient sa promesse. Elle n'ouvre pas les yeux. Pas au premier virage ni quand il fait crisser le gravier. Il n'arrête pas de lui jeter des coups d'œil. Ses taches de rousseur. L'éclat de ses dents. Elle dodeline de la tête. Peut-être qu'elle dort vraiment. Comme Midge, pour qui la route agit comme un sédatif.

Sur la piste en terre, il ralentit, deux fois plus que d'habitude. Trois fois.

Ils arrivent malgré tout à destination. Le rempart de cerisiers de Virginie, le pin ponderosa géant. Leur coin secret. Il met le pick-up au point mort. Personne ne bouge. Il éteint le moteur. Le diesel continue de vrombir quelques instants. Puis c'est le silence. Marnie ne dit pas un mot.

Elmo ouvre un œil et s'étire.

— On est déjà arrivés ? demande-t-elle.

Elle se redresse. Regarde par la fenêtre.

— Je m'étais laissée aller à croire qu'il y aurait de l'eau.

— Il y en a.

— *Bueno.*

Midge se réveille lorsque Elmo ouvre la portière. Elle regarde autour d'elle, cligne des yeux, repère l'arbre.

Voilà qu'elle se met à croasser. Il n'a plus le choix.

Il la pose par terre. Les jambes raides, elle se dandine droit vers Elmo.

— Momo !

Midge veut aller de l'avant, mais Elmo attend Taz, qui lui indique le chemin : tourner après le dernier cerisier de Virginie, marcher sur les galets pour ne pas laisser de traces, une piste que d'autres pourraient suivre à travers les saules.

Et soudain, l'eau s'étale à leurs pieds. Leur bassin.

Midge baisse son pantalon et tend les bras. Elle danse sur place.

— Waouh, dit Elmo. Vas-y ma grande.

Elle libère les bras de Midge et lui retire son T-shirt. Jette un œil sur Taz.

— Couche ?

Il opine et regarde ailleurs.

— D'accord, dit-elle. La totale.

Il entend le bruit du velcro.

— Et toi ? demande-t-elle un instant plus tard.

— Non, répond-il, à peine un murmure. Pas de couche.

Il ferme les yeux. Il porte une chemise. Une vieille Hickory dont il a arraché les manches, un truc qu'il met à l'atelier, pour les poches. Ses doigts gourds triturent le premier bouton. Il essaye de se concentrer sur le courant.

— Tu vas nous raconter une histoire ? demande Elmo, tout près.

— Non, je ne pense pas.

Il s'attaque au deuxième bouton.

— Eh bien, je ne m'attendais pas à ça. (Elle lui touche l'épaule.) Midge s'impatiente.

Il la sent s'éloigner, entend les galets claquer sous ses pieds.

Il garde les yeux fermés jusqu'à ce qu'il perçoive le changement dans la rivière. Pas d'éclaboussure, mais un flux modifié ; l'eau s'enroule autour de quelque chose. Midge, qui s'immerge toute seule s'il ne la surveille pas.

Aussitôt, il rouvre les yeux et voit qu'Elmo est avec elle. Penchée en avant, une main dans la sienne. Elles avancent ensemble. La peau de Midge est pâle. Celle d'Elmo l'est presque autant. Une constellation de taches de rousseur sur les épaules, puis plus rien. Son dos qui s'effile. Sa colonne vertébrale, lorsqu'elle s'incline vers Midge, comme les mailles d'une chaînette s'étirant sous sa peau. Il détourne les yeux de la courbe de son cul, de ses jambes pénétrant les flots.

Je n'ai pas besoin de voir ça, dit Marnie. Pourtant, il sait qu'elle regardera quand même, ce qu'elle finit par faire. *OK, c'est vraiment pas juste.*

Taz rit. Toujours penchée, Elmo lui jette un œil par-dessous le bras et sourit. Il aperçoit le renflement d'un sein.

— L'eau est bonne, dit-elle.

— Je sais.

— Qu'est-ce que je dois faire ? Avec Midge ? Elle nage comment ?

En aval, le soleil danse sur les remous.

— Je vais te montrer.

Il se déshabille.

Elmo a le regard tourné vers l'amont. Là où il ne l'emmènera jamais.

Il entre dans l'eau, qui tourbillonne autour de ses chevilles.

Elmo continue d'avancer, tenant Midge contre son épaule. Les pointes de ses cheveux sont mouillées. Ils ruissellent dans son dos.

— Voilà, dit-il.

Il tend les bras. Ils sont à moins d'un mètre de la ligne de cisaillement, où le courant les emporterait en aval. L'eau limpide et peu profonde ne dépasse pas le niveau de ses côtes.

Elmo s'accroupit tout en faisant demi-tour, s'immergeant jusqu'au cou. Il fait de même.

À présent, la rivière coule sous les clavicules d'Elmo, effleurant le creux à la base de sa gorge. Midge bat des jambes comme un hors-bord. Elmo sourit.

— On dirait que ça lui plaît.

Sans blague ? dit Marnie, mais il la sent sourire, elle aussi.

— Elle adore ça. (Il tend les bras vers Midge.) Lâche-la.

— Vraiment ?

— Prête, Midge ? demande Taz. Mets-la à plat ventre sur ton bras. (Il lui montre son bras, les doigts à quelques centimètres du sien.) Comme ça.

Elmo repositionne Midge sur son avant-bras et la laisse flotter. Ses jambes fouettent l'eau.

— Nage, dit Taz d'une voix douce.

Midge est prête à s'élancer ; Elmo l'abaisse dans l'eau mais ne peut se résoudre à retirer son bras.

— Il faut que tu la lâches. Complètement.

Elmo rit.

— Je ne crois pas… Vraiment, tu es sûr ? (Elle rit nerveusement.) Je ne peux pas.

Taz franchit les quelques centimètres qui les séparent. Ses doigts touchent les siens. Il insère son bras entre celui d'Elmo et le ventre de Midge.

Il abaisse le bras et immerge Midge jusqu'à ce qu'elle soit obligée d'incliner la tête en arrière ; seul son visage est visible. Dans le soleil, elle rit aux éclats.

Soudain, elle se met à nager. Il la laisse faire la grenouille avant de lui saisir la main. Les yeux grands ouverts sous l'eau, elle s'accroche à lui. D'abord un doigt, puis un autre. Il la tire à la surface. Elle prend une profonde inspiration. Rit. Bat des pieds.

— On est venus ici le jour où on a su. Pour Midge, dit Taz.

C'est tout ce qu'il arrive à dire.

Nom de Dieu, c'était froid, dit Marnie.

Elmo se mord la lèvre. Hoche la tête.

Il fait pivoter Midge pour qu'elle se retrouve face à Elmo.

— Prête ?

Elmo tend les bras.

Il lui envoie Midge, la poussant un peu pour lui donner de l'élan. Elmo la laisse nager, s'immerger, avant de plonger en avant et de la tirer à la surface. Elle la serre contre sa poitrine, se redresse et l'embrasse. L'eau ruisselle sur leurs visages, leurs côtes, leurs bras. Peau contre peau. Hilares.

Taz se laisse couler. Pour ne pas voir.

Le lendemain, elle a disparu.

Jour quatre cent cinq

Il ne touche plus le moindre outil. Il n'a rien à fabriquer, alors il traîne dans l'atelier pendant qu'Alisha s'occupe de Midge. Quand il n'y tient plus, il passe jeter un œil sur elle. Comme un yo-yo. Excuse après excuse. Elle pleure chaque fois qu'il s'en va. La semaine s'écoule ainsi. Dès le deuxième jour, Elmo commence à lui envoyer des textos. “Dedans ou dehors, pas les deux.” “Parle-lui.” “Je sais qu'Alisha n'est pas moi, mais quand même.” “TAZ !”

Il les lit, puis il éteint son téléphone. Pose le courrier sur l'établi. Des pubs. Des factures. Il consulte son relevé bancaire et n'en croit pas ses yeux. Alisha, lorsqu'il finit par la croiser, paraît tendue. Les nerfs à vif. Vendredi, il lui donne le reste de la journée, au prétexte que Midge va mettre du temps à s'habituer à elle. Il la paye et se demande ce qu'il va bien pouvoir manger.

Il emmène Midge dehors et l'installe dans la voiture de Marnie ; l'habitacle est couvert de poussière, la capote est déchirée. Il a pris plusieurs mois de retard sur son rituel de printemps. Il ouvre le capot, inspecte le moteur. La mécanique, ce n'est pas trop son truc. Il triture les batteries et connecte les câbles de démarrage avant de rejoindre Midge.

— Prête pour rien ?

Midge attend quelque chose, elle ne sait pas quoi.

Il tourne la clé dans le contact et croit percevoir un signe de vie. Au troisième coup, le moteur démarre dans un nuage de fumée malodorante. *Ha!* crie Marnie. La voiture tout entière se met à vibrer. Midge rit, c'est presque aussi drôle que quand Papa joue à coucou. Le moteur s'éteint avant de vrombir à nouveau, et Taz le laisse allumé jusqu'à ce qu'il tourne au ralenti. Il sort de la voiture, retire les câbles et coupe le contact du pick-up.

— C'est la voiture de Maman, dit-il à Midge.

Il l'installe sur ses genoux, derrière le volant. Il n'a presque plus de place. Sa tête touche la capote, créant une bosse dans la toile. Midge tourne le volant et enclenche le clignotant sans le faire exprès ; la lumière l'hypnotise. Il verse une giclée de nettoyant sur un chiffon. Retire l'équivalent d'une année de poussière, voire plus. S'attaque au pare-brise avec le lave-vitres. Garde Midge sur ses genoux lorsqu'il va faire regonfler les pneus à la station-service. Un risque énorme. Elle est aux anges.

Il transfère les photos qu'il vient de prendre vers son ordinateur, se préparant à publier une annonce sur Craigslist, quand soudain Marko appelle – c'est un don du ciel. Nouvelle commande, énorme chantier, "comme si tout l'intérieur était une finition !" Alors que Marko n'en finit pas de s'extasier, un texto apparaît sur son téléphone : "J'ai trié Alisha sur le volet, au cas où tu l'aurais oublié."

Puis, un instant plus tard : "Donne-lui une chance ou je reviens !"

Il abandonne alors Marko, disant qu'il doit raccrocher.

Il répond à Elmo : "J'ai du travail. Un chantier énorme. Toute une maison."

"Je vais en parler à Alisha. Voir si elle peut faire des heures sup. Et Rudy ?"

Jour quatre cent seize

Rudy lui dit qu'il est disponible dans les semaines à venir. Bien que Taz ne puisse pas se le permettre, il l'appelle un matin, le tirant du lit, pour lui demander de passer plus tôt et consacrer quelques minutes à sa salle de bains. Rudy ne tarde pas à faire son apparition, un jerrican de café à la main, arborant la même coupe que Midge au réveil. Il ne dit pas un mot lorsqu'ils vont chercher la vieille baignoire sous les bâches dans le jardin, l'extirpant des autres objets glanés par Taz au fil des ans : une vieille cuvette, un lavabo colonne, l'usine à cookies, du bois d'œuvre, des néons récupérés dans une école, ainsi que des tableaux noirs qu'il compte transformer en plan de travail.

Quand Alisha arrive, ils sont encore dans le jardin. Elle bouquine sur le canapé lorsqu'ils traînent la baignoire à l'intérieur, au risque de se bloquer le dos. Manquant lâcher son extrémité, Rudy entreprend de se présenter pendant que Taz titube et ahane.

— Rude ! crie-t-il.

Ils continuent d'avancer en chancelant.

Sitôt le seuil de la salle de bains franchi, Rudy jette un œil par-dessus son épaule. Lorsqu'ils posent enfin la baignoire, il ne fait aucune remarque sur le sous-plancher, les montants, le fait qu'ils devront tout désinstaller si Taz se décide à terminer les travaux un jour. Il se contente de lui passer les clés et les tenailles pour raccorder l'ancienne tuyauterie.

— Sympa, le côté rustique.

— Merci.

— T'avais un besoin impérieux de prendre un bain ? Tu t'es senti déshydraté, tout à coup ?

— C'est pour Elmo, elle ne supporte pas le sous-sol.

Rudy le dévisage avant de se tourner vers le séjour. Puis vers la baignoire.

— Donc, tu espères la plonger là-dedans à poil ? chuchote-t-il. (Il émet un petit sifflement.) Il y a encore de l'espoir pour toi, finalement.

Taz secoue la tête.

— J'ai laissé traîner ça trop longtemps, c'est tout.

Midge appelle depuis son lit. Taz sursaute et se cogne la tête contre le rebord de la baignoire.

— Je m'en occupe, crie Alisha.

Rudy se lève pour fermer la porte, les isolant du reste de la maison. Maintenant que la baignoire est installée, c'est à peine s'il y a assez de place pour deux.

Il lève un pouce au-dessus de son épaule et le pointe en direction d'Alisha, qui parle à Midge.

— Alors, c'est elle qui donne le sein à Midge, maintenant ? chuchote-t-il.

Taz tressaille.

— T'es toujours là-dessus ?

— Évidemment, mais c'est qui ?

— Alisha, c'est l'amie qui…

— Qui cherche un nouveau mec ? demande Rudy. Alicharmante.

Il bombe le torse et contourne Taz pour aller lui parler, se présentant comme l'oncle de Midge. Oncle Rudy. Elle resserre son étreinte autour de Midge.

Ils travaillent d'arrache-pied et abattent des semaines entières de boulot. Rudy va jusqu'à lui donner un coup de main dans l'atelier ; il porte et trie le bois pendant que Taz fait vrombir les outils. Ils fabriquent des cadres de façades. Moulurent les panneaux, rainurent les montants et les traverses. À l'ancienne. Des fenêtres à doubles vantaux, une première; Taz doit démonter un vieux modèle pour voir comment celui-ci est assemblé. Quand il pense à consulter sa montre, il constate que la soirée est bien entamée: onze heures du soir.

— Merde.

— Je vais raccompagner la baby-sitter. C'est pas un problème, dit Rudy.

La maison est presque entièrement plongée dans le noir. Seule une lumière semble être allumée. Dans le séjour, peut-être.

Non. La lumière vient de la cuisinière. La minuscule ampoule de la veilleuse. Alisha s'est endormie sur le canapé. Taz lance un regard d'avertissement à Rudy avant de partir à la recherche de Midge sur la pointe des pieds. Elle est dans son lit, le pouce enfoncé dans la bouche.

Il donne un bonus à Alisha et retient Rudy, histoire qu'elle puisse prendre de l'avance avant que la bête ne soit lâchée.

Puis, seul à nouveau, il s'assied sur le bord du lit de grande fille. Il ne sait plus rien faire à part façonner le bois, assembler les pièces. Ses doigts picotent. La scie, la dégauchisseuse. L'étau-limeur, la ponceuse. Il a de la sciure plein les cheveux. Plein les pores.

Il devrait prendre une douche. Descendre au sous-sol en catimini, peut-être. Ou prendre un bain, dissoudre la crasse dans l'eau.

Au lieu de quoi, les coudes sur les genoux, la tête entre les épaules, il sort son téléphone. Passe de longues minutes à le faire sauter d'une main à l'autre avant de se décider à écrire.

"Comment se passe le stage ?"

Elle répond dans la seconde, comme si elle n'attendait que ça.

"Je hais les dossiers pédagogiques. Toi ?"

"Je bosse non-stop et je prends du retard."

Rien pendant quelques secondes, alors il écrit à nouveau.

"Les gamins sont fous de toi ?"

“Évidemment. Sauf Finley, peut-être.”

Il devrait vraiment prendre une douche. Son téléphone vibre.

“Qu’est-ce que tu fais debout si tard ?”

“Je viens de m’arrêter. Et toi ?”

“La faute aux dossiers pédagogiques.”

Il rabat la couverture sur lui. Sans prendre la peine de se déshabiller. Son téléphone vibre une dernière fois dans sa main.

“Dors bien.”

Jour quatre cent dix-sept

Il émerge de la nursery. Dans la lumière grise. Juste avant l'aube.

Il va à la salle de bains. S'assied dans l'obscurité. Un matin comme les autres. Lorsqu'il sort, au lieu de traverser le séjour pour aller préparer le café, il s'arrête dans le couloir, le regard tourné vers leur ancienne chambre.

Un pas. Deux. Il s'immobilise dans l'embrasure de la porte, une main de chaque côté du cadre. La chambre respire encore au rythme de Marnie. La nuit sur le rideau de douche. Son sursaut le lendemain matin. La perte des eaux. Il n'arrive pas à croire qu'il n'ait jamais remplacé le matelas. Il se met à cogner sa tête contre le montant. Sa première montée de bile depuis des mois.

Arrête, dit Marnie.

Taz fait demi-tour et gagne la cuisine. Reste immobile quelques instants. Puis il allume le gaz et exécute les gestes du quotidien, en pilote automatique.

Il se ronge les ongles. Jusqu'au sang. Il attend Rudy.

Quand Midge se manifeste enfin, il se précipite. Emporte sa tasse avec lui. Se dirige vers la nursery au moment où Rudy franchit le seuil.

— Je m'en occupe, dit-il.

Alors Taz fait volte-face, demi-tour droite. Il verse son café dans un mug isotherme avant de se rendre à l'atelier. Il se met au travail.

Jour quatre cent vingt-quatre

IL lui envoie un texto.

“Tu fais quoi ce week-end ?”

“Ça ne te regarde pas”

Puis : “MDR.”

“?”

“Morte de rire”

“Je me disais, aussi”

“Bravo !”

Il sourit.

“Rude et moi, on travaille à plein temps. Alisha n’arrive pas à suivre.”

Son téléphone sonne. Elmo semble essoufflée.

— Tu veux que je vienne, ce week-end ?

L’espace d’un instant, il est incapable de répondre.

— Seulement si… commence-t-il, mais elle l’interrompt.

— Je peux venir vendredi, après les cours. Je louperai juste une fête.

Il ne sait pas si elle est sérieuse, mais elle enchaîne aussitôt et lui demande si Midge va bien, s’il laisse Alisha faire son travail. Taz a l’impression qu’elle parle encore lorsqu’elle apparaît sur son seuil vendredi soir, à bout de souffle, comme si elle avait franchi les montagnes au pas de course.

— Midge chérie ! s’écrie-t-elle.

Elle s’agenouille, se préparant à la collision. Leurs retrouvailles rappellent celles de Yuri et de Lara dans les steppes russes.

Taz n’a d’autre choix que d’attendre, immobile.

Elmo daigne le regarder une fois que Midge s’est extirpée de son étreinte pour courir vers la nursery.

— Tu ne devrais pas être au travail ?

— Exact, répond Taz.

Il fait demi-tour, direction la cuisine, la porte de derrière, l'atelier.

— MDR, dit-elle.

Il revient sur ses pas, ne parvenant pas tout à fait à dissimuler son sourire.

— Mais tu n'as pas tort. J'ai tellement de trucs à faire que j'ai perdu le compte.

— Je peux voir ?

— Ce n'est pas encore prêt à être installé, mais la bibliothèque sera peut-être terminée d'ici à la semaine prochaine. L'atelier était si encombré qu'on a dû en stocker une partie chez Rude, tous les battants vitrés.

Elle se redresse.

— Même programme le week-end prochain ? Tazmo et Rude ?

Midge revient en trottinant, son Elmo en peluche à la main ; il a connu quelques mésaventures depuis Noël. Parfois, Taz le fait parler à Midge. En prenant la voix de Marnie. Elle s'apprête à le lui donner, mais Elmo l'intercepte. Elle enfonce une main dans la poche derrière la tête de la peluche et lui fait bouger la mâchoire.

— T'en penses quoi, Midge ? Tu vas pouvoir me supporter deux week-ends d'affilée ? Et ton père, tu crois qu'il en est capable ?

— Je crois qu'on va s'en sortir.

Elmo le chasse de la main.

— On préfère rester entre filles.

Il les observe un instant avant de regagner l'atelier. C'est à peine s'il la revoit du week-end, sauf au moment de son départ, alors qu'elle s'installe derrière le volant.

— Merci, Midge m'a trop manqué, dit-elle.

— On se revoit le week-end prochain ? demande Taz.

— Fais-moi signe en fin de semaine. Dis-moi où tu en es.

Puis elle démarre et baisse la vitre pour envoyer un baiser à Midge, qui agite furieusement la main.

Elle revient le week-end suivant, mais aucune installation n'est prévue, parce que les gars du parquet retardent tout le monde. Elle semble déçue, alors Taz lui montre le travail en cours dans l'atelier. Elle dit qu'il devrait faire une pause.

— Tu sais, avant de craquer complètement.

— J'adorerais, mais…

— Ne serait-ce que le temps d'une promenade. Il fait peut-être encore assez chaud pour une dernière baignade.

Il s'y voit aussitôt, en tremble presque.

— Je suis débordé…

Elle fait demi-tour et s'éloigne avec Midge. Plus tard, quand il passe prendre un café, elles se sont absentées. À l'heure du déjeuner, elles ne sont toujours pas rentrées.

Dans la soirée, Elmo vient toquer à la porte de l'atelier. Elle lui dit que le dîner est prêt. Il ne tient plus debout. Un nouveau lot de meubles presque terminé.

— Où est Midge ? demande-t-il.

— Il est bientôt huit heures. Elle a mangé il y a une heure. Moi aussi.

— T'aurais pu me prévenir, dit-il, esquissant un sourire.

— C'est ce que j'ai fait, répond-elle avant de se diriger vers la maison.

Midge est dans son siège suspendu. C'est à peine si elle le remarque. Le repas de Taz est prêt. Un bol de quelque chose. Sur la table. Du ragoût, peut-être.

Il regarde autour de lui. Elmo est assise dans le fauteuil à bascule pivotant.

— Je rentre ce soir, dit-elle.

— Ce soir ?

Elle baisse les yeux. Se mord la lèvre.

— Mais… commence Taz.

Elle le dévisage quelques secondes et lui montre la salle de bains.

— Va te laver les mains.

Il lui obéit, oubliant que la salle de bains n'est plus pourvue d'un lavabo. Il ouvre la porte sur un nuage de vapeur. Recule, avance à nouveau. La baignoire est pleine, l'air embué.

— Du bain moussant ?

— On a fait du shopping, crie Elmo depuis le séjour.

— J'en ai pour une seconde.

— C'est pour toi.

— Le bain ?

— Les bulles, aussi.

Il ferme la porte. Hésite devant le verrou. C'est Marnie qui l'a récuré. Avec des outils dentaires, du décapant et de la paille de fer. Marnie qui a poli le bouton en cuivre de son propre sébum.

Il abandonne ses habits en tas dans un coin. S'immerge en grimaçant. Elle a dû laisser la baignoire se vider un peu, ajouter de l'eau chaude et attendre. Veillant à maintenir le bain à la bonne température.

Il ferme les yeux. Absorbe le choc initial. Sent la sueur perler sur son front. Entend les explosions minuscules des bulles. Il a l'impression de se glisser dans une nouvelle peau. Il respire. Se détend. *On aurait vraiment dû la terminer, cette salle de bains,* dit Marnie.

La porte grince. Elmo passe une tête dans l'entrebâillement.

— Alors, c'est agréable, non ? Une petite pause.

Elle entre, un bol à la main. S'adosse contre les montants et le regarde. Ses genoux nus qui dépassent de l'eau.

— Si tu t'étais enfermé ici aussi… commence-t-elle, avant de se raviser.

— Tu vas me nourrir, maintenant ?

C'est tout ce qu'il trouve à dire.

— Si c'est ce qu'il faut pour que tu arrêtes de te cacher tout le temps.

Taz contemple les bulles.

— Je pensais que le bain moussant t'aiderait à te relaxer. (Elle soupire.) Mais ce n'est jamais comme dans les films.

— Qu'est-ce qu'on y peut ? dit-il, levant les mains en signe de capitulation, les paumes pleines de mousse.

Il l'étale sur son menton, ses joues. La barbe de ses cinq ans. Six.

Elle secoue la tête.

— Sympa.

Puis elle ajoute :

— Je ne viendrai plus le week-end.

— À cause du stage ?

— Non.

Il reste muet, avec sa barbe en mousse.

— Je crois que tu as besoin de temps.

— Je sais. De beaucoup plus de temps.

— Ce n'est pas ce que je voulais dire.

— El.

— Il faut que tu choisisses une direction.

— Une direction ?

— En avant. En arrière. (Elle hausse les épaules.) Le passé ? Le présent ? Soyons fous : l'avenir ?

Elle le dévisage si longtemps qu'il est obligé de la regarder. Ses larmes le choquent au-delà des mots.

Elle les essuie d'un geste brusque. Comme s'il l'avait prise sur le fait.

— Je ne supporte plus de te voir t'enfermer dans ton atelier.

Taz se débarrasse de sa barbe. Un côté à la fois. Comme s'il se rasait.

— Merde. (Elle s'agenouille à côté de la baignoire.) Penche-toi en avant.

— El.

Elle le pousse. Commence à lui masser les épaules. Enfonce les doigts dans sa peau. Ses muscles sont un sac de nœuds.

— Tu te rends compte de ce que tu t'infliges ? Combien de temps serais-tu resté là-bas si je n'étais pas venue te chercher ? Qu'est-ce que tu fabriques ? Une arche ?

— Je ne sais pas.

— Il faut que tu reviennes. Où que tu sois, tu dois revenir.

Une main quitte ses épaules, laissant un vide. L'autre s'immobilise le temps qu'Elmo sèche ses larmes.

— Et moi qui pensais te rejoindre dans ce bain. Mon plan à la con. Un sacrifice humain, genre. Comme si tout foutre en l'air entre nous allait résoudre quoi que ce soit. Te ramener d'entre les morts. J'aurais dû apporter des bougies, bordel. Dessiner des pentagrammes.

— El, ça va…

— Toi, tu te tais. S'il te plaît. Je ne veux plus entendre un mot.

Elle se remet à le masser des deux mains, puis elle lui donne une bourrade. Se relève d'un coup.

— Il faut que j'y aille. Je ne serai pas rentrée avant minuit, même si je pars maintenant.

— Tu n'as qu'à partir demain.

— Quoi, à quatre heures ? Super idée, merci.

— Je te raccompagnerai.

— Histoire qu'on tombe tous les trois d'une falaise ? (Elle ramasse le bol.) Déjà que je ne comprends pas ce que je fais dans cette pièce. Alors que tu es en train de prendre un bain. Je ne suis que la baby-sitter, après tout. C'est contagieux ? Ta maladie ?

— On pourrait…

Elle lui tend le bol.

— Tiens. Contente-toi de manger ton chili.

— Du chili.

— C'est ça. Du chili sans chichis.

Elle laisse la porte entrouverte. Un courant d'air balaye la maison lorsqu'elle sort sous le porche.

Tu as fait pleurer ton Muppet, dit Marnie d'un ton stupéfait, et triste aussi, blessé.

Il frissonne. Écoute Midge rebondir dans son siège suspendu en racontant une sorte d'histoire. À personne.

Jour quatre cent trente-sept

La semaine suivante, il s'entraîne avec Midge. Il essaye de lui enseigner la différence entre *Maman* et *Elmo*. Sans succès. Elle ne connaît que *Mo*. Elle répète sans cesse *Mo*. Il ne sait si elle veut monter ou si elle veut Elmo. Les deux peut-être. Monter sur Elmo. Mo' 'Mo.

Veillant à éviter Alisha, il termine les placards et s'occupe de ce qu'il peut faire seul en attendant le retour de Rudy.

Il est encore dans l'atelier quand Rudy le rappelle enfin, toujours fatigué par la route, pour lui demander s'il a besoin d'aide.

— J'attendais ton appel, dit Taz. Il y en a pour deux jours de boulot, au moins.

— Parfait.

— Tu passes à la maison ? Demain, à la première heure ? On pourrait prendre les deux pick-up.

— On en parle autour d'une bière ? Je suis mort de soif.

Taz fait tournoyer une équerre sur son établi.

— C'est tentant, Rude, mais je suis lessivé, je dois soulager Alisha, nourrir Midge et…

— Mec, dit Rude. Rentre et on en discute.

Taz se penche en avant, pousse la porte et regarde la maison à l'autre bout du jardin. Rudy lui fait signe à la fenêtre de la cuisine, le téléphone dans une main, une bière dans l'autre.

— Qu'est-ce que…

— Oh, tu sais bien. Je me conduis en bon voisin, je fais connaissance.

Il sourit et glisse son téléphone dans sa poche avant d'incliner sa bouteille en direction de Taz.

Jour quatre cent trente-huit

Le lendemain matin, à la première heure, Rudy se gare devant l'atelier en marche arrière, heurtant les poubelles au passage. Un jour comme les autres.

Planté à côté du pick-up, Taz attend qu'il ouvre la portière.

Rudy descend, un café à la main.

— Il fait trop beau pour travailler, commence-t-il. On ferait mieux d'aller pêcher. Montrer à la petite comment faire un bon lancer roulé.

Taz l'ignore, se contentant de le suivre jusqu'à l'atelier.

— Hmm hmm.

Ils ouvrent la porte basculante. Rudy émet un sifflement admiratif.

— Beau travail, Davis, dit-il. Très beau travail.

Ils auraient pu tout aussi bien se trouver devant un tas d'ordures. C'est ce que dit Rudy chaque fois. Il avale une gorgée de café.

— En parlant de beau travail, dit Taz. Alisha ?

— Je suis dans la zone ami. À fond. Elle dit qu'elle doit réfléchir à ce qui cloche dans sa vie.

— Tiens donc. Comme tout le monde, non ?

— C'est exactement ce que je lui ai dit. J'ai dit, "Merde, regarde Taz." Je vais me la jouer lycaon, tu sais, ces chiens sauvages d'Afrique qui ont leurs proies à l'usure. La persistance, ça paye.

— C'est ton seul espoir.

— T'es froid, mec. Plus froid que le putain de pôle Nord. Mais le Rude sait se montrer persistant. (Il tape sur un placard avec le coin du poing.) Celui-là ?

Taz regarde.

— Le plus long d'abord.

Ils chargent le pick-up de Rudy. Il va se garer dans la rue, et c'est au tour de Taz de reculer devant la porte basculante.

— On aurait dû prendre ta remorque.

— Justement, je voulais te poser la question, hier soir. (Rudy sourit.) J'ai oublié.

— Disons que t'avais autre chose en tête. Cette histoire de chien sauvage.

Taz va dire au revoir à Midge et à Alisha, Rudy lui emboîte le pas. Midge agite la main comme une démente.

— 'Awa ! crie-t-elle.

Sous le porche, Taz donne l'adresse de ses clients à Rudy.

— Tu rigoles ? Je l'aurai oubliée avant même d'avoir démarré. Tu le sais très bien. Je vais te suivre, comme d'habitude.

C'est ce qu'il fait, franchissant la Bitterroot, dont les eaux ont retrouvé leur niveau hivernal, avant de suivre le ruisseau jusqu'au sommet de Blue Mountain. Là où l'air est trop raréfié pour les simples mortels. Taz se gare dans l'allée circulaire, sur l'asphalte rutilant, et Rudy fait une marche arrière devant la porte d'entrée. Il descend du pick-up et jette un œil autour de lui.

— Tu crois qu'ils ont déjà passé un hiver ici ?

Il dit toujours la même chose, fasciné par les riches et leurs lubies.

— Aucune idée. Tout ce qui m'intéresse, c'est le chèque à la fin.

Taz aussi dit toujours la même chose, et ce n'est jamais tout à fait vrai. Il fabrique chaque meuble comme s'il le destinait à sa propre maison, la sienne et celle de Marnie ; il ne peut s'en empêcher, et ils s'étaient souvent disputés à ce sujet.

— Tu ne peux pas te permettre de fabriquer des pianos, avait dit Marnie.

Une phrase empruntée à son père, le peu que Taz avait bien voulu lui en dire, ce père qui s'empressait de boucler chaque commande à la vitesse de l'éclair. “Merde, Taz, on ne fabrique pas des pianos !” Pourtant, son père s'y serait pris exactement de la même manière pour fabriquer un piano. Avec une tronçonneuse, une foreuse et une massette.

— À un moment, avait insisté Marnie, il faut gagner sa vie, tu comprends ?

Elle s'était adressée à lui comme s'il avait douze ans, alors qu'il était occupé à mélanger du tripoli et de l'huile minérale, une pâte à polir de son cru, penché sur son reflet pour vérifier le satiné du lustre. Un secrétaire à cylindre auquel son client tenait absolument, qu'il voulait assortir au lambris de son bureau, des panneaux de noyer moulurés. Un petit goût d'Angleterre victorienne dans les montagnes du Montana.

— Tu n'es pas un fabricant de meubles, avait-elle dit.

Il avait regardé le bureau, relevé puis rabaissé le cylindre.

— Pourtant, j'ai bien l'impression que c'est un meuble.

— Argh. (Elle s'était frappé le front du plat de la main.) Oui, c'est un meuble. Ce n'est pas ce que je voulais dire et tu le sais très bien. Ça représente des semaines de boulot. Toi et tes queues-d'aronde artisanales. Ton bois poli à la main. (Elle avait essayé de se calmer et de sourire, allant jusqu'à lui serrer le bras, le secouant un peu.) Le fignolage, tu ferais mieux de le garder pour nous, Taz. Parce que ces bouffons ne verront pas la différence.

— Ils me payent un paquet d'argent.

— Ce qui revient à environ soixante-quinze centimes de l'heure pour un client qui achète la plupart de ses meubles chez Ikea.

— Et alors ? Tu préférerais que je ressemble à… Il s'appelle comment déjà ? (Il avait cherché le nom d'un charlatan qu'elle saurait reconnaître.) Taylor ?

— Taylor ne vit pas dans un taudis en travaux, avait-elle rétorqué.

Taz avait vu son battement de cil surpris lorsqu'elle avait compris qu'elle était allée trop loin, pourtant cela ne l'avait pas empêché de répondre.

— Peut-être que tu devrais emménager avec lui, alors.

La mâchoire de Marn s'était contractée et ses yeux s'étaient transformés en fentes.

— Peut-être bien.

Impossible de la faire reculer, même avec un bulldozer.

Elle avait fait demi-tour, les factures à la main, et il s'était remis à polir, mais ses dernières paroles ne l'avaient pas quitté, et il s'était demandé si, aux yeux de ses clients, son travail se résumait à des meubles plus sombres pour la maison de vacances, un contraste avec les murs. Si son bureau n'était qu'un endroit où déposer des imprimés publicitaires. Une mission qu'un meuble Ikea aurait tout aussi bien pu remplir.

Cette nuit-là, il était rentré plein d'espoir, mais il avait trouvé Marnie assise à la table avec ses lunettes, entourée de factures ; elle avait écarté ses cheveux de son visage en secouant la tête.

— Ton bureau nous a mis dans le pétrin. Merde, c'est à peine si on peut se payer tout ce bois. De la loupe de noyer, évidemment.

— Je vais demander plus d'argent.

— Ils ne te donneront pas plus d'argent, Taz. Comment crois-tu qu'ils sont devenus riches ?

— Leurs parents ?

— Quand bien même, ils se sont débrouillés pour le rester.

S'accrochant à son espoir, il s'était approché de sa chaise.

— Tout ira bien.

Il avait posé une main sur son épaule. L'avait glissée dans son décolleté, un doigt entre les boutons.

— Tu plaisantes ?

Elle s'était écartée de lui, plaquant une main sur les factures.

— Lesquelles va-t-on oublier de payer ce mois-ci ? L'électricité ou l'eau ? Qu'est-ce qui te manquera le moins ?

Il avait retiré sa main.

— Je vais aller fabriquer quelques tabourets. En contre-plaqué. Tu n'auras qu'à les vendre sur le marché avec Taylor.

— T'as intérêt à faire vite, avait-elle crié dans son dos.

À présent, derrière lui, Rudy lance :

— C'est bon, là ? Ils voulaient juste qu'on laisse tout ça ici, sur les plateaux ?

Taz regarde l'énorme porte à double battant, puis Rudy. Les pick-up.

— Non, je suppose qu'ils veulent qu'on apporte tout à l'intérieur.

— OK, mais mon temps est compté. C'est quand tu veux.

Ils finissent de décharger le deuxième pick-up quand Rudy demande :

— Tu vas où ?

— Comment ça ?

— Quand tu as ce genre d'absence ? Comme tu viens de le faire, devant la portière. Tu vas où ?

Taz franchit le seuil de la cuisine avec l'avant du meuble haut et recule pour laisser entrer Rudy.

— Nulle part, répond-il.

Ils posent le meuble devant les autres. Rudy lève les deux mains en l'air, incapable de retenir un petit ricanement.

— Tu n'es pas obligé de dire quoi que ce soit au Rude. Respect, mec.

— Rude, dit Taz. Si tu insistes, je vais voir Marnie. Voilà.

Le visage de Rudy s'assombrit.

— OK, c'est cool, répond-il.

Son expression contredit ses paroles.

Ils se mettent au travail, les meubles hauts d'abord.

— Et ça t'arrive de parler à sa mère ?

— J'évite, en ce moment.

— Pourquoi ?

— Pour essayer un truc. Ni Grand-Mère ni Elmo. Histoire de voir comment on s'en sort.

— C'est vraiment ça, que tu veux ? Tu as envie d'être seul ?

— Ce n'est pas exactement ce qui était prévu. Mais maintenant…

Sa voix s'estompe.

— Tu sais combien d'hommes Elmo a rendus fous, quand elle bossait encore au Club ?

Taz recule, se lève et s'étire.

— Rudy, on est obligés de parler de ça ?

— Réponds.

— Il y en a un que je connais bien.

— Je plaide coupable. Mais toutes les filles me font plus ou moins cet effet.

— Alors ?

— Je dis ça, je dis rien.

— Mais tu dis quoi, au juste ?

— Que ça me botterait. Sérieux.

— Rudy, ça te dirait d'apprendre à parler anglais ? Genre, pour avoir une deuxième langue ?

— Elmo. Je pense que tu as une ouverture. Ça me botterait. Sérieux.

Taz attrape Rudy par les épaules et se penche vers lui.

— Rudy, je sais que tu n'as pas l'habitude d'avoir des idées. Du coup, une fois que t'en tiens une, tu ne veux plus la lâcher. Mais cette fois, rends-moi service et essaye, d'accord ?

— OK, OK. Mais t'es rabat-joie, mec.

— C'était juste la baby-sitter, Rudy. La baby-sitter de Midge.

— Tu me tues, à tout conjuguer au passé.

— Elle n'est plus là, je me trompe ?

Rudy émet un sifflement long et grave.

— Et merde, dit Taz. T'es prêt à aller chercher les tiroirs, les étagères ?

— Les plans de travail ?

— C'est aux gars de la pierre de s'en occuper.

Ils traversent le long couloir menant à l'entrée et rejoignent les pick-up, Taz en tête.

— Un dernier truc, lance Rudy dans son dos.

Taz grogne.

— Non, vraiment.

— OK, vide ton sac. Mais si ça concerne Elmo…

Il s'arrête, commence à extraire le marteau de sa ceinture à outils.

— J'aurais deux, trois trucs à dire sur le sujet, répond Rudy, faisant quelques pas de côté pour mettre le pick-up entre eux. Mais je me pose une question.

— Quelle question, Rude ?

— Tazmo et Rude. Ça pourrait devenir une réalité, un jour ?

— Tu me poses une question sur l'avenir, à moi ? (Taz laisse retomber son marteau.) Merde, Rude, je n'en ai pas la moindre idée. Je ne sais pas ce qui va se passer demain, alors après…

Rudy grimpe dans son pick-up et laisse la portière entrouverte.

— On retourne à l'atelier chercher le reste ? C'est tout ?

— Je n'arrive pas à voir plus loin que ça.

Cette fois, l'ordre est inversé et c'est Taz qui suit Rudy, sans la Mo de Tazmo, sans Midge, pas même de siège auto dans le pick-up.

Marnie le fait sursauter lorsqu'elle dit, *Ce n'est pas un gros mot, tu sais.*

Il décélère à l'abord du virage en épingle, les yeux rivés sur le pare-chocs de Rudy.

L'avenir, c'est là où tu vas et tu n'y peux rien.

Il ne répond pas, se contentant de rétrograder à nouveau pour laisser la gravité faire son travail et le tirer jusqu'en bas de la montagne.

Ce n'est pas une mauvaise chose, Taz. Tu ne te souviens pas ? On avait tellement hâte.

Jour quatre cent quarante-trois

Ils travaillent toute la semaine, des journées de douze heures ; Alisha les attend après le dîner, et Taz emmène Midge avec lui les jours où elle a cours. Rudy porte et maintient, manipule le niveau et grimpe aux échelles, mais ce qu'il préfère, c'est jouer avec Midge, veillant à l'éloigner du seau à outils, de la cloueuse. Taz glisse les biberons dans la glacière, quelques jouets dans le seau à outils de Rudy. Il change les couches sur les plans de travail flambant neufs. Personne n'en saura rien.

Raide et courbatu, chaque soir, il rentre dans la maison obscure d'un pas lourd, Midge somnolant contre son épaule. Il lui chante des berceuses, lui raconte un court épisode de Marnie la Pirate avant de la mettre au lit, le pouce enfoncé dans la bouche. Puis il s'éloigne sur la pointe des pieds, laissant la porte entrouverte. Dans le séjour, il allume la lumière, s'assied, rassemble ses idées avant de se baisser pour défaire ses lacets. Il retire ses chaussures. Enfin, il se force à se redresser pour aller chercher le courrier. Des factures. De la pub.

Faisant de son mieux pour rester organisé, il trie les factures sur la table, comme le faisait Marnie avant. Les ouvre avec son couteau. Il sait qu'il n'a pas le choix.

Il regarde les sommes dues, les échéances. Les chiffres se mettent à danser et il doit se pencher en avant, la tête entre les mains. S'il ferme les yeux, il risque de s'endormir sur place. Avec tout ce travail, ses finances semblent s'améliorer. Jusqu'à ce qu'il ait fini de trier les factures. Le prêt immobilier au sommet, toujours aussi écrasant, malgré l'avance dans sa poche. Dans l'après-midi, ils ont reçu une visite surprise du propriétaire qui, extatique, a aussitôt dégainé son porte-chéquier en cuir ouvragé. Il a haussé un sourcil en voyant Midge dans son trotteur, mais il n'a rien dit. Un divorce sordide, sans doute. La classe ouvrière. Les masses laborieuses.

Taz sort le chèque et le pose sur les factures. La somme lui permettra peut-être de tenir jusqu'à la fin de l'année. Et il publiera une annonce sur Craigslist pour vendre la Ghia de Marnie.

Il trie le reste du courrier. Un prospectus de supermarché. Une offre pour une carte de crédit. Quelque chose de rigide, comme du carton.

Une carte postale.

Il voit la photo. Helena. Les lumières de Last Chance Gulch*.

Il la retourne.

> Tu penses pouvoir survivre à un autre week-end sans moi ?

Une carte postale ?

Il sort son téléphone de sa ceinture à outils, se ravise, le pose sur la table.

— Oui, déclare-t-il à la pièce vide. On survivra.

Je ne pense pas qu'elle parle de survie à proprement parler.

Il reprend son téléphone et se met à écrire.

"J'ai reçu ta carte. On tient le coup."

Presque aussitôt, son téléphone vibre.

"Tant mieux pour vous."

Ignorant le *je te l'avais bien dit* de Marnie, il écrit : "Tout va bien, de ton côté ?"

"Je tiens le coup."

Aie.

* Rue principale d'Helena.

Ne sachant que répondre, Taz garde son téléphone en main si longtemps que l'écran vire au noir. Il le pose sur la carte postale et le fait tournoyer.

Je crois qu'elle attend.

Quelques minutes s'écoulent avant que l'écran ne s'illumine à nouveau.

"OK alors. Je vais me coucher. Une classe pleine d'enfants de huit ans arrive toujours trop tôt."

Il consulte la liste des appels manqués pour voir si elle a essayé de le contacter avant de recourir à une carte postale – un coup de fil qu'il se serait débrouillé pour rater, d'une manière ou d'une autre. Mais il n'y en a qu'un, de Lauren. Jamais il n'aurait manqué un appel d'Elmo.

À peine conscient de ce que font ses mains, il appuie sur "rappeler" au lieu de se connecter à la messagerie et pianote fébrilement pour raccrocher. La sonnerie retentit, puis l'appel est abandonné. Il n'en a tout simplement pas la force. Pas ce soir.

Laissant le téléphone sur la table, il repousse sa chaise et se dirige vers la cuisine ; il sait qu'il devrait avaler quelque chose. Lorsqu'il aperçoit son ordinateur, il se dit qu'Elmo lui a peut-être envoyé un e-mail : après la carte, tout est possible. Il l'allume et attend, ne voit rien d'autre que l'icône inactive du Skype de ses parents, deux appels en absence, tard dans la nuit, sûrement sa mère, pendant que son père dormait. Il se demande à quoi ressemble sa vie avec lui, là-bas. Il se demande comment va Lauren, aussi, pourquoi il l'évite.

Il relit les textos d'Elmo et, n'y trouvant rien qui soit susceptible d'être analysé ou de lui apporter de l'espoir, il éteint les lumières et traverse la maison vide, le couloir sombre, jusqu'au lit de grande fille dans la nursery, comme si c'était le seul trajet qu'il ait jamais fait de sa vie. Il s'endort en l'écoutant respirer, et la nuit est un tourbillon confus de Marnie et d'Elmo. Lauren aussi fait une apparition, ainsi que sa propre mère. Midge dort toute la nuit. Le lendemain, au réveil,

Taz est entortillé dans les draps. Il a mal au crâne. Il a moins l'impression d'avoir dormi que d'avoir fait une marche forcée. Il se traîne hors du lit, prépare le café, regarde son téléphone.

Rien de la part d'Elmo. Pas un mot.

Taz regarde l'ordinateur sans oser le toucher. En Nouvelle-Zélande, il fait nuit, c'est peut-être sa seule chance de parler à sa mère.

Le téléphone vibre dans sa main et il sourit, pensant "enfin", comme s'ils avaient une connexion, que chacun sentait quand l'autre avait le plus besoin de lui.

— Oui, répond-il, presque un soupir.

Hélas, c'est Lauren, disant qu'elle pensait le trouver debout.

Elle a vu qu'il avait essayé de l'appeler. Elle aimerait venir passer quelques jours avec eux. Cela fait si longtemps. Il allume l'ordinateur et fixe l'icône verte du Skype de ses parents. Lauren se tait.

— Ted ? finit-elle par demander.

— Oui ?

— Qu'en dites-vous ? Le moment est bien choisi ?

— Tout à fait. Super.

Jour quatre cent cinquante-deux

ELMO reste à Helena. Un matin, il reçoit un texto.

"Tu continues à tenir le coup ?"

Assis dans le noir, il écrit : "Du bout des ongles."

Puis : "Tu es bien matinale."

"J'ai école."

"Tu comptes revenir un jour ?"

Elle répond qu'elle en a encore pour sept semaines de stage, comme si c'était une explication en soi. "Je dois filer", ajoute-t-elle, mettant ainsi fin à la conversation. Taz reste assis dans le noir, à attendre Lauren. Rudy. Que Midge se réveille. Que la journée commence, d'une manière ou d'une autre.

Il tire l'ordinateur à lui et consulte le site officiel de la Nouvelle-Zélande. Un déménagement est tout à fait envisageable. Selon le gouvernement néo-zélandais, en tout cas. Les antipodes. Une expression de Marnie. Il est sur le point de lancer l'appel quand Lauren le sauve. Elle frappe à la porte et passe une tête dans le séjour. Il se lève, la salue et s'enquiert de son voyage. Midge dort encore.

— Elle va être folle de joie, ajoute-t-il.

Il dépose ses courses dans la cuisine.

— Vous savez, je mange même quand vous n'êtes pas là.

— Je n'ose pas imaginer le menu, répond-elle.

Elle brandit son gobelet Starbucks avant même que Taz ait le temps de prononcer le mot "café". Derrière elle, Alisha se glisse dans le séjour et s'immobilise, comme si elle pensait s'être trompée de maison.

Taz bondit sur ses pieds et s'occupe des présentations, s'excusant auprès d'Alisha. Il dit qu'elle peut prendre sa journée et lui tend un chèque, la remerciant pour ses heures supplémentaires.

Alisha regarde le chèque, puis Lauren.

— C'est une indemnité de licenciement ?

— Non, juste une pause, jusqu'au départ de Grand-Mère.

— C'est-à-dire ?

Près de la cuisine, Lauren observe la scène.

— Je te tiens au courant, dit Taz.

Lorsqu'il referme la porte sur Alisha, Lauren dit :

— Ce n'est pas la même que la dernière fois.

— Elle a dû déménager. Pour le travail.

— En tout cas, vous auriez pu la prévenir. Lui épargner le trajet.

— J'ai oublié. J'ai la tête ailleurs, en ce moment. De toute manière, je devais lui donner son chèque. (Il se dirige vers la cuisine.) Café ?

Elle lui montre à nouveau son gobelet.

— Ted, vous êtes sûr que vous allez bien ?

— Je suis fatigué, c'est tout. Je brûle la chandelle par les deux bouts.

— Vous auriez dû m'appeler plus tôt. Vous avez pensé à prendre des vacances ?

— Le travail n'attend pas.

— Certes, mais il n'y a pas que le travail dans la vie, non ?

— Ça ne m'a jamais traversé l'esprit.

Elle lève son gobelet, l'incline vers lui.

— Et qu'est-ce qui vous traverse l'esprit, alors ?

Il en sourit presque.

— Rien, la plupart du temps. (Marnie acquiescerait vigoureusement.) Et quand ce n'est pas rien, je préférerais que ça le soit.

— Elle est toujours avec vous ? Tout le temps ?

Il hoche la tête.

— Évidemment.

— Et vous aimeriez qu'elle s'en aille, commence-t-elle, avant de se reprendre. Non, ce n'est pas ce que je voulais dire. Je comprends. Mais vous avez… (Elle se détourne pour ranger les courses.) Vous avez toute votre vie devant vous. (Elle ramasse une patate tombée d'un des sacs.) La mienne était indissociable de Marnie. Mais vous…

— La mienne aussi, Lauren.

— Je sais, je sais. Mais il y a Midge, et vous n'avez pas même trente ans, Ted.

Ted laisse échapper un soupir.

— Vous n'avez jamais eu l'impression que faire le moindre pas en avant serait… mal ? Une sorte de trahison ?

— Je n'ai pas fait le moindre pas en avant.

— Moi non plus, mais Marnie insiste, elle me pousse.

— Marnie ?

— Vous savez comment elle est.

Lauren manque de pouffer.

— Oh que oui.

Taz sourit.

— Le truc, c'est que quand elle me pousse à avancer, elle est tout de même là.

Quelqu'un frappe à la porte et la pousse avec délicatesse. Rudy, toujours en mode ne-pas-réveiller-Midge.

Taz traverse la cuisine, en route vers le porche, vers ses chaussures.

Puis, comme si elle entamait sa journée de travail, elle aussi, Midge se met à babiller dans son lit. Il est penché sur ses lacets, et Lauren s'empresse de rejoindre la nursery avant qu'il ait le temps d'esquisser le moindre geste. Il entend Rudy la saluer.

— Bonjour madame H. Laurie. Vous avez l'air en forme.

— C'est Lauren, mon grand.

Taz manque d'avaler ses dents tant sa réponse le surprend.

Lauren réapparaît, un sourire aux lèvres. Midge se frotte les yeux et regarde autour d'elle : d'autres personnes seraient-elles tombées du ciel pendant qu'elle dormait ? Elle cherche probablement Elmo.

— Ses repas sont dans le frigo, dit Taz. Elle fait la sieste vers une heure.

— D'accord.

— Elle adore le parc. Les balançoires.

— Parfait.

Il resserre ses lacets.

— Vous savez comment y aller ?

— Oui, bien sûr.

— Très bien.

— Taz, je…

Il se lève et se dirige vers le séjour, Lauren sur les talons. Midge n'est pas encore tout à fait réveillée.

— Elle a des jouets partout, dit Taz. Son truc préféré, c'est de sortir tous les jouets du coffre. Suffit de la laisser le remplir et le vider. Ad nauseam.

— Je sais. Je connais la chanson, Ted. Mais sincèrement, je pense que vous devriez le faire, ce pas en avant. Pour voir où ça vous mène.

Rudy approche de l'entrée.

— Vous pouvez nous accompagner, si vous voulez, lance-t-il à Lauren. Ce sera l'occasion de m'admirer en pleine action.

Il contracte un biceps et lui fait un clin d'œil. Taz regarde ailleurs, pensant qu'il existe de meilleures manières de se suicider.

Lauren se passe une main dans les cheveux en regardant Rudy droit dans les yeux, un geste suave et calculé.

— Quand vous aurez terminé, on pourrait peut-être prendre un verre, vous et moi. Plus si affinités.

Son ironie lui rappelle Marnie, qu'il entend se plaquer une main sur le front en poussant un soupir incrédule. *Merde, Taz*, dit-elle. Puis : *Attends, c'était une blague, en fait ?* Puis : *Ça a intérêt à être une blague.*

Rudy déglutit, le souffle court. Taz sait qu'il réfléchit à toute allure, regrettant de n'avoir pas pris de douche ce matin, avant que le doute ne s'insinue dans son esprit.

— Le Rude est à votre service.

Il lui fait une légère courbette et franchit le seuil.

Lauren se tourne vers Taz et s'époussette les mains. Elle réprime un rire de justesse.

— Je suis sérieuse, dit-elle. Allez-y. C'est ce qu'elle voudrait.

— Je sais, dit-il.

Puis, très vite, au moment de franchir le seuil :

— On va finir tard. Je ferai de mon mieux.

— Moi aussi.

Il réfléchit quelques secondes avant d'ajouter :

— Je veux dire que j'essayerai de vous ramener Rudy aussi vite que possible.

Alors elle rit pour de vrai, un son qui lui rappelle tant Marnie qu'il ne peut s'empêcher de sourire.

— Faites-le passer par un portique de lavage automatique avant, je vous en supplie.

Midge se penche vers le plancher, s'appuyant contre les bras de Lauren, un de ses jeux préférés. Quand Lauren la pose par terre, elle file droit vers la porte.

— Elle a pris l'habitude de nous accompagner. Vous allez peut-être devoir la retenir. Et détourner son attention avec quelque chose. Elle adore le siège sauteur. Elle n'est plus censée l'utiliser, mais bon. Sinon, il y a le coffre à jouets, bien sûr.

— Vous l'emmeniez au travail avec vous ?

— Je n'avais pas vraiment le choix.

— Et votre baby-sitter ?

— Elle a déménagé à Helena.

— La nouvelle ?

— Elle fait ce qu'elle peut. (Taz sort sous le porche.) À plus tard.

Quand Taz s'installe derrière le volant, Rudy est encore sous le choc. Il se tourne vers lui.

— Le Rude ne connaît pas sa force.

— Elle n'a pas pu résister.

Rudy secoue la tête.

— Comme toutes les autres. Mais j'ai un doute. Marnie en penserait quoi ?

— Écoute, elle t'a toujours apprécié. J'imagine qu'elle aura de la peine pour toi. Comme d'hab.

Rudy le dévisage.

— Tu veux dire qu'elle n'était pas sérieuse ? demande-t-il d'un ton à la fois soulagé et déçu.

Taz se contente de tourner la clé dans le contact.

— Le Rude ne comprendra jamais les femmes. Même s'il vit une éternité, dit Rudy.

Taz débraye et s'engage dans l'allée.

— Et les femmes ne comprendront jamais le Rude.

— Exact, répond Rudy. (Il repousse sa casquette en arrière et s'enfonce dans son siège.) Où est-ce qu'elle veut que tu ailles ?

— Que j'aille ?

— "Allez-y."

— Qui sait ?

Rudy lui jette un regard en coin.

— Il y a des choses que même le Rude peut comprendre.

Taz sourit.

— Elle veut que j'aille de l'avant, un truc dans le genre.

— Vers l'infini et au-delà ?

— Voilà.

Rudy prend une gorgée de sa tasse isotherme avant de la laisser reposer sur son ventre.

— Pauvre Mo.

Jour quatre cent cinquante-quatre

Octobre suit son cours, Taz doit dégivrer le pare-brise et secouer la bâche pour accéder au bois d'œuvre près de l'atelier. Taz et Lauren trouvent leur rythme, la relève de la garde chaque matin – Lauren qui retire ses gants, son manteau. Elle repart chaque soir. Et l'été semble vouloir revenir, sauf qu'à présent, la lumière est diffuse et dorée, le soleil amorçant déjà sa course vers les étoiles, la lune. Taz passe ses journées à poser du lambris, des cimaises, des meubles d'angle, des buffets, des portes et des fenêtres. Rudy préfère l'attendre dans le pick-up plutôt que de faire face à Lauren. Il ne mentionne Elmo qu'à une occasion, s'étonnant de ne pas l'avoir vue depuis longtemps.

— Elle fait son stage, Rudy. À Helena. T'as oublié ou quoi ?

— Je sais, mais elle a passé un week-end ici et…

— Sinon, qu'est-ce qui se passe, dans la zone ami ? demande Taz, pour changer de sujet.

Toute la journée, il doit écouter ses histoires faites de malheur et d'injustice.

Enfin, ils n'ont plus qu'à s'occuper des derniers détails, et Taz n'a pas vraiment besoin de Rudy, pourtant il continue de l'emmener avec lui. Il le dépose après le travail, refusant de s'arrêter pour une bière, puis il se dépêche de rentrer pour que Lauren puisse retrouver sa chambre d'hôtel. Si Midge ne dort pas déjà, il la prend dans ses bras et va chercher quelque chose à manger dans la cuisine. La plupart du temps, Lauren a pensé à lui. La semaine précédente, elle lui avait même laissé un micro-ondes, après qu'il lui eut avoué qu'il avalait ce qu'il trouvait, chaud ou froid, peu importe.

Un soir, la sonnerie retentit alors qu'il s'apprête à jeter un œil dans le micro-ondes. Il se dirige vers la porte le sourire aux lèvres, pensant trouver Elmo sous le porche. Il voit déjà Midge perdre la tête et se propulser vers elle, bras tendus, comme si elle pouvait voler.

— Mo, mo, mo, dit Midge tandis qu'ils s'empressent de rejoindre l'entrée.

Taz ouvre grand la porte et se retrouve nez à nez avec deux petits fantômes suivis d'un pirate borgne. Ils lui présentent des taies d'oreillers.

— Farce ou friandise ! crient-ils.

— Une seconde, marmonne Taz.

Il fait demi-tour et entreprend de fouiller la maison, ses lacets défaits traînant sur le plancher.

Il est fait comme un rat. Comment a-t-il pu oublier Halloween ? Marnie va le massacrer. Il n'arrive pas à croire que Lauren n'ait rien dit, qu'elle n'ait pas même apporté un costume pour Midge. Une citrouille, au moins.

Il trouve les mini-sacs de chips de Rudy. Ceux qu'il achète pour ses repas avant de les lui proposer, au prétexte qu'il est au régime.

— Arrête de les acheter, alors, dit Taz.

— C'est pour tester ma volonté, répond Rudy.

Taz dépose un sac de chips dans chaque taie.

— Yo ho ho, dit le pirate.

Taz éteint la lumière du porche. Celle du séjour. Celle de la cuisine. Il reste assis dans le noir avec Midge, à lire la fin du *Livre des songes**, qu'il connaît par cœur.

Pas question, dit Marnie, *impossible. Je te ferai subir le supplice de la planche moi-même s'il le faut.* Tourner le dos à Halloween. À tous ces enfants. C'est impensable. Les costumes de Marnie.

---

* Album pour enfants écrit par Dr. Seuss.

La sirène enceinte. Le squelette. Tous ces os. Et que dirait Elmo ? *Pas de costume pour Midge ? Lamentable.*

Il se relève et explique à Midge qu'ils ont des courses à faire.

À la caisse, la fille glisse les bonbons dans un sac en haussant un sourcil percé.

— Demain, ils seront en soldes, dit-elle.

Une fois rentré, il allume les lumières et envoie Midge distribuer les bonbons sous le porche, mais le premier masque lui fiche la trouille. Taz se demande s'il a déjà eu une bonne idée dans sa vie. Il réconforte Midge et présente ses excuses au gobelin ou tueur en série, que sa mère attend sur le trottoir, puis il dépose une grosse poignée de barres chocolatées dans sa taie.

— Merci ! s'écrie-t-il, le souffle coupé par la gratitude.

Taz s'assied avec Midge et attend que ses sanglots se muent en respirations saccadées.

— Ne t'inquiète pas, dit-il. Bientôt, tu seras des leurs. Tout ce que les adultes seront prêts à te donner, tu n'en croiras pas tes yeux.

Il la garde dans ses bras pour servir les enfants suivants, mais elle est agitée, bougonne, alors il abandonne les bonbons sous le porche et va la mettre au lit.

Lorsqu'il ressort de la nursery, pensant laisser les bonbons dehors, il se rappelle combien Marn adorait les distribuer, admirer les costumes, montrer le sien, des souvenirs qu'il ne peut oublier. Alors il installe une chaise sous le porche pour voir venir les enfants, les empêcher de sonner, et reste ainsi jusqu'à ce que les derniers arrivants grimpent les marches à neuf heures trente, deux ados en épaulettes et maillot de football, faisant à peine semblant d'y croire ; l'un d'eux a tout de même enfilé un casque, et ni l'un ni l'autre n'est prêt à tirer un trait sur sa nuit préférée. Taz renverse le bol au-dessus de leurs taies, leur arrachant un ultime "waouh !" avant de fermer la porte et de tomber nez à nez avec un stock de bonbons lui ayant échappé. Il rappelle les garçons, qui ne l'entendent pas. Craignant de crier trop fort, il laisse le sac sous le porche pour d'éventuels voleurs de citrouille. Enfin, il éteint la lumière, reprend sa place sur le canapé et sourit. Cela fait une éternité qu'il ne s'est pas couché si tard.

Jour quatre cent cinquante-cinq

— T'ES sérieux, mec ? demande Rudy.

Taz remue, ouvre un œil. Il se redresse en grommelant et regarde autour de lui, le canapé sur lequel il a dormi. Rudy déballe un minuscule Snickers qu'il mange sans prendre la peine de fermer la bouche.

— T'as des lits, tu sais.

Taz cherche ses chaussures.

— La sorcière en chef n'est pas encore arrivée ? demande Rudy.

Taz se racle la gorge.

— Je suppose que non. Et l'apprentie sorcière dort encore.

— Longue nuit ?

Taz sourit presque, repensant à son trou de mémoire.

— J'avais complètement oublié Halloween.

Rudy interrompt son festin.

— Tu déconnes ?

Taz marmonne quelque chose. *Hmm hmm* peut-être, difficile à dire.

— Je t'ai parlé de la fête costumée ? Alisha et moi, on a raté notre coup, on est arrivés en deuxième position.

— C'est tout ? Vous étiez déguisés en quoi ?

— Je voulais qu'Alisha soit Godiva et moi, son cheval, mais elle n'était pas d'accord.

— Étonnant.

— Elle a quand même retenu le thème bétail. J'étais déguisé en vache, elle en cow-girl.

D'une main, Taz l'arrête avant qu'il ne puisse développer. Rudy lui tend son mug.

— Tiens. Je crois que tu en as plus besoin que moi, quelque chose que je n'aurais jamais cru possible quand je me suis réveillé ce matin.

— J'ai dû acheter des bonbons à la dernière minute.

— C'est Marnie qui t'a forcé ?

— Oui.

— Bien joué, Marnie, dit Rudy en déballant un autre Snickers. Au moins, t'as pas lésiné sur la qualité.

Dans la rue, une portière claque. Ils échangent un regard.

— Prêt ? demande Rudy.

Taz hoche la tête, bien qu'il soit loin d'être prêt. Une brosse à dents lui ferait le plus grand bien. Néanmoins, il emboîte le pas à Rudy, qui ouvre la porte et se retrouve face au visage atterré de Lauren.

Taz pense que c'est peut-être le fait de tomber nez à nez avec Rudy à une heure indue, mais elle dit :

— Ted, on a oublié Halloween.

— En effet.

— Comment est-ce que j'ai fait pour ne pas remarquer les décorations ? Les citrouilles ?

— Vous étiez ensorcelée. Les pouvoirs magiques de Midge.

Rudy lui tend un Snickers.

— Marnie nous tuerait, dit-elle.

— C'est déjà fait, plus ou moins, répond Taz.

Il fait un pas en arrière pour la laisser entrer.

— Midge en a bavé, trop de fantômes et de gobelins. Elle dort encore.

Son téléphone vibre dans sa poche, un texto.

— On doit y aller, je vous retrouve plus tard.

— Longue journée en perspective ?

— Non, juste quelques détails. Ça devrait aller vite. Et ensuite, qui sait ?

— Je devrais peut-être penser à prendre mon billet. Rentrer chez moi, nettoyer les toiles d'araignée, tout ça.

— On en reparle ce soir.

Il suit Rudy jusqu'au pick-up et lui lance les clés.

— Un café d'abord, dit-il.

Il sort son téléphone et s'affale côté passager tandis que Rudy s'installe derrière le volant.

— Si tu savais ce que j'ai fait cette nuit, tu ne me laisserais pas conduire.

Taz ne répond rien. Il continue de fixer son téléphone jusqu'à ce que Rudy démarre, déboîte, avale une gorgée de sa tasse isotherme et demande :

— Qu'est-ce qui se passe ?

— C'est Elmo.

— Elle est de retour ?

Taz se tapote les cheveux pour les aplatir.

— C'est, je ne sais pas, ce n'est pas le ton habituel.

— Comment ça ?

— Elle me demande si on aura bientôt fini. Pour que je vienne la voir à Helena.

— La vache !

— Non, elle dit qu'elle a besoin d'aide.

— Pourquoi ?

— Elle ne précise pas.

— Appelle-la, alors.

— Café, dit Taz, les yeux toujours rivés sur son téléphone.

Au stand, lorsque Rudy lui demande ce qu'il veut, Taz ne répond rien. Rudy lui commande un café XXL. Quatre doses d'expresso. Il dévisage Taz.

— Écoute, moi-même je n'y croyais pas, mais Alisha a osé, elle s'est mise toute nue pour faire Godiva.

— Quoi ?

— Mais elle n'a pas les cheveux assez longs pour le rôle, tu piges ?

— Qui ?

Rudy lui tend son café.

— Laisse tomber. Interdiction de toucher à un outil électrique aujourd'hui.

Elmo n'appelle pas. Il passe la journée à consulter son téléphone. Chaque fois, Rudy hausse un sourcil. Taz envoie des textos. Laisse un message. Deux. Il se retient à la dernière minute d'en laisser un troisième.

Il termine le chantier avec Rudy. Le propriétaire étoffe le dernier chèque, et Taz a envie de l'agiter sous les yeux de Marnie. C'est sûrement grâce à Midge, mais n'empêche.

Il donne une partie du bonus à Rudy, qui le lui rend aussitôt.

— Hors de question.

Taz ne lui a jamais demandé comment il gagnait sa vie, si ses histoires de pylônes suffisaient à le maintenir à flot, à moins qu'il ne soit aussi rentier ou trafiquant de drogue. Rudy ne lui a jamais rien dit.

Dans l'entrée, ils rangent les derniers outils.

— Voilà. Passe-moi un coup de fil la prochaine fois que t'auras besoin de moi, déclare Rudy.

— Rien à l'horizon pour l'instant.

Rudy pince les lèvres et ajuste la rallonge qu'il a enroulée autour de son épaule.

— Rien, vraiment ?

— Marko a peut-être…

— Je veux dire, à Helena. Il n'y a rien à l'horizon, là-bas ? Elmo n'a jamais répondu ?

— Non.

Taz se dirige vers la porte avec le compresseur et le balai.

— Tu crois qu'elle a des ennuis ?

— Elle l'aurait dit, non ?

Ils grimpent dans le pick-up.

— On va au Club ? demande Rudy.

C'est la tradition. Pour fêter la fin du chantier.

Taz tapote sa cuisse avec son téléphone en regardant par la fenêtre.

Il débraye et s'éloigne de la maison, de tout ce travail. Des meubles qu'il ne reverra plus.

— Tu devrais peut-être lui envoyer un texto, dit Rudy.

— Elle ne répond pas.

— T'as essayé de l'appeler ?

— Elle ne répond pas.

— OK, dit-il, calant son pied contre la boîte à gants. Voilà qui ne facilite pas les choses.

— Une petite virée ? lance-t-il une minute plus tard.

— Et si ce n'est rien ? Si je me retrouve comme un con sous son porche ?

— Elle n'hésiterait pas à le faire pour Midge et toi. Elle serait même déjà là.

Taz rumine encore les paroles de Rudy quand son téléphone vibre. Il le pose devant lui pour regarder l'écran. Rudy attrape le volant.

— Elle dit d'oublier son texto. Fausse alerte. Qu'elle n'aurait jamais dû m'écrire ça.

— Hein ?

Taz saisit le volant et reprend la route, perdu dans ses pensées.

Jour quatre cent cinquante-six

Il contemple le plafond. L'éclat tamisé de la veilleuse. Midge secoue les barreaux de son lit.

— Papa !

— Je suis là Midge. Tout va bien. Pose ta petite tête sur l'oreiller.

Une seconde de silence. Deux.

— Pa-PA !

Il soupire.

— Je suis là Midge. Pose ta petite tête sur l'oreiller.

Les barreaux tressautent à nouveau. Le lit semble sur le point de se désintégrer. Un fauve en captivité.

Silence. Évaluation des effets.

Un début de gémissement.

Taz se masse les tempes.

— Mo, dit Midge, transformant la syllabe en sanglot. Mo, mo, mo.

Le matelas ploie lorsqu'elle se laisse retomber dessus, s'enfonçant dans sa misère. Cependant, c'est un gémissement fatigué, pas le genre de plainte qui se prolonge en crise d'une demi-heure : Taz pense pouvoir patienter. Tous les livres évoquent le cercle infernal des nuits entrecoupées qui s'installe quand les parents se précipitent au premier cri. Mais ils ne disent rien des parents qui restent allongés, macérant dans leur propre sueur, à écouter sans bruit, à commettre d'énormes erreurs.

Il sent Marn lui caresser le bras. Bougeant à peine, elle se penche vers lui et murmure à son oreille. *Tu t'en sors très bien.*

S'il en avait le courage, il retournerait dormir dans leur ancienne chambre au bout du couloir.

Midge gémit en réclamant Mo. Encore et encore, jusqu'à ce que le sommeil la rattrape. Mo, mo, mo.

Elle s'endort, baignant la pièce de sa respiration calme et régulière, des heures avant que Taz ne sombre à son tour. Lorsqu'il se réveille, il se demande s'il a dormi. La chambre est plongée dans la pénombre. Il a mal au crâne. Comme aux premiers jours.

Il se lève et se penche au-dessus de Midge avant de sortir, de charger le pick-up, de faire du café et d'en remplir la Thermos. Il prépare le sac de couches, ramasse quelques jouets, s'arrête et réfléchit. Midge ou non ?

Lauren. Qui devrait arriver d'une minute à l'autre. Qui voulait prendre son billet d'avion. Elle accepterait de rester. Il en est sûr.

Il regarde la percée grise de l'aube, pensant qu'il ferait peut-être mieux d'emmener Midge avec lui, que sa présence faciliterait les choses avec Elmo. Aussitôt, Marnie lui donne une bourrade, le faisant sursauter.

Il s'assied, se verse une tasse de café et attend.

Il est encore assis lorsqu'elle arrive.

Elle lui jette un rapide coup d'œil et consulte sa montre. Elle croyait qu'il aurait terminé la veille, dit-elle, qu'il s'offrirait une grasse matinée aujourd'hui.

— Une grasse matinée ? Après trois heures du matin, vous voulez dire ? Quatre heures ?

— Disons que j'espérais me rendre utile et profiter de Midge une dernière journée. Mon avion décolle tard.

— Ce soir ?

Elle acquiesce.

Il baisse la tête

— Je pensais faire un tour à Helena. Voir pour un boulot, peut-être.

Elle le regarde droit dans les yeux.

— À Helena ? Vous vous délocalisez ?

Il sourit.

— Je ne crois pas. Pas tout de suite.
— J'annule mon vol ?
— Peut-être, je ne sais pas. Je ne sais pas vraiment ce qui se passe là-bas.
Elle le dévisage longuement.
— Si quelque chose se passait à Helena, dit-elle, transférant son poids d'une jambe à l'autre, Marnie serait contente pour vous.
Taz trépigne dans l'entrée.
— Comme je disais, je n'en sais rien.
— Si vous prenez le temps de réfléchir à ce que je viens de dire, vous comprendrez que c'est vrai. (Lauren se passe une main dans les cheveux, encore un geste fantôme qui le terrasse.) Marnie avait beaucoup de qualités, mais elle n'était pas facile à contenter. On le sait tous les deux. Mais cette Muppet ? Elle lui aurait plu. Beaucoup.
— Lauren.
— Marnie n'est plus là. Jamais elle n'aurait voulu que vous passiez le reste de votre vie seul.
— Vous mettez la charrue avant les bœufs. Vous allez beaucoup trop loin.
— Vraiment ?
— Elmo m'a juste demandé de passer la voir, parce qu'elle avait besoin de quelque chose. Puis elle m'a dit de laisser tomber.
— Mais vous pensez que vous devriez quand même y aller.
— C'est ce qu'elle aurait fait pour moi.
Lauren regarde ailleurs, vers la cuisine, le smiley de Marnie, peut-être.
— Je n'en doute pas.
— Et ?
— Vous avez besoin de preuves supplémentaires ? Vous feriez n'importe quoi l'un pour l'autre.
Taz laisse échapper un long soupir.

— Marnie disait souvent que, quand elle était petite et qu'elle avait fait une bêtise, vous vous asseyiez près d'elle pour lui parler. Elle disait qu'elle aurait préféré que vous la battiez, parce qu'une fois que vous commenciez à parler, il n'y avait plus d'échappatoire.

Lauren sourit.

— Elle aurait préféré que je la batte ? J'étais si atroce que ça ?

— C'était un compliment détourné.

— Allez à Helena. Allez donc voir de quoi Elmo a besoin.

— Je… commence Taz.

Lauren l'interrompt.

— Et laissez-moi Marnie. Il est temps que nous ayons une conversation.

— Je pensais emmener Midge.

Lauren secoue la tête.

— Laissez-la moi, elle aussi. Vous devez y aller seul.

Prêt à partir, Taz rejoint le pick-up et dégivre le pare-brise. Le moteur hoquette et bégaie dans le froid avant de démarrer. Il attend que l'habitacle se réchauffe, puis il sort en marche arrière, allume les phares et suit leur lumière dans la rue.

Au lieu de rester avec sa mère, Marnie lui reproche tout le long du trajet où défile le paysage gris des premiers froids d'avoir laissé Midge à la maison. "C'est ta mère qui me l'a demandé" a envie de répondre Taz, mais il sait que cela finirait mal, alors il se contente de conduire et d'écouter.

Petit a), ne t'avise jamais de l'abandonner et petit b), c'est elle qui a conquis ta rouquine. Tu l'as compris, ça, n'est-ce pas ?

Taz serre le volant plus fort dans les virages du canyon, le long des parois de roche rouge.

— J'aurais dû l'emmener.

Mieux vaut tard que jamais.

Ses remarques l'aident à passer le temps, mais lorsqu'il se gare enfin devant la maison d'Elmo, elle se tait.

— Je ne peux pas débarquer comme ça, chuchote-t-il.

Non, je ne pense pas que ce serait sage.

— J'aurais dû y penser avant.

Il la sent hausser des épaules.

Enfin, il prend son téléphone et écrit : "El, ça va ?"

Il attend. Encore un peu. Puis : "El ? Tu m'as fait un peu peur hier."

Elle finit par répondre. Un simple "OK."

"OK tu m'as fait un peu peur ?"

"Non. Je suis OK."

"Occupée ?"

"Quoi ?"

"Je peux entrer ?"

Quelques secondes de silence s'ensuivent. Taz prend conscience qu'il retient son souffle et se remet à respirer, hors d'haleine, comme s'il était venu en courant.

"Tu es là ?"

"Regarde par la fenêtre."

Merde. Et si elle n'est pas chez elle ?

N'y va pas, chuchote Marnie, hors d'haleine elle aussi. La porte de l'appartement s'ouvre. Elmo apparaît. Elle l'observe, en T-shirt et short de basket.

Il ouvre la portière. Reste debout devant le pick-up, la regarde.

— Pas de Midge ? crie-t-elle, juste assez fort pour qu'il l'entende de l'autre côté de la rue.

Il secoue la tête.

Elle lui fait signe de traverser.

— J'aurais bien pris une dose de Midge, dit-elle quand il approche.

Il s'arrête.

— Elle passe une journée entre filles, avec sa grand-mère.

Elmo se tourne et monte les marches.

— Allez, viens.

Taz ne bouge pas.

— Je voulais juste te voir. J'étais inquiet.

Elle baisse les yeux sur lui et serre ses bras autour d'elle, frissonnante.

— J'ai trop froid pour rester dehors.

Taz la suit dans l'appartement et constate qu'elle n'a vraiment pas défait ses cartons. Ils sont plus ou moins alignés contre le mur ; certains sont ouverts, encore pleins de vêtements. Taz reconnaît le canapé fatigué et le vieux fauteuil. Un costume d'Halloween est jeté en travers de l'accoudoir, une paire d'ailes miteuses et légèrement aplaties surmontées d'une auréole. Une fourche rouge repose sur le tout.

— Alors, demande Elmo. Qu'est-ce qui t'amène en ville ?

Elle se tourne vers la fenêtre et regarde dehors, comme si le pick-up de Taz avait été recraché là par un tsunami.

— Comme je disais, hier, ton texto, j'étais…

— Oui. Désolée. Mais je t'ai dit de laisser tomber. Ce n'était rien.

— N'empêche. Tu ne m'as jamais demandé quoi que ce soit avant, alors…

Elle commence à lever les bras, puis elle se ravise. Lui jette un bref coup d'œil avant de détourner les yeux.

— Tu veux boire quelque chose ? Du café ?

— J'en ai bu un sur la route.

— Besoin de pisser, peut-être ?

— El, tout va bien, répond-il, soulagé de s'être arrêté en chemin.

— Alors assieds-toi, au moins.

Il ramasse l'auréole, la robe blanche, pose la fourche sur le côté.

— Ange ou démon ? Je ne savais pas quoi choisir, tu comprends ?

— El. Qu'est-ce qui se passe ?

Elle attrape sa natte, la caresse des doigts, se met à la défaire.

— Grosse fête hier soir.

— Et, commence-t-il.

Elmo l'interrompt.

— Tu parles toujours de sa mère à Midge ?

Taz a un léger mouvement de recul.

— Euh, oui.

Alors elle le regarde vraiment, droit dans les yeux.

— Tu t'y prends comment ?

Taz cherche ses mots, mais Elmo le prend de vitesse.

— Tu fais comment pour inventer les histoires ? Enfin, si tu les inventes.

— C'est une grande aventurière, répond Taz d'une voix douce. Une pirate. Elle navigue. Elle n'a pas encore réussi à rentrer. Un genre de conte de fées, quoi.

— OK.

Elmo refait sa natte, séparant les mèches, les rassemblant. Au dessus, en dessous, en travers.

Taz attend. Sans même s'en rendre compte, il commence à caresser une des ailes, lissant les plumes.

Elmo vient s'asseoir en face de lui, sur le canapé.

— Il était une fois, commence-t-elle. (Elle lui lance un regard interrogateur.) Tu fais ça ? Le truc de "Il était une fois" ?

— Non, murmure-t-il.

— OK, on oublie, alors. (Elle attache sa natte avec un élastique et pose ses mains sur ses genoux.) Donc, il y avait cette fille, OK ? Elle était sympa, en tout cas, c'est ce que disaient ses amis, et plutôt agréable à regarder – ça aussi, c'est ce que disaient ses amis, pas elle. Elle vivait dans un nouvel endroit où elle était plus ou moins la plus jeune, et il y avait ce mec, un prof débutant, qui n'était pas bien vieux, lui non plus.

Taz l'arrête d'une main.

— Et si je n'aime pas cette histoire ?

Elle se tait et le dévisage.

— Midge t'a déjà dit ça, un jour ? "Je n'aime pas cette histoire ?"

Il secoue la tête.

— Alors tu n'as qu'à… (Elle porte ses doigts à sa bouche et fait mine de tourner une clé qu'elle jette par-dessus son épaule.) C'est moi qui raconte. Et n'oublie pas que je ne t'ai pas demandé de venir ici.

— Si, en fait.

— OK, le texto. N'empêche.

Elle fait à nouveau mine de tourner une clé, soutenant son regard pour s'assurer que le message est passé.

Elle est pâle, note Taz, plus encore que d'habitude. Elle semble avoir dormi avec sa natte, bien qu'elle vienne de la refaire devant lui. Si elle a dormi.

— Alors, cette fille, elle vit sa vie, elle fait ce qu'elle doit faire sans s'occuper du reste, parce que, dans un pays lointain, une magnifique petite princesse lui a volé son cœur.

— Volé dans le mauvais sens du terme ?

Taz ne peut s'empêcher de sourire.

Elmo laisse retomber ses mains sur ses genoux et soupire.

— Non, trouduc, dans le bon sens.

— OK alors.

— Mais la petite princesse vit avec un ogre très méchant.

— Oh !

— D'accord, d'accord. Elle vit avec son père, à qui, à qui… (Sa voix s'estompe. Elle se racle la gorge, baisse les yeux, enroule ses doigts les uns autour des autres.) À qui une chose terrible est arrivée.

Elle prend une inspiration saccadée.

— Lui aussi a volé un morceau du cœur de la fille, ajoute-t-elle d'une voix si inaudible que Taz doit se pencher en avant pour l'entendre.

— L'autre type ne sait rien du pays lointain. Il envoie une pantoufle de vair à la fille. Elle ne sait pas quoi en faire, alors elle la lui renvoie, mais il la lui renvoie, et ainsi de suite jusqu'à ce que, au final, elle n'ose plus renvoyer la pantoufle. Elle accompagne le type à une fête, elle met son plus beau costume. Ce type, c'est un type bien, il lui pose des questions sur sa vie, il écoute ses réponses et la fille lui raconte des histoires, plein de trucs, mais jamais elle ne parle du pays lointain. Pas une seule fois.

Elmo se tait. Taz lève les yeux juste à temps pour la voir s'essuyer les joues.

— La fille se demande pourquoi elle n'évoque jamais le pays lointain. Et après la fête, sur le chemin du retour, le type, qui est un type bien, pas un sale type, demande à la fille s'il peut l'embrasser. Devant la porte de son appartement. Il lui demande carrément la permission ! Elle n'arrive même pas à le regarder, elle est incapable de lui répondre, parce que soudain, elle se rend compte que le pays lointain lui manque plus que tout au monde et elle panique, elle s'enfuit en courant, elle ne veut pas perdre une seule seconde de plus, elle commence à traverser les montagnes avant de se dégonfler ; après tout, le pays lointain n'est peut-être pas aussi accueillant qu'elle le croit, la princesse et son père ne veulent peut-être pas du cœur qu'ils lui ont volé, alors elle fait demi-tour et rentre chez elle, une aile coincée dans la portière, ce qu'un policier a la gentillesse de lui faire remarquer, et elle envoie un texto bidon à la place…

Taz tend le bras par-dessus un carton encore plein et lui attrape la main, celle qui est occupée à broyer l'autre.

— Respire, El.

— Ensuite, le père se pointe chez la fille alors que la fille se cache, parce qu'elle ne sait pas quoi faire avec lui ni avec l'autre type ni avec elle-même, elle ne sait plus rien du tout, et…

— Respire.

Elle lui jette un coup d'œil avant de baisser les yeux sur leurs doigts entrelacés. Elle retire sa main.

— C'est juste que, je me demande si je n'ai pas fait une erreur, en renvoyant cette pantoufle à la con. Le pays lointain n'existe peut-être pas.

— Il existe.

Elmo cligne des yeux et détourne le visage.

— Et si le père ne se remet jamais de cette chose terrible qui lui est arrivée ?

— Je ne sais pas.

Il tend à nouveau le bras, sans lui prendre la main, cette fois ; il se contente de lui effleurer le petit doigt avec l'index.

— Peut-être qu'une fille avec une pantoufle de vair va apparaître et lui faire couler un gigantesque bain moussant.

Elmo rit, une seule fois, un genre de hoquet. Elle enroule son doigt autour de l'index de Taz.

— En fait, je voudrais juste savoir si j'ai tort d'espérer…

Taz prend une profonde inspiration.

— Depuis que je te connais, je me pose la même question mais… La vache, t'as vraiment envie de ça ? Qui pourrait avoir envie de ça ? Donc, non, tu n'as pas tort, mais tu n'es peut-être pas tout à fait saine d'esprit, non plus.

Elmo sourit.

— C'est ce que je me suis dit. Plus d'une fois.

— Génial.

Ils restent assis là, à se regarder, sans tout à fait se tenir la main, jusqu'à ce que Taz déclare :

— Écoute, Grand-Mère repart ce soir, donc je suppose que je devrais…

— Attends, dit Elmo.

Taz se tait et triture le manche de la fourche.

— Puisqu'on en est à échanger nos contes de fées, commence Elmo d'une voix timide. Quand Marnie te parle…

Taz sursaute comme s'il avait reçu un choc électrique.

— Je t'ai dit que Marnie me parlait ?

— J'ai deviné.

Taz la dévisage.

— Quand elle te parle, chuchote Elmo, qu'est-ce qu'elle te dit sur moi ?

— Elle dit beaucoup de choses.

Attention, murmure Marnie.

— Qu'est-ce qu'elle te dit sur moi, Taz ?

— Elle dit : "Ne sois pas bête."

Elmo retient son souffle.

Taz sent que Marnie fait de même.

— Elle dit : "Ne la laisse pas s'échapper."

Elmo se penche en avant et le regarde droit dans les yeux.

— Tout le monde n'arrête pas de me le répéter, poursuit-il. Rudy. Même la méchante belle-mère. Mais c'est Marnie qui insiste le plus.

— Et c'est elle que tu écoutes le plus ?

Taz opine, un léger sourire aux lèvres.

Elmo expire enfin, de l'air qu'elle semble retenir depuis une éternité.

— Je suis désolée que tu l'aies perdue, Taz.

— Je sais. Tout le monde l'est.

— Et tu crois que…

— Je crois que tout le monde serait absolument ravi de me voir jouer les Lazare.

— Les Lazare ?

— Ça fait un paquet de temps qu'on me donne pour mort, El. Moi le premier.

Sur le chemin du retour, Marnie se tait. Taz lui en est reconnaissant. Ils sont parfois comme ça ensemble, silencieux, tranquilles, chacun regarde par la vitre, suivant le fil de ses pensées.

Il rentre à temps pour que Lauren puisse attraper son vol, mais elle l'a déjà annulé.

— J'étais inquiète. Cette histoire de boulot à Helena.

Taz est debout dans l'entrée ; Midge lui grimpe sur les jambes.

— Papa rentré ! crie-t-elle.

— Inquiète ? demande Taz.

Lauren sourit, se redresse.

— Je me demandais si tout s'était bien passé.

C'est un peu comme avoir une conversation avec Rudy. Puis il saisit le sous-entendu et sourit.

— Son stage se termine à Noël, répond-il.

Les joues de Lauren rosissent légèrement.

Midge grimpe sur les pieds de Taz, attrape ses doigts et les secoue, comme pour encourager sa monture à avancer.

— Allez !

Taz commence à marcher, Midge en équilibre sur les pieds ; c'est son nouveau jeu préféré.

— Moi non plus, je n'ai pas chômé aujourd'hui, dit Lauren.

Midge dirige Taz en tirant sur ses doigts. Elle le guide jusqu'à la cuisine et lui fait faire le tour de la pièce avant de ressortir.

— Passer une journée avec Midge, ce n'est pas chômer.

— Ted, dit-elle d'un ton si sérieux qu'il s'arrête net.

Il se tourne vers elle.

— J'ai parlé à des agents immobiliers, s'empresse-t-elle de dire.

Pris de court, Taz cligne des yeux. Midge continue de lui triturer les doigts.

— Tout ce qui compte pour moi est ici.

Lauren agite la main en direction de Midge, qui entraîne Taz vers le coffre.

Lauren ici, dans la même ville qu'eux ?

— Si c'est trop pour vous, je ne commencerai même pas à chercher.

Il se prend les pieds dans le coffre et pose Midge afin qu'elle puisse semer le chaos parmi ses jouets.

— On dirait que c'est déjà fait…

— Ted, s'il vous plaît. Je fais de mon mieux.

— Moi aussi, je me suis renseigné, commence-t-il, sans prendre le temps de réfléchir. Pendant la période la plus sombre. J'ai parlé à mes parents.

Lauren blêmit, comme si Taz venait de quitter la planète ou de passer dans une autre dimension.

— Ils vivent en Nouvelle-Zélande. Je ne sais pas si vous êtes au courant.

— Marnie me l'a dit.

— Je, enfin mon père, a fait quelques recherches pour voir si je pouvais travailler là-bas.

Lauren plaque une main sur la table monumentale pour éviter de chanceler. Là où Marnie voulait divertir les masses. Ou au moins se cacher dessous avec Midge.

— Ils n'ont jamais rencontré Midge. (Il lève les yeux sur elle.) Ils ne connaissaient même pas Marnie.

Lauren reste silencieuse, le temps de se ressaisir.

— Ils viendraient, si Midge avait la moindre importance à leurs yeux. Ils auraient dû le faire il y a longtemps.

— C'était juste une conversation. Comme vous avec les agents immobiliers.

Elle tremble.

— Mais moi, je veux emménager ici. Venir *à* Midge. (Elle le fixe.) Vous seriez vraiment prêt à l'emmener si loin ?

Elle semble prête à sauter par-dessus la table. À se battre à mort pour lui arracher Midge.

Taz secoue la tête.

— Comme je vous le disais, c'était il y a longtemps.

Elle se tait et consent à baisser le regard, à cesser de le défier.

— La vérité, c'est que je ne pense pas être capable de déménager. Quitter ça ? (Il fait un geste qui englobe toute la maison.) Après tout ce qu'on a fait ensemble ? D'une pierre deux coups ?

Les yeux rivés sur la table, Lauren ramasse une miette invisible.

— Je craignais que vous ne déménagiez pour cette même raison.

— Je sais. C'est peut-être ce que je devrais faire. Je suis incapable d'affronter la salle de bains. Même après l'avoir démolie. Et je n'ai pas pu me décider à abattre le sapin de Noël sans Marnie. Elle en inspectait des centaines. Elle leur trouvait tout un tas de défauts invisibles avant de choisir l'arbre idéal, qui, de mon point de vue, ressemblait à tous les autres.

— Elle était très douée pour les défauts invisibles.

— Elle se débrouillait plutôt bien avec les défauts visibles, aussi.

— À qui le dites-vous ? Les miens m'ont été exposés en long, en large et en travers.

Il acquiesce vigoureusement. Ce talent qu'elle avait pour tout déconstruire. Les gens. Avant de se mettre à rebâtir.

— Alors, dit Lauren. Cette conversation avec les agents immobiliers ?

— C'est un grand pas. Tout ça pour venir jouer les grands-mères. La vieille dame au bout de la rue qu'elle ira voir de moins en moins souvent ?

Lauren se met à tousser comme si on l'avait frappée au plexus.

— Eh bien, je vois que Marnie a déteint sur vous. La vieille dame au bout de la rue ? (Elle sourit.) Vous savez ce que ça fait de vous, n'est-ce pas ? Le paternel. Le ringard qui lui fera honte. Dont elle n'aura de cesse de s'éloigner. Celui à qui elle mentira pour aller traîner avec des garçons. En le regardant droit dans les yeux. Toute cette confiance. Elle va vous briser le cœur…

Taz abat sa main entre eux.

— Assez ! dit-il. (Il laisse échapper un long soupir.) Pitié. On dirait que je ne suis pas le seul sur lequel Marnie ait déteint.

Lauren hausse un sourcil.

— On sera tous les deux dépassés avant même de s'en rendre compte. Ça fait partie du boulot.

— Elle n'a pas deux ans. Pas même un an et demi. Laissons-lui le temps.

— Elle est bien partie. Croyez-moi. J'en ai déjà élevé une. Je n'ai pas vu la ligne de touche avant de comprendre que j'étais dessus.

— C'est justement ça, notre boulot, non ? Les élever jusqu'à ce qu'ils nous abandonnent.

— Exact. Et qui pourrait vouloir d'un boulot pareil ?

— Et qui pourrait vouloir d'un deuxième round ?

Les deux mains à plat sur la table, elle baisse la tête.

— Touchée.

Ils restent ainsi quelques instants, à contempler la table, leurs mains. Autour d'eux, la maison est silencieuse, hormis le babillage de Midge, qui fouille le coffre, à la recherche d'un jouet qu'elle n'aurait pas encore jeté au visage du monde.

Jour quatre cent soixante et un

Après une semaine sans commande, Marko appelle comme par miracle et se met à parler sans discontinuer, un nouveau chantier, un entretien dès le lendemain, encore un lancement de fusée, vers l'infini et au-delà. Taz attend qu'il se fatigue tout seul avant de raccrocher et de se laisser tomber sur sa chaise. C'est presque trop beau pour être vrai.

Il téléphone à Lauren et lui parle du travail en perspective.

— Heureusement que je n'ai pas pris mon billet, se contente-t-elle de répondre, hilare.

Puis elle l'interroge sur ses projets et apprend qu'Elmo viendra peut-être passer le week-end. C'est probablement la raison pour laquelle elle prétend s'être coincé le dos, la raison pour laquelle, vendredi après-midi, elle s'empresse de rejoindre son hôtel dès que Taz rentre de son entretien avec Marko. Elle dit qu'elle va s'acheter un patch chauffant et regarder des films dans sa chambre, profiter du jacuzzi au rez-de-chaussée.

Presque une heure plus tard, on frappe à la porte, un bruit si discret que Taz ne l'aurait pas entendu s'il n'avait passé la semaine à l'attendre. Il ouvre et ils restent plantés l'un devant l'autre, à se sourire, jusqu'à ce que Midge vienne aux nouvelles.

— Mo ! crie-t-elle.

Elmo s'agenouille et Midge lui saute dans les bras. L'étreinte se prolonge, chacune faisant le plein de l'autre.

Au bout d'un moment, Midge se débat un peu. Elmo la relâche, et Midge lui prend la main pour la conduire à sa chambre, lui montrer tout ce qui a changé depuis sa dernière visite : rien de plus qu'une nouvelle peluche, cadeau de Grand-Mère. Macaron le glouton, pour accompagner son Elmo dépenaillé. Taz ne voit pas de différence entre les deux, hormis la couleur et le fait que Macaron soit resté plus ou moins intact depuis que Grand-Mère l'a déballé. Midge l'appelle "Mo-bleu", comme s'il s'agissait d'un seul mot.

Depuis le séjour, Taz l'entend crier et caqueter.

— Mo, Mo-bleu !

— Sérieux ? répond Elmo d'une voix à peine audible.

Il sourit, ayant anticipé sa réponse.

Quand elles réapparaissent, Midge traîne la peluche Elmo par la jambe. Elle tire dessus et dit "Mo" avant de tirer sur la main de la vraie Elmo et de répéter "Mo" en éclatant de rire. Elmo lance un regard à Taz : qu'est-ce qu'on y peut ?

Ils l'emmènent boire un milk-shake en ville. De retour à la maison, ils construisent un superbe château en cubes de bois – Taz en a fabriqué assez pour occuper dix enfants. Quand Midge s'endort enfin, Elmo s'affale sur le canapé, comme si elle venait de vivre la journée la plus longue de sa vie.

— Tu ne me croirais pas si je te disais à quel point elle m'a manqué.

— Et pourtant.

Elle sourit.

— Je suppose que oui. (Elle ferme les yeux, soupire.) Où est Grand-Mère ?

— À l'hôtel. Elle, je crois… (Taz hésite avant de poursuivre.) Je crois qu'elle veut nous laisser un peu d'intimité.

— Sans déconner ?

— Je crois bien.

Elmo se lève.

— Dans ce cas.

Elle fait deux rapides pas en avant et lui plante un baiser sur la joue avant de battre aussitôt en retraite.

— Voilà, conclut-elle. Pour faire honneur à Grand-Mère.

Elle ouvre la porte et se glisse dehors.

— À demain.

Au milieu de la nuit, la veilleuse s'allume alors que le baiser d'Elmo perdure dans ses rêves. Dans un demi-sommeil, il sent quelqu'un soulever les draps et grimper dans le lit. Son cœur bondit, il sursaute et se tourne, un bras levé pour accueillir Marnie, mais c'est Midge qui vient se blottir contre lui.

— Quoi ? Midge ? Chérie, qu'y a-t-il ?

— Fwa, répond-elle en se rapprochant.

Dans l'obscurité, il se redresse sur un coude et baisse les yeux sur ses cheveux en bataille, ses paupières papillonnantes, puis il regarde le berceau et pense aux ruses de ninja qu'elle a dû déployer pour le rejoindre. Il sourit en imaginant sa concentration, ses efforts. Enfin il se recouche et passe un bras autour de ses épaules. Elle s'est presque rendormie, il lui raconte pourtant un nouvel épisode des aventures de Marnie la Pirate. Marnie qui escalade le gréement, saute d'un mât à l'autre et atterrit sur le pont en se balançant au bout d'une corde, tout comme Midge la Prodigieuse s'est échappée de son lit en rappel.

À l'aube, elle est encore blottie contre lui. Taz retient son souffle et se met à glisser doucement vers le bord du lit. Il avance les jambes centimètre par centimètre et bascule sur le plancher, les mains pressées contre le matelas pour éviter que le matelas ne bouge. Il prend la petite couverture de Midge et l'ajoute aux autres avant de rassembler ses habits et de sortir sur la pointe des pieds. Dans la cuisine, il prépare le café. Va-t-elle enfin commencer à dormir dans le lit de grande fille ? Il se revoit montrer l'assemblage tenon mortaise borgne à Marnie, pensant qu'elle serait aussi émerveillée que lui. Cependant, Marnie avait déjà compris que la vraie merveille – leur fille s'appropriant le lit – arriverait quelques années plus tard.

Jour cinq cent quatre

Noël arrive enfin, le semestre touche à sa fin, les rues se vident d'un seul coup. De la neige ancienne tourbillonne sur les trottoirs déserts. Taz fait chauffer l'habitacle avant de sangler Midge dans le siège auto tandis que Lauren frissonne dans l'allée.

— Vraiment, Ted, je peux m'occuper d'elle. Pas besoin de l'emmener à l'autre bout du pays.

Taz boucle sa ceinture et se tourne vers Lauren.

— Elle aime voyager. Elle va être folle de joie quand elle verra Elmo.

Aussitôt, Midge se met à scander :

— Mo, mo, mo !

— Suffit de la regarder, dit Taz.

Au lieu de quoi, Lauren contemple la rue.

— Helena, ce n'est pas la porte à côté, et on est en hiver, en plus.

— Les routes ont été déneigées, j'ai vérifié.

— Mais…

— Tout ira bien, Lauren.

Elle baisse les yeux sur la terre givrée.

— C'est juste que, quand elle… Je ne sais pas combien de temps je vais encore l'avoir pour moi toute seule.

Taz pose une main sur son épaule.

— Personne ne va prendre votre place. Elmo a fini son stage, c'est tout. Elle rentre chez elle. Elle doit trouver un emploi.

Taz jette un œil sur Midge et vérifie qu'il n'a rien oublié : sac à couches, nouveau livre, couvertures.

— Tout ira bien, on sera de retour cet après-midi.

Il s'installe derrière le volant ; l'air chaud envahit le pick-up.

— Je vous envoie un texto dès qu'on arrive.

Il ferme la portière, demande à Midge de dire au revoir et démarre.

À l'exception du col, les routes sont dégagées malgré un ciel menaçant. Comme d'habitude, Midge s'endort et l'habitacle devient silencieux, hormis le souffle du chauffage, le grondement du trafic.

Il se gare devant l'appartement et baisse le hayon. Elmo descend l'allée au pas de course, un carton dans les bras. Lorsqu'elle aperçoit Midge, elle s'arrête net.

— Taz.

Aussitôt, Midge se met à marteler les accoudoirs du siège auto, criant "Mo !" Elmo tend alors le carton à Taz et va chercher Midge ; elles rient toutes les deux en montant l'escalier.

Ils ont vidé tout l'appartement quand Taz demande :

— Et ta voiture ?

Elmo fait une grimace.

— Euh. Derrière l'appart. HS. Ça ne te dérange pas de conduire ?

— Pas du tout.

Elmo sourit en installant Midge dans l'habitacle. À son tour, Taz grimpe dans le pick-up et met la clé dans le contact.

— Rudy s'y connaît plus en voiture qu'en ébénisterie, dit-il. On pourrait peut-être…

— Tazmo et Rude seraient aussi mécaniciens ?

— Pourquoi pas ?

Midge saisit la main d'Elmo et l'agite, chantonnant qu'ils partent en balade, en balade, en balade.

— Et que fait Midge ici ? Grand-Mère était trop occupée ?

— Non, je me suis juste dit que ce serait sympa, avant même d'apprendre que tu serais du voyage.

— Rouler jusqu'à Helena, charger mes affaires et repartir. Des vacances de rêve.

— Et après les vacances, tu comptes faire quoi ?

— Envoyer des CV. Sans relâche.

Mais Midge se rappelle à son attention. Elle montre le sac à couches du doigt.

— Mo, histoire.

Lorsque Taz s'engage sur l'autoroute, Elmo est en train de lire *Poisson un, poisson deux, poisson rouge, poisson bleu.*

Sur la route, les conditions se dégradent, un orage imprévu. Midge ne laisse pas une seconde de paix à Elmo : elle lui raconte de longues histoires incompréhensibles, elle lui demande de relire *Poisson*, puis elle réclame son goûter et transforme l'habitacle en tornade de céréales. Taz enclenche les essuie-glaces, agrippe le volant et ralentit ; quand ils approchent enfin de Missoula, la nuit est déjà tombée. Grognon, Midge dodeline de la tête, trop excitée par la présence d'Elmo pour dormir, le trajet n'ayant pas son habituel effet narcotique.

Taz lance un regard interrogateur à Elmo.

— Chez moi, je suppose, répond-elle.

Il ne dit rien, se contentant de rouler à travers la neige et l'obscurité. Midge s'endort à trois rues de la maison d'Elmo. Lorsque Taz se gare, la lumière du porche est allumée. Quelques guirlandes clignotent derrière les fenêtres.

— Une petite touche festive ? demande Taz.

— Encore un coup de Rudy.

Taz sourit.

— Ne t'inquiète pas, on va faire pareil chez toi, chuchote Elmo. À moins que tu ne t'en sois déjà occupé, bien sûr.

— Non, je t'attendais.

Il lève le bras pour éteindre la lumière avant qu'elle n'ouvre la portière.

— Je vais tout stocker dans l'atelier. Tes affaires seront au sec. On déchargera demain.

— Merci, Taz. Et merci de l'avoir emmenée, répond Elmo, l'air aussi épuisée que Midge quelques instants plus tôt.

Taz pense que c'est sa plus grosse erreur de la journée – ils n'ont pas pu échanger un seul mot –, pourtant il acquiesce.

— On se voit demain.

Elmo lui prend la main.

— J'espère qu'elle dormira pour deux, dit-elle.

Elle se glisse dehors, emportant son manteau et un carton lui ayant servi de repose-pieds pendant le trajet. Taz la regarde remonter l'allée, ouvrir la porte, se tourner et le saluer. Il déboîte et se met à rouler sur la neige presque immaculée, veillant à ne pas réveiller Midge avant d'être garé devant sa propre maison et de défaire les sangles du siège auto.

Quand il la prend dans ses bras, elle murmure quelque chose, si chaude sous les couvertures que sa peau en est presque brûlante. Confrontée à l'air glacial, à l'humidité des flocons, elle se blottit contre le sweat-shirt de Taz.

— Maison ? demande-t-elle.

Il monte sous le porche et ouvre la porte sur le séjour désert.

— Mo ? demande-t-elle.

— Non. Pas de Mo.

Elle se débat en gémissant. Il la pose par terre. Elle se dirige droit vers le coffre et se met à le vider ; elle tire les jouets par-dessus le rebord, puis elle les éparpille dans son sillage, sur ses genoux. Enfin, trop fatiguée pour jouer, elle revient vers lui, bras tendus. Il la porte jusqu'à la nursery et lui enfile son pyjama.

— Veux Mo.

Il la couche. La nuit risque d'être difficile, car elle s'est assoupie pendant le trajet. Il sort son téléphone et envoie un texto à Lauren. “Bien rentrés.”

Elle lui répond presque aussitôt. “Merci. Bienvenue chez vous.”

Il va dans le jardin, ouvre les portes de l’atelier, repousse la scie, la dégauchisseuse, et y gare le pick-up en marche arrière.

Derrière le volant, il s’enfonce dans le siège et laisse reposer sa tête contre la paroi de verre le séparant des affaires d’Elmo, chaque chose à sa place, un plateau entier de décisions à prendre. Il reste si longtemps assis que le froid s’immisce dans l’habitacle. Son souffle envoie des nuages de buée grimper le long des vitres.

Taz ? murmure Marnie.

Il sourit. Il savait qu’elle viendrait.

C’est l’heure de rentrer. Tu vas geler, si tu restes ici.

Il opine, la tête contre le verre, les yeux fermés contre l’éclat des lumières. Midge lui semblera brûlante lorsqu’il se penchera sur elle pour vérifier que les couvertures sont encore en place. Peut-être qu’il l’installera dans le lit de grande fille. Peut-être qu’il réintégrera leur ancienne chambre au bout du couloir. Peut-être qu’il finira la salle de bains.

Jour cinq cent cinq

MIDGE reste dans son lit et dort toute la nuit. Le lendemain matin, Elmo entre sans frapper et trouve Taz assis sur le canapé, un café à la main.

— Salut, Ralph.

Taz sourit.

— Salut, Sam*.

— Bien dormi ?

— Pas mal.

— Moi aussi. Il reste du café ?

Elle fait un signe de tête en direction de la cuisine.

— Il est encore chaud, répond Taz.

Elle revient avec une tasse et s'assied près de lui.

— Comment va le petit démon ?

— Elle dort encore.

— Et le grand ?

— Pas arrivé. Il ne devrait pas tarder.

— Pour travailler ? Vous avez des commandes ?

— Un peu, oui.

Elle hoche la tête, comme si c'était la première fois qu'ils se parlaient.

Taz contemple le fond de sa tasse.

— Donc… commence-t-il.

Mais ils l'entendent en même temps. Les barreaux du berceau qui tressautent. Puis un silence. Puis un bruit de frottement sur le bois, des pieds de pyjama atterrissant sur le

* Référence au dessin animé *Ralph Wolf and Sam Sheepdog*, dont les personnages principaux sont un loup et un chien de berger.

plancher, suivi de petits pas feutrés. Elmo se tourne vers Taz avant de jeter un œil par-dessus le dossier du canapé, vers la porte de la nursery, pile au moment où Midge apparaît, se frottant le visage, son Elmo en peluche à la main. Elle vient s'affaler contre sa jambe avant de se hisser sur ses genoux.

Elmo lui caresse le dos et lance un regard surpris à Taz.

— Elle fait ça depuis quand ?

— C'est la deuxième fois. La première, c'était il y a quelques nuits.

— Waouh, dit Elmo. En voilà, une grande fille. (Elle dévisage Taz.) Qu'est-ce que tu vas faire ?

— Comment ça ?

— Où est-ce que tu vas dormir ?

Taz hausse les épaules.

— Il y a toujours le canapé.

— Arrête.

— Histoire de réserver l'autre chambre aux invités. Ou aux soûlards de passage.

— Sympa, merci. De toute manière, je crois qu'Alisha a prévu de me mettre à contribution ce soir.

— Comment ça ?

— Je serai son bouclier anti-Rudy.

Taz ricane.

— Vraiment ? Merde alors, je pensais qu'il avait fait une percée.

— Peut-être bien, mais on est vieux jeu, nous autres filles. On préfère prendre notre temps.

Taz se lève.

— Prête pour le petit déjeuner, Midge ?

Elle se laisse glisser à terre et lui attrape le pouce pour l'entraîner vers la cuisine.

Des sacs de courses que Taz n'avait pas remarqués la veille sont entassés sur le plan de travail : voilà qui ne ressemble absolument pas à Lauren. Elle devait être debout dans la cuisine quand elle a entendu le pick-up, paniqué et pris la fuite, comme lui-même le faisait à l'époque où il refusait d'affronter le monde derrière la porte.

Il jette un œil dans les sacs, commence à ranger le bouillon de volaille, le mélange pour farce. Il pose un filet d'oranges sur le comptoir, un autre de patates. Elmo installe Midge dans la chaise haute et la laisse jouer avec ses céréales. Taz fait glisser une banane en travers de la table.

— Nane ! crie Midge.

— Donne-lui moitié par moitié, sinon elle fourre le truc entier dans sa bouche, dit Taz.

— Je sais.

— OK, dit-il, avant d'allumer le gaz sous la bouilloire. Elle est dans une phase flocons d'avoine en ce moment.

— Depuis juillet, dit Elmo.

Une patate vient heurter le coin de la cuisinière.

Taz se penche pour la ramasser.

— Elle est aussi dans une phase de lancers.

Elmo fait rouler une patate jusqu'à Midge.

— Et elle a salement besoin d'entraînement. Elle t'a raté d'un bon kilomètre.

Midge renvoie la patate à Elmo en riant aux éclats, la bouche pleine de banane. Elmo fait à nouveau rouler la patate, Midge la rattrape et la lance en l'air, manquant la recevoir sur la tête.

— Ne me dis pas que tu fais exprès de ne pas lui apprendre à lancer ? Parce que c'est une fille ?

— Elle fera ses débuts chez les Mariners.

— Même moi, je serais capable de lancer pour eux.

— El. Tu pourrais loger ici, tu sais.

Elle le regarde.

— Ici ? Et Grand-Mère ? Et ma réputation ?

— Ta quoi ?

— Je ne sais pas. Qu'est-ce que tu veux dire, au juste ? Comme des colocataires ?

— Je trouverais ça logique.

— Peut-être.
— Je te payerais. Pour le baby-sitting.
— Et c'est là que ça devient compliqué. La femme entretenue, etc.
— Oh je t'en prie. On me paye pour mon travail. Je te paye pour le tien.
Midge lance à nouveau la patate. Un lancer en flèche qu'Elmo évite de justesse.
— C'est bien, ma grande, dit Elmo, lui renvoyant une patate.
Taz s'appuie contre le chambranle, dansant d'un pied sur l'autre.
— Tu ne veux pas qu'on en discute ?
— Je préférerais y réfléchir d'abord, si tu permets
— Et laisser toutes tes affaires dans mon pick-up ? Dans mon atelier ? Le temps que tu y réfléchisses ?
Lauren sonne à la porte, encore une manière de se montrer discrète. Pile au moment où Taz commence à se diriger vers l'entrée, une patate vient heurter le mur, juste à côté de sa tête. Il se tourne ; Elmo dénonce aussitôt Midge, qui montre Elmo du doigt en gloussant.

LAUREN les salue, s'excusant d'avoir laissé les courses dehors. Elle prétend être une mordue de la série *Downtown Abbey*.
— Soudain je me suis rendu compte que c'était sur le point de commencer. J'ai tout de même raté les premières minutes.
Elle boit une gorgée de son café à emporter et jette un œil autour d'elle avant de regarder Elmo, qu'elle ne peut plus se permettre d'ignorer.
— Vous êtes de retour ?
— Depuis hier soir. Mes affaires sont encore dans le pick-up de Taz. J'ai passé la nuit à discuter avec ma colocataire.

Elle lui laisse le temps de digérer cette information avant d'ajouter :

— Je suis arrivée juste avant vous.

— Et vous serez avec nous à Noël ?

— Si je suis invitée, dit Elmo, jetant un œil à Taz.

— Bien sûr que vous êtes invitée, dit Lauren. Et votre colocataire aussi.

Taz finit de préparer les flocons d'avoine et les pose sur la table pour que Midge puisse repeindre la cuisine avec. Il prévient Elmo que c'est encore un peu chaud. Elle lui lance un regard lourd de sous-entendus : elle a l'habitude de nourrir Midge.

— Alors, Ted, dit Lauren. Cette salle de bains ?

— Je vais m'y mettre, promis, juré, mais aucun visiteur ne sera surpris de la trouver encore en travaux. Suffit de regarder le reste de la maison.

Lauren s'adresse à Elmo.

— Il est déterminé à ne pas finir cette salle de bains. Il prétend que ça ne dérange personne d'entrer dans cette pièce sinistre, avec tous ces tuyaux qui dépassent. Sans lavabo.

Elmo lui sourit en hochant la tête.

— Il a dit qu'il m'embauchait pour l'aider.

— Quoi ? dit Taz.

— Tazmo et Rude, dit-elle. C'est quand tu veux, chef.

— Super, dit Lauren. Vous aurez fini pour Noël ?

— La salle de bains ? demande Taz. C'est quand, Noël ?

— Le vingt-cinq, dit Elmo. Presque tout le temps.

Taz tente un sourire.

— Mercredi, dit Lauren.

— Aucune chance.

— Même à deux ?

— Même à vingt.

— Appelle Rudy. Que l'équipe soit au complet. On peut toujours essayer.

— Très bien, dit Lauren. Je m'occupe de Midge. Dès qu'elle est prête, je l'emmène au supermarché.

— Mais vous venez juste de faire les courses, dit Taz.

— C'est bientôt Noël, Ted. (Elle agite la main en direction des sacs.) Ça, ce n'est que la partie émergée de l'iceberg.

Jour cinq cent huit

La veille de Noël, Taz et Elmo travaillent côte à côte. Ils posent les panneaux de ciment, une vis tous les quinze centimètres, faisant rugir leurs outils. Ils ont déjà monté les murs, lissé les joints et appliqué deux couches d'enduit. La baignoire trône dans le séjour, près du canapé ; chacun de ses pieds repose sur une feuille de carton pour protéger le plancher. El et Midge l'ont décorée d'une guirlande, un ultime feston lumineux. Lauren avait observé la scène en secouant la tête, incapable de réprimer un sourire.

Saisissant une nouvelle vis, Elmo fait un geste de la tête en direction de la porte qui les isole du séjour, du monde extérieur, de Lauren et de Midge, mais pas de l'odeur de la dinde en train de rôtir.

— Ça sent bon, dit-elle.

— C'est son côté obsessionnel compulsif.

— Faire la cuisine ? demande Elmo, s'apprêtant à enfoncer la vis.

Elle suspend son geste et le dévisage.

— Écoute, si tu as un problème avec la cuisine, autant le dire tout de suite.

— Noël, c'est demain, pas vrai ? Elle est déjà en train de préparer la dinde.

— Elle doit s'attendre à une foule d'invités.

— Toi. Moi. Midge.

— Et elle. Rudy. Alisha. (Elle enfonce la vis.) T'es au courant, pour eux, pas vrai ? Enfin !

— Je fais de mon mieux pour ne pas l'être. Cette histoire de chien sauvage…

— Cette histoire de quoi ?

— Rien, rien. Une idée de Rudy.

— Je préfère ne pas savoir. De toute manière, il y aura peut-être Marko, aussi. Et sa femme. Elle s'appelle comment, déjà ?

— Jeannie. Mais quand même, deux dindes ?

— Tu l'as entendue. Elle en veut une qui soit prête à être découpée. Pour la sauce au jus de viande ou quoi. Et pour que tout le monde reparte avec des restes.

Taz et Marnie s'étaient moqués de l'obsession nourricière de Lauren dès les premiers jours, avant même que Taz soit sûr d'avoir le droit de critiquer sa belle-mère.

— Elle va peut-être en faire cuire une troisième avant la fin de la journée.

— C'est gentil.

— C'est givré.

Elmo fait son drôle de haussement d'épaules.

— Moi, je trouve ça super. Comme si on était une grande famille.

Il commence à poser les bandes sur les joints, dans les angles.

— Tu y as déjà pensé, à ça ? dit Elmo. Qu'elle a peut-être envie de se sentir entourée ? Que c'est peut-être ce qu'elle a toujours voulu ? Au lieu que ce soit juste Marnie et elle ?

Taz pose une autre bande. C'est un choc, d'entendre Elmo prononcer le nom de Marnie.

— Et toi ? Ça ne t'arrive jamais ? poursuit-elle.

— Quoi ?

— Tu n'as jamais envie d'autre chose, de quelque chose en plus ? Au lieu que ce soit juste toi et Midge ?

— D'un Muppet, par exemple ?

Elle sourit en inclinant la tête.

— Par exemple. Mais plus, encore ? Mon enfance n'aurait pas été la même sans mon frère.

Taz se fige. De l'enduit coule de son couteau. Il se rend compte qu'il a la bouche grande ouverte et la referme. Marnie et lui voulaient deux enfants, au moins. Pas un enfant unique. Marnie et lui : deux enfants uniques qui avaient réussi à se trouver. Il hoche la tête, incapable de la regarder.

Elmo éclate de rire.

Il lève les yeux, réprimant un sourire. Elle braque la visseuse sur lui.

— Je ne te dis pas que tu dois t'inscrire à un cours sur la méthode Lamaze ou un truc dans le genre. Détends-toi, respire un coup. Je me demandais juste si c'était quelque chose que tu envisageais. Genre, dans un avenir lointain.

— Je n'ai jamais envisagé autre chose. Et toi ?

— Sans aucun doute. Un jour.

Taz nettoie l'enduit et recommence à l'étaler.

— En tout cas, dit Elmo d'un ton hésitant, s'attardant sur le dernier mot. Après deux nuits à écouter Rudy et Alisha faire le rodéo, j'ai commencé à revoir ma position sur certaines choses.

Taz pose une bande verticale. Il la lisse en jetant un coup d'œil sur Elmo. Ses épaules se contractent lorsqu'elle se penche pour enfoncer une vis. Elle recharge la visseuse.

— Comme ?

— Je me sens un peu à l'étroit dans ma petite bicoque.

— Ah. La chambre d'amis est toujours libre.

Avant qu'elle ait le temps de répondre, il ajoute :

— Tu crois que tu pourrais finir les bandes ?

Elle l'observe un instant.

— C'est plus difficile que ça en a l'air ?

Il secoue la tête.

— Alors je pense que c'est à la portée de n'importe qui.

— Parfait. (Il est déjà en train de poser le plateau, le couteau, les bandes.) Quand tu auras fini, il faudra attendre que ça sèche. Quartier libre le reste de l'après-midi. D'ailleurs, j'ai une course à faire.

— Quartier libre ? Et moi, je tire une croix sur mon salaire ?

— Le bonus de Noël couvrira la différence.
— Ha.
Il ouvre la porte.
— Tu vas où ? demande-t-elle.
Il se tourne.
— C'est Noël. La saison des surprises.
Il commence à refermer la porte derrière lui.
— Taz ! crie Elmo, d'un ton si alarmé qu'il se fige.
Il passe la tête dans la salle de bains.
— Je ne t'ai pas fait fuir, au moins ?
— Non, j'ai un truc à faire, c'est tout.
— Là, tout de suite ? Alors qu'on est en plein travail ?
— J'aurais dû m'en occuper il y a longtemps.
— Sérieux ?
— Oui, mais tu ne m'as pas fait fuir. Pas du tout. C'est juste que j'ai un truc à faire, tout de suite.

Il lui sourit avant de refermer doucement la porte et de sortir son téléphone.

Elmo attend une minute, deux, puis, n'y tenant plus, elle sort pour en avoir le cœur net, manquant se faire assommer par Taz, qui surgit de la chambre d'amis avec un vieux matelas double. Elle fait un bond en arrière.

— Qu'est-ce qui se passe ?
— Désolé, dit-il, manœuvrant le matelas à travers le séjour, évitant la baignoire de justesse avant de trouver la porte.

Elmo le suit jusqu'à l'entrée.

— Tu déménages ? Ça, c'est ce que j'appelle fuir.

Rudy se gare en marche arrière dans l'allée, comme s'ils avaient tout chorégraphié. Derrière le volant, il salue Elmo de la main. Taz est caché par le matelas, qu'il fait basculer sur le plateau.

Debout dans l'entrée, Elmo se tourne pour jeter un œil sur Midge, qui est assise par terre avec des crayons, un cahier de coloriage rempli de dessins. Elle a de la chance de ne pas s'être fait piétiner. Elle frissonne.

— Fwa.

Elmo pousse la porte. Lauren passe la tête dans le salon, une spatule géante à la main.

— Où est… commence-t-elle.

Elmo se contente de hausser les épaules.

— Je reviens bientôt, crie Taz avant de claquer la portière du pick-up.

Rudy démarre.

Il ne revient pas. Les heures passent, la journée entière. Le dîner approche. Quand Taz franchit à nouveau le seuil, son entrée ressemble à sa sortie, une manœuvre aveugle derrière un matelas, neuf cette fois. L'emballage en plastique crisse lorsqu'il avance.

— Pas d'obstacles en vue ? demande-t-il.

Elmo sort de la cuisine en courant et prend Midge dans ses bras.

— Pas d'obstacles. Gaffe à la baignoire.

Taz titube à travers le séjour, bifurque dans le couloir et entre dans la chambre. Elle entend le matelas tomber, rebondir. Un bruit de plastique qui se déchire. Taz sort de la chambre et referme la porte, l'emballage à la main.

— Tu n'as rien vu, dit-il.

Elle le suit jusqu'à la cuisine et le regarde disparaître dans le placard à balais, l'entrée cachée du sous-sol. Un instant plus tard, il réapparaît en tenant quelque chose derrière son dos et la contourne, veillant à ne pas lui montrer ce qu'il dissimule, puis repart dans la chambre. Lauren lance un regard interloqué à Elmo.

— Qui sait ? dit-elle.

— Ah, les hommes, soupire Lauren, avant de se remettre au travail.

Taz revient dans le séjour.

— Alors ? demande Elmo.

— Alors quoi ?

Elle fait un geste en direction de la chambre.

— Tu réaménages ? Pour que Midge ait son propre espace ? Son propre lit ?

Il esquisse un sourire. Porte les doigts à sa bouche, fait mine de tourner une clé et de la jeter.

Elle le regarde.

— Tu as bu ?

Le sourire de Taz s'élargit.

— C'est Rudy qui m'a forcé.

— Houlà. Au Club ?

— Évidemment.

— C'était ça, votre plan ? Acheter un matelas, comme si ça allait tout régler entre nous ? Et fêter votre grande idée au Club après ?

Taz cligne des yeux, surpris.

— Il a dit qu'il m'aiderait, à condition que je lui offre une bière.

Elle le fusille du regard.

— Super, merci pour l'invitation.

— Tu travaillais.

— Ça, c'est sûr, répond-elle en montrant la cuisine du doigt. Toute la journée, même. J'ai préparé ma recette de farce top secrète.

Taz hausse un sourcil.

— Avec Lauren ?

— Elle maîtrise.

— C'est ce que dit Rudy.

— Rudy s'extasierait devant une auge à cochons.

Lauren sort de la cuisine.

— Elmo, vous pensez utiliser tous les oignons que vous avez émincés ?

— Je me suis un peu emballée. Servez-vous.

Lauren les observe en souriant.

— Votre baby-sitter s'y connaît en cuisine.

— Elle dit la même chose de vous, répond Taz.

Dès que Lauren a le dos tourné, Elmo enfonce son doigt dans le torse de Taz, manquant l'empaler.

— Ne va surtout pas t'imaginer que c'est comme ça que ça marche.

— Quoi ?

— Rude et toi au bar, les femmes à la cuisine.

Taz la regarde, abasourdi.

— Tu penses vraiment ce que tu dis ?

Elle plisse les yeux pour mieux le dévisager.

— Je ne sais pas. Mais il est hors de question que je revienne à un temps pré-pantoufle de vair.

— Certainement pas. Tu seras une vraie princesse.

Il ouvre grands les bras, un geste qui englobe toute la pièce. Depuis la cuisine, le smiley de Marnie les fixe d'un œil mauvais.

— Et voici ton royaume.

Jour cinq cent neuf

MIDGE est KO. Ils l'ont débarbouillée, puis ils ont débarrassé la table. Ils n'ont pas encore fait la vaisselle, mais les assiettes sont empilées sur la paillasse. Lauren a regagné son hôtel, Rudy et Alisha sont rentrés, Marko et Jeannie aussi.

Taz et Elmo restent assis un moment, à contempler les lumières du sapin tandis que Midge somnole entre eux, vêtue de son nouveau pyjama de Noël. Taz la prend dans ses bras pour l'amener à sa chambre, lui disant qu'elle va dormir dans son lit de grande fille.

— Gande fille, gande fille, chantonne Midge, à peine un murmure.

Puis :

— Mo, mo, mo, mo.

Elmo les rejoint. Ils regardent Midge se glisser sous les draps, lutter contre le sommeil, s'abandonner enfin. Ils sortent sur la pointe des pieds. Elmo se dirige vers le séjour.

— Elle croit que tu es sa mère, dit Taz.

Elmo s'immobilise.

— Non, répond-elle. Certainement pas.

Taz hausse un sourcil.

— Tu es la seule femme qu'elle connaît. Depuis qu'elle est née, quasiment.

— Il y a Grand-Mère, aussi.

— Il n'y a que toi. Il n'y a jamais eu que toi.

Elle regarde autour d'elle, comme si elle cherchait une issue.

— Et alors ?

D'une main, Taz s'appuie contre le mur.

— Qu'est-ce qu'elle va penser ? Quand elle sera plus vieille ? Maman dans la chambre. Papa sur le canapé.

— C'est ce que tu crois, mais elle ne me prendra jamais pour sa mère. Pas avec toutes ces histoires que tu lui racontes.

— Elle n'a même pas deux ans. Elle ne fait pas de différence entre ces histoires et n'importe quel autre conte de fées.

Elmo cligne des yeux.

— Ce n'est pas ce que je voulais dire, ajoute aussitôt Taz. (Et pourtant, si.) Ce sont des histoires inventées. Marnie qui voyage. Loin. Qui explore. Qui accomplit des exploits. Et qui va bientôt rentrer.

— C'est vraiment ce que tu lui racontes ?

— Midge est un bébé. Et je ne m'adressais pas spécialement à elle…

— D'accord, mais alors à qui…

Elmo se tait, laissant sa voix s'estomper.

— Ça me faisait du bien. De l'imaginer comme ça.

— Sur le point de rentrer.

Taz passe un doigt sur le chambranle de la porte.

— Oui.

— Et maintenant ?

— Maintenant Midge parle. Elle va commencer à comprendre.

— Quoi ? Tes histoires de maman ?

— Tout.

Elmo le regarde fixement.

— Ça ne serait pas si mal, si elle pensait que sa mère était un genre d'héroïne.

— Une héroïne qui préfère vivre à l'autre bout du monde ? Au lieu de venir voir sa fille ? Non, El. Midge ne connaîtra jamais sa mère. On ne peut pas faire comme si. Moi, je ne peux pas, en tout cas.

— Et tu voudrais qu'elle pense que je suis sa mère ?

— Je dis juste que c'est ce qu'elle pense déjà.

— Et toi, c'est ce que tu veux qu'elle pense ?

— Non, chuchote Taz. Mais ça me semble inévitable.

— Et tu comptes lui dire la vérité sur Marnie ?

— Bien sûr. Mais tout de suite, là ?

— Ce ne serait qu'une histoire de plus. La meilleure. La même depuis le début. "Je n'ai jamais connu ma mère, mais il y a toujours eu Elmo."

— C'est ça, qu'elle va dire ?

Elmo grimace.

— Tu m'as tendu la perche.

— El.

— Donc, tu crois que je devrais emménager pour le bien de Midge ?

— Pas seulement.

Il traverse le couloir, ouvre la porte de la chambre et l'invite à entrer.

Elle voit le lit, le nouveau matelas, les draps, la couette. Le tout surmonté du gigantesque ruban rouge de Rudy.

— Joyeux Noël, dit Taz.

— Tu m'offres un matelas ? Pour Noël ? (Elle éclate de rire.) Waouh. Je constate que la phase princesse est terminée. Qu'est-ce que ce sera, l'année prochaine ? Des chaînes à neige ? Un aspirateur ?

— Une nouvelle cuisine ?

Elle le toise.

— Et quoi, Taz ? Le nouveau lit est pour moi ? Et toi, tu vas dormir sur le canapé ? Ou t'installer un lit de camp ? Un panier pour chien fidèle au pied de ma couche ?

— Non. (Il la regarde droit dans les yeux.) J'essaye d'anticiper. L'avenir.

— Toi et moi ?

Du bout du doigt, Taz lui touche le nez.

— Je ne le ferai pas pour le bien de Midge, dit Elmo.

— Ce n'est pas ce que je voulais dire, je…

— Je ne le ferai même pas pour toi. Je le ferai pour nous. Pour l'avenir.

Il sourit, respire à nouveau.
— C'est ce que je voulais dire.
— Et jamais je ne ferai semblant d'être sa mère. Sa mère biologique.
— Non. Juste la femme qui est là depuis le début. Celle qui l'a toujours aimée.
— Et toi, aussi.
Il déglutit.
— Ça me va.
— Mais tu dois continuer à lui parler de sa mère.
— Oui.
— Et c'est fini, cette histoire de princesse, OK ? Personne n'a vraiment envie de ces conneries. Les bals, les baguettes magiques, les robes à la con. Que des emmerdes.
— Nous nous contenterons d'être des serfs.
— "Nous", répète Elmo avec un sourire.

Jour un

Épilogue

— TAZMO et Rude n'ont jamais rien fait de si beau, déclare Rudy.

Elmo se lève et s'étire. Le dernier carreau hexagonal vient d'être posé. Ne reste plus qu'à lisser les joints, installer l'usine à cookies, l'évier, tous les meubles rutilants qui attendent dans l'atelier de Taz, sans oublier ceux qui sont encore stockés dans le garage de Rudy.

— On mérite une pause, dit Taz.

— Il est bière et demie, non ? dit Rudy.

Elmo sourit.

— Je n'ai rien contre, mais il est un peu tôt.

— T'as quel âge ? Quatre-vingt-dix ans ?

— T'avais pas une course à faire ? demande Elmo.

Rudy lui renvoie un regard vide avant de saisir le sous-entendu.

— Exact. On se retrouve plus tard.

Taz le regarde détaler et jette un coup d'œil à Elmo.

— Qu'est-ce qui lui prend ?

— La même chose qui t'a tenu éveillé toute la nuit.

Il ne s'y est toujours pas habitué. Cette manière qu'elle a de tout savoir.

— L'anniversaire. Je l'ai chargé d'acheter deux, trois trucs. Nous, on a une mission perso à remplir.

— J'ai deux ans ! crie Midge depuis le salon.

Une barrière de sécurité l'isole de la cuisine.

— Une mission perso ? demande Taz.

— Je pense que l'eau sera au poil.

Taz répond qu'elle le sera sans doute.

— Alors ?

Il hoche la tête. Elle lève le pouce en signe de victoire.

— Je prépare le pique-nique.

Ils ne disent rien de leurs intentions à Midge. Le vent s'engouffre par les fenêtres, faisant tourbillonner ses cheveux. C'est à peine s'ils échangent un mot avant de quitter l'autoroute, l'asphalte. Taz roule lentement, évitant de faire cahoter la voiture pour ne pas éveiller les soupçons de Midge. Au dernier tournant, elle se souvient. Elle ne croasse plus comme un corbeau, mais son sourire est fendu jusqu'aux oreilles. Elle commence à se trémousser sur son siège, tirant sur la ceinture de sécurité.

Ils descendent du pick-up sans se regarder. Plus silencieux encore que pendant le trajet. Ils contournent les cerisiers de Virginie, veillant à ne pas laisser de traces.

La plage est telle qu'ils l'ont laissée. Pas de nouveaux feux ni de troncs noircis : rien n'a changé. Pourtant, rien n'est pareil. Ils contemplent l'eau, l'ondoiement paresseux du courant. Elmo tient la glacière.

Midge se déshabille toute seule. Elle n'a plus besoin d'aide. Elle retire son pantalon en se tortillant. Défait le velcro de sa couche intacte. Elmo court avec elle, faisant voler ses habits. Elles s'arrêtent au bord de l'eau en gloussant.

— Attendez-moi, dit Taz.

Il se racle la gorge, leur demande de l'attendre à nouveau.

Midge se tourne vers Elmo.

— Attendez-moi, attendez-moi, répète-t-elle.

Puis Elmo se met à chantonner.

— Attendez-moi, attendez-moi, il est très, très lent.

Elles éclatent de rire et entrent dans l'eau.

Midge frissonne et plaque ses coudes contre ses côtes, ramenant ses poings sous son menton.

— Fwa.

Mais Taz la soupçonne de savoir mieux prononcer ce mot, maintenant.

Elmo lui prend la main et avance avec elle. Taz n'a toujours pas esquissé le moindre geste. Il est encore en T-shirt et en sandales. Debout, il les regarde. Il voudrait que le moment dure toujours. Dans son dos, Marnie chuchote, *Tu fais du bon boulot, Taz.*

Midge tape des pieds pour les éclabousser. Elle tire sur le bras d'Elmo.

— Nage !

Taz continue de les observer.

Elmo plonge sous l'eau et réémerge, dégoulinante. Midge se baisse et se redresse d'un bond. Elle hurle, elle rit, elle a deux ans. Il commence à retirer ses habits.

Quand il a terminé, il lève les yeux sur Elmo, qui l'observe, Midge serrée contre la hanche, dans l'eau jusqu'aux cuisses. Elle hausse un sourcil en signe d'appréciation. Derrière elle, il voit tournoyer le courant, la rive piquetée de saules, les peupliers, le canyon en amont, les montagnes et les ponderosa au loin.

— Prêtes ? demande-t-il.

— On attend, répond Elmo.

Midge lui fait écho.

Taz court et plonge, le monde se fait bulles, courant, silence et lumière fractionnée, puis il aperçoit leurs mains, paumes ouvertes, prêtes à le tirer à la surface, à le ramener à l'air libre.

184 Peter Farris, *Les Mangeurs d'argile*
183 David Vann, *Un poisson sur la Lune*
182 Mary Relindes Ellis, *Le Guerrier Tortue*
181 Pete Fromm, *La Vie en chantier*
180 James Carlos Blake, *Handsome Harry*
179 Walter Tevis, *Le Jeu de la dame*
178 Wallace Stegner, *Lettres pour le monde sauvage*
177 Peter Swanson, *Vis-à-vis*
176 Boston Teran, *Méfiez-vous des morts*
175 Glendon Swarthout, *Homesman*
174 Ross Macdonald, *Le Corbillard zébré*
173 Walter Tevis, *L'Oiseau moqueur*
172 John Gierach, *Une journée pourrie au paradis des truites*
171 James Crumley, *La Danse de l'ours*
170 John Haines, *Les étoiles, la neige, le feu*
169 Jake Hinkson, *Au nom du Bien*
168 James McBride, *La Couleur de l'eau*
167 Larry Brown, *Affronter l'orage*
166 Louisa May Alcott, *Les Quatre Filles du docteur March*
165 Chris Offutt, *Nuits Appalaches*
164 Edgar Allan Poe, *Le Sphinx et autres histoires*
163 Keith McCafferty, *Les Morts de Bear Creek*
162 Jamey Bradbury, *Sauvage*
161 S. Craig Zahler, *Les Spectres de la terre brisée*
160 Margaret Mitchell, *Autant en emporte le vent*, vol. 2
159 Margaret Mitchell, *Autant en emporte le vent*, vol. 1
158 Peter Farris, *Dernier appel pour les vivants*
157 Julia Glass, *Une maison parmi les arbres*
156 Jim Lynch, *Le Chant de la frontière*
155 Edward Abbey, *Le Feu sur la montagne*
154 Pete Fromm, *Comment tout a commencé*
153 Charles Williams, *Calme plat*
152 Bob Shacochis, *Sur les eaux du volcan*
151 Benjamin Whitmer, *Évasion*
150 Glendon Swarthout, *11 h 14*
149 Kathleen Dean Moore, *Petit traité de philosophie naturelle*

148 David Vann, *Le Bleu au-delà*
147 Stephen Crane, *L'Insigne rouge du courage*
146 James Crumley, *Le Dernier Baiser*
145 James McBride, *Mets le feu et tire-toi*
144 Larry Brown, *L'Usine à lapins*
143 Gabriel Tallent, *My Absolute Darling*
142 James Fenimore Cooper, *La Prairie*
141 Alan Tennant, *En vol*
140 Larry McMurtry, *Lune comanche*
139 William Boyle, *Le Témoin solitaire*
138 Wallace Stegner, *Le Goût sucré des pommes sauvages*
137 James Carlos Blake, *Crépuscule sanglant*
136 Edgar Allan Poe, *Le Chat noir et autres histoires*
135 Keith McCafferty, *Meurtres sur la Madison*
134 Emily Ruskovich, *Idaho*
133 Matthew McBride, *Frank Sinatra dans un mixeur*
132 Boston Teran, *Satan dans le désert*
131 Ross Macdonald, *Le Cas Wycherly*
130 Jim Lynch, *Face au vent*
129 Pete Fromm, *Mon désir le plus ardent*
128 Bruce Holbert, *L'Heure de plomb*
127 Peter Farris, *Le Diable en personne*
126 Joe Flanagan, *Un moindre mal*
125 Julia Glass, *La Nuit des lucioles*
124 Trevanian, *Incident à Twenty-Mile*
123 Thomas Savage, *Le Pouvoir du chien*
122 Lance Weller, *Les Marches de l'Amérique*
121 David Vann, *L'Obscure Clarté de l'air*
120 Emily Fridlund, *Une histoire des loups*
119 Jake Hinkson, *Sans lendemain*
118 James Crumley, *Fausse piste*
117 John Gierach, *Sexe, mort et pêche à la mouche*
116 Charles Williams, *Hot Spot*
115 Benjamin Whitmer, *Cry Father*
114 Wallace Stegner, *Une journée d'automne*
113 William Boyle, *Tout est brisé*
112 James Fenimore Cooper, *Les Pionniers*
111 S. Craig Zahler, *Une assemblée de chacals*
110 Edward Abbey, *Désert solitaire*

109 Henry Bromell, *Little America*
108 Tom Robbins, *Une bien étrange attraction*
107 Christa Faust, *Money Shot*
106 Jean Hegland, *Dans la forêt*
105 Ross Macdonald, *L'Affaire Galton*
104 Chris Offutt, *Kentucky Straight*
103 Ellen Urbani, *Landfall*
102 Edgar Allan Poe, *La Chute de la maison Usher et autres histoires*
101 Pete Fromm, *Le Nom des étoiles*
100 David Vann, *Aquarium*
99 *Nous le peuple*
98 Jon Bassoff, *Corrosion*
97 Phil Klay, *Fin de mission*
96 Ned Crabb, *Meurtres à Willow Pond*
95 Larry Brown, *Sale boulot*
94 Katherine Dunn, *Amour monstre*
93 Jim Lynch, *Les Grandes Marées*
92 Alex Taylor, *Le Verger de marbre*
91 Edward Abbey, *Le Retour du gang*
90 S. Craig Zahler, *Exécutions à Victory*
89 Bob Shacochis, *La femme qui avait perdu son âme*
88 David Vann, *Goat Mountain*
87 Charles Williams, *Le Bikini de diamants*
86 Wallace Stegner, *En lieu sûr*
85 Jake Hinkson, *L'Enfer de Church Street*
84 James Fenimore Cooper, *Le Dernier des Mohicans*
83 Larry McMurtry, *La Marche du mort*
82 Aaron Gwyn, *La Quête de Wynne*
83 Larry McMurtry, *La Marche du mort*
82 Aaron Gwyn, *La Quête de Wynne*
81 James McBride, *L'Oiseau du Bon Dieu*
80 Trevanian, *The Main*
79 Henry David Thoreau, *La Désobéissance civile*
78 Henry David Thoreau, *Walden*
77 James M. Cain, *Assurance sur la mort*
76 Tom Robbins, *Nature morte avec Pivert*
75 Todd Robinson, *Cassandra*
74 Pete Fromm, *Lucy in the Sky*
73 Glendon Swarthout, *Bénis soient les enfants et les bêtes*

72 Benjamin Whitmer, *Pike*
71 Larry Brown, *Fay*
70 John Gierach, *Traité du zen et de l'art de la pêche à la mouche*
69 Edward Abbey, *Le Gang de la clef à molette*
68 David Vann, *Impurs*
67 Bruce Holbert, *Animaux solitaires*
66 Kurt Vonnegut, *Nuit mère*
65 Trevanian, *Shibumi*
64 Chris Offutt, *Le Bon Frère*
63 Tobias Wolff, *Un voleur parmi nous*
62 Wallace Stegner, *La Montagne en sucre*
61 Kim Zupan, *Les Arpenteurs*
60 Samuel W. Gailey, *Deep Winter*
59 Bob Shacochis, *Au bonheur des îles*
58 William March, *Compagnie K*
57 Larry Brown, *Père et Fils*
56 Ross Macdonald, *Les Oiseaux de malheur*
55 Ayana Mathis, *Les Douze Tribus d'Hattie*
54 James McBride, *Miracle à Santa Anna*
53 Dorothy Johnson, *La Colline des potences*
52 James Dickey, *Délivrance*
51 Eve Babitz, *Jours tranquilles, brèves rencontres*
50 Tom Robbins, *Un parfum de jitterbug*
49 Tim O'Brien, *Au lac des Bois*
48 William Tapply, *Dark Tiger*
46 Mark Spragg, *Là où les rivières se séparent*
45 Ross Macdonald, *La Côte barbare*
44 David Vann, *Dernier jour sur terre*
43 Tobias Wolff, *Dans le jardin des martyrs nord-américains*
42 Ross Macdonald, *Trouver une victime*
41 Tom Robbins, *Comme la grenouille sur son nénuphar*
40 Howard Fast, *La Dernière Frontière*
39 Kurt Vonnegut, *Le Petit Déjeuner des champions*
38 Kurt Vonnegut, *Dieu vous bénisse, monsieur Rosewater*
37 Larry Brown, *Joe*
36 Craig Johnson, *Enfants de poussière*
35 William G. Tapply, *Casco Bay*
34 Lance Weller, *Wilderness*
33 Trevanian, *L'Expert*

32 Bruce Machart, *Le Sillage de l'oubli*
31 Ross Macdonald, *Le Sourire d'ivoire*
30 David Morrell, *Rambo*
29 Ross Macdonald, *À chacun sa mort*
28 Rick Bass, *Le Livre de Yaak*
27 Dorothy M. Johnson, *Contrée indienne*
26 Craig Johnson, *L'Indien blanc*
25 David Vann, *Désolations*
24 Tom Robbins, *B comme Bière*
23 Glendon Swarthout, *Le Tireur*
22 Mark Spragg, *Une vie inachevée*
21 Ron Carlson, *Le Signal*
20 William G. Tapply, *Dérive sanglante*
19 Ross Macdonald, *Noyade en eau douce*
18 Ross Macdonald, *Cible mouvante*
17 Doug Peacock, *Mes années grizzly*
15 Tom Robbins, *Féroces infirmes Retour des pays chauds*
14 Larry McMurtry, *Texasville*
13 Larry McMurtry, *La Dernière Séance*
12 David Vann, *Sukkwan Island*
11 Tim O'Brien, *Les Choses qu'ils emportaient*
10 Howard McCord, *L'Homme qui marchait sur la Lune*
8 Larry McMurtry, *Lonesome Dove*, épisode II
7 Larry McMurtry, *Lonesome Dove*, épisode I
6 Rick Bass, *Les Derniers Grizzlys*
5 Jim Tenuto, *La Rivière de sang*
4 Tom Robbins, *Même les cow-girls ont du vague à l'âme*
3 Trevanian, *La Sanction*
2 Pete Fromm, *Indian Creek*
1 Larry Watson, *Montana 1948*

Retrouvez l'ensemble de notre catalogue sur
www.gallmeister.fr

CET OUVRAGE A ÉTÉ COMPOSÉ PAR
ATLANT'COMMUNICATION
AU BERNARD (VENDÉE).

ACHEVÉ D'IMPRIMER EN FÉVRIER 2021 SUR LES PRESSES
DE NORMANDIE ROTO IMPRESSION S.A.S., 61250 LONRAI
POUR LE COMPTE DES ÉDITIONS GALLMEISTER
13, RUE DE NESLE, 75006 PARIS

IMPRIMÉ EN FRANCE

DÉPÔT LÉGAL : AVRIL 2021
N° D'IMPRESSION : 2100861